이정은 소설

슈뢰딩거의 고양이

나남
nanam

나남창작선 177

슈뢰딩거의 고양이

2022년 8월 20일 발행
2022년 9월 20일   2쇄

지은이   이정은
발행자   趙相浩
발행처   (주) 나남
주소   10881 경기도 파주시 회동길 193
전화   (031) 955-4601 (代)
FAX   (031) 955-4555
등록   제 1-71호 (1979.5.12)
홈페이지   http://www.nanam.net
전자우편   post@nanam.net

ISBN 978-89-300-0677-4
ISBN 978-89-300-0572-2 (세트)

책값은 뒤표지에 있습니다.

나남 창작선 177

이정은 소설

슈뢰딩거의 고양이

나남
nanam

내 자유의지는 사라졌다.

아니 자유의지는 애초 존재하지 않았다.

나는 내일의 운명을 알 수 없는

슈뢰딩거의 고양이 같은 존재이다.

슈뢰딩거의 고양이는 1935년 오스트리아 물리학자 슈뢰딩거가 고안한 사고 실험의 명칭이다. 상자 안에 고양이 한 마리를 가두어 두고, 그 옆의 가이거 계수기 안에 방사능 물질을 넣어 둔다. 방사능 물질이 감지되면 기계장치가 작동되어 독이 든 약병을 깨트리게 되고, 고양이는 죽게 된다. 하지만 상자 열어 확인하기 전까지는 결과를 알 수 없다.

즉, 그사이 상자 속 고양이는 살아 있으면서 동시에 죽어있는 존재가 된다. 양자역학 이론의 애매모호함을 비판하기 위해 만들어진 개념이지만, 양자 역학을 묘사하는 가장 대표적인 사고실험이 되었다. 삶과 죽음이 상존하는 것과 같은 모순된 상황이나, 상자를 열어 최종 결과를 확인하기 전까지는 알 수 없는 상황 등에 대한 비유로도 쓰인다.

'노력'이라 쓰고, '은총'으로 읽네

작가의 시간은 짧다. 새로운 세계로의 흥미에 끌려 들어가며 글과 씨름하는 동안 현실은 잊어버리기 때문이다. 오직 소설 속 인물들과 만나 이야기하는 시간만이 존재한다. 거기 내 삶이 존재한다. 존재의 동력은 써내려갈 이야깃거리들이다. 작가에게는 삶의 곳간에 쌓아둔 정신의 풍성한 양식이다. 영혼의 먹거리다. 그 곳간이 그득하면 육신에도 생기가 돈다.

전혀 생각지도 못했던 소설에 덤벼보겠다고 처음 노트북 앞에 앉았던 때를 기억한다. 얼마나 막막하고 또 얼마나 절망하곤 했던가. 이제, 서재에 꽂혀 있는 나의 장편소설 9편과 작품집 8권을 보노라면 기적에 다름 아니구나 느끼게 된다.

작업 중에는 새벽 3, 4시에 일어나 오전까지 글을 쓰고, 오후에는 도서관에 들르거나 동네를 산책한다. 마지막 탈고를 끝낼 때까지 줄곧 긴장에서 벗어나지 못한다. 작품이 완성되면 그만큼 해방감도 크다.

홀로 수없이 고뇌하면서 해가 지는지 뜨는지도 모른 채 자판을 두드린 결실들이지만, 신의 도움이 없었다면 가능한 일이었을까. 우선 나보다 나를 더 잘 아는 신께서 소설과의 씨름판을 열어주셨음을 깨닫는다. 지치지 않고 수없이 씨름해 나가도록 막대기와 지팡이로 인도하셨음을 느낀다. 열심을 다한 결과 받은 대가라 여겼던 작가로서의 인정받음은 온전히 내 능력, 내 노력만의 산물은 아니었다.

지금까지 수십 년 나의 생각을 써내려갈 수 있음은 정말 행운이라 생각한다. 물심양면 남편의 지원, 주위의 도움과 사랑 등등 얼마나 감사할 게 많은지! 수없는 시행착오조차 내 자신 성장에 돋움이 되는 운의 발판이 아닐 수 없다. 그렇듯 힘입어 나는 한국소설문학상 시상식에서 이렇게 털어놓을 수 있었다. "한 작품을 출판할 때면 다음에 내놓을 작품이 이미 절반 이상 준비를 한 상태에 있지요."

그러나 건강 탓에 어쩌면 빛을 보지 못했을 뻔한 이번 작품집이다. 그래서 이번 출판이 더 기쁘고, 돌아보면 모든 게 거저 받은 은총임에 그저 더욱 감사할 뿐이다.

작품에 깊은 관심을 가지고 애정 어린 시선으로 봐 준 나남출판 조상호 회장님, 방순영 편집장님, 편집부 이윤지 님께 감사드린다.

2022년 6월

이 정 은

이정은 소설집

슈뢰딩거의 고양이

차례

예쁜 여자 죽이기

난 무척 혼란스러웠다. 일반적인 장례식장과는 사뭇 다른 느낌이다. 현숙의 죽음은 아무도 예상할 수 없었다. 그녀의 갑작스런 죽음에 애도보다는 의구심이 앞선다. 왜? 장례식장에 모인 친구들은 놀란 눈치였다.

장례식장 공기가 살벌하다. 혹시 누군가에게 살해된 것은 아닌지 강력 수사팀이라도 투입해야 하지 않을까. 사인이 불분명하다. 그녀를 아는 지인들이나 친구들은 이곳에서 범인을 찾기라도 하듯 눈총들이 날카롭다.

강남경찰서에서 나온 형사 몇몇이 현숙의 시집 식구에게 다가가서 이것저것 물으며 탐문하고 있다. 사색이 되어 서 있는 남편은 곧 쓰러질 것 같다. 소식을 듣고 달려온 친구들은 무슨 일이냐는 듯 서로 얼굴을 보며 의아해 한다.

현숙의 친정 오빠가 의문을 제기했다고 한다. 장례식장 안에 싸늘한 공기가 맴돈다. 소리 없는 움직임이 느껴진다. 경찰차가 오고 누군가 국과수에 가서 사인을 검증해야 한다고 했다.

모두들 나를 향해 고개를 모은다. 두 발로 꼿꼿하게 서서 주위를 살피는 미어캣처럼. 내게 집중되는 시선이 버겁다. 나도 현숙에 대해 특별히 아는 것이 없다. 동창생 중에서 현숙과 가장 가까웠어도 다 아는 것은 아니다. 요즘 보름 가까이 현숙과 연락이 없었으니 나도 상황을 모른다.

어젯밤 갑자기 현숙 남편이 나를 찾아왔다.

"웬일이세요?"

"자영 씨. 우리 집사람 언제 만났어요?"

"글쎄요. 요즘 전화해도 받지를 않았어요. 친구들을 만나기 싫어하는 것 같아 만나지 않았어요. 현숙에게 무슨 일이 있나요?"

"늦게 퇴근해 집에 오니 집사람이 … ."

현숙 남편은 말을 잇지 못했다.

"현숙이가, 왜요? 무슨 일 있어요?"

"집사람이 갑자기 죽었는데, 뭣 좀 아는 게 있어요?"

"어머! 아니에요. 몰라요."

현숙에게 유족이라곤 오빠가 유일하다. 현숙 오빠인 현철이 내게 다가와 조심스럽게 함께 국과수에 가자고 했다. 현숙과 친했던 나로서는 거절하기가 어려웠다. 나도 현숙의 사인이 궁금했기에 만약에 피살의 흔적이 있다면 밝혀내고 싶었다. 현숙 오빠의 심정은 오죽할까? 이해가 되어 함께 가기로 마음을 굳혔다.

국립과학수사연구소에 있는 부검실은 커다란 컨테이너 건물 같은데 아무 장식이 없어서 건물이라기보다 허름한 창고에 가까웠다. 커다란 문을 통해 안으로 들어가자 컴컴한 실내가 입을 벌리고 방문객을 맞아들인다. 죽은 영혼들이 자신들의 억울한 죽음을 밝혀달라고 기다리고 있는 듯하다.

　부검 순서를 기다리는 시신 옆에 서 있는 사람들 얼굴이 침통해 보인다. 죽은 자의 가족일 것이다. 환풍기가 돌아가고 있어도 서늘한 부검실 안은 퀴퀴한 냄새와 포르말린 냄새가 훅 얼굴로 다가온다. 한편에서는 시체를 둘러싸고 검진 의사의 설명을 듣고 있다.

　먼저 온 시신을 해부 중이었다. 칸막이도 없이 철 침대 위에는 젊은 여자 시체와 중년 남자 시체가 부검을 기다리고 있다. 몇몇 사람들이 손수건으로 입을 막고 서 있고 더러는 구역질을 하더니 참지 못하고 밖으로 뛰쳐나가는 게 보였다.

　철 침대 위에 벌거벗은 채 누워 있는 젊은 여자를 쳐다보는 내가 오히려 민망하다. 목욕탕에 함께 들어가도 어깨를 오므리고 아랫도리를 수건으로 가렸을 알몸이다. 대낮에 덩그러니 철제침대 위에 아무렇게나 팽개친 채였다. 목에 둘렀던 내 머플러를 풀어 시신을 가려주고 싶었다.

　철 침대 위에 알몸으로 누워 있는 여자는 어제 자살한 아가씨라고 했다. 이미 몸은 시퍼렇게 변해 있었다. 남자친구로부터 배신을 당했다고 한다. 이별 통보를 받고 청계산에 올라가 나일론 스타킹으로 목을 매었다는 것이다. 어제 등산객이 발견했다고 한다.

유가족은 멀쩡하던 딸의 갑작스런 죽음에 타살인지도 모른다며 부검을 의뢰했다고 한다. 경찰은 자살 쪽으로 결론을 내렸는데, 유가족의 항의로 이곳 국과수에 오게 되었다. 유족은 딸이 두 번 죽임을 당하는 일이어도 범인을 꼭 잡아야 한다고 했다.

　여자는 곱고 예뻤다. 20대 중반인데 168센티 정도의 훤칠한 키에 긴 머리를 하고 있었다. 유방이 납작한 편으로 유두는 남자들이 입에 넣어도 버겁지 않을 만큼 자그마했다. 배꼽 아래에 골반 뼈가 튀어나온 여자는 음모가 수북했다. 가지런한 털에 윤기가 흘렀다.

　곧 일어나서, 무의식중에 다리를 포갤 것 같았다. 무방비로 침대 위에 누워 만천하에 드러내 놓고 누워 있는 모습을 보는 내가 민망했다. 사랑하는 연인 앞에서도 아무것도 입지 않은 알몸으로 저렇게 천연덕스럽게 누워 있을 수는 없었을 것이다.

　채 피우지도 못한 꽃봉오리 같은 몸을 버리다니! 어떤 나쁜 놈이 저 여자를 사랑하다 버렸을까. 얼마나 사랑했으면 그 사랑을 잃은 슬픔과 좌절감으로 목숨을 버렸을까. 고통을 끊어내는 방법이 죽음뿐이었을까?

　내 막내 여동생 또래다. 그 어린 나이에 세상에 대해 무엇을 안다고 귀한 목숨을 버렸을까. 눈앞만 보고 더 넓게 세상을 볼 수 없을 정도로 다급했나 보다. 사람들은 자기식대로 생각하고 상상하고 판단하고 안타까워한다. 당사자의 고통은 모른다.

　그렇더라도 조금만 참았으면 좋은 사람을 만나 사랑하고 사랑받으면서 살 아름다운 인생이 기다리고 있을 텐데. 왜 시시한 피조물에게 목숨을 걸었을까? 타인으로 인해 자신을 버린 어린 여자, 그녀의 선택

16

이 안타깝다.

보티첼리의 〈비너스의 탄생〉도 한 손으로 음부를 가리고 서 있지 않은가. 만천하에 음부를 드러내 놓고 누워 있는 여자는 애처롭다. 누군가가 말했다. 이 세상에 단 한 사람이라도 자신을 알아주는 사람이 있으면 생명을 버리지 않는다고. 조금만 참았다면 그녀의 아름다운 몸에 찬사를 보낼 사람들이 많을 텐데 ….

그 여자는 싱싱한 몸으로 발가벗긴 채 누워서 사람들 앞에 전시되어 있다. 자! 이제 마음 놓고 보십시오, 라고 말하듯이 꼼짝도 안 하고, 부끄러움도 모르고 너희들 마음대로 하라고 누워 있다. 그녀의 영혼이 위에 서서 내려다보고 있다면 어떤 생각을 할까.

이제 곧 여자의 부검이 시작될 것이다. 마스크를 깊게 쓰고 눈만 내놓은 남자 두 명이 안으로 들어온다. 검시를 하는 의사다. 수시로 카메라를 들이대며 현장을 찍는 의사, 그리고 상황을 생중계하는 의사가 여자 몸이 그려진 A4 검시 용지 위에 상태를 하나하나 메모하면서 몸 부분에 표시한다.

검시를 마친 후 마스크를 쓴 부검의가 메스를 들고 여자의 목을 가로로 긋고 목에서부터 가슴과 배를 지나 성기가 있는 곳까지 그어 내린다. 날씬하게 보이는 시체에 뱃살을 긋고 내려가자 기름 두께가 나타난다. 자궁 속에 정액이 남아 있는지 확인한다.

자영은 무서웠다. 밖으로 뛰쳐나가서 토를 한 후 돌아와서 참고 사람들 뒤에서 얼굴만 내밀고 보았다. 피가 많이 흘렀는지 보이지 않는다. 부검의는 장기를 잘라 저울에 달고 나서 제자리에 놓는다. 뒤에서 어깨너머로 보던 자영은 앞에 사람이 뛰쳐나가는 바람에 앞자리에 서 있게 되었다. 시체 부검 장면을 보지 않으려고 해도 생생하게 눈에 들어온다.

부검의는 간을 떼어 내어 디지털 저울에 올려놓고 몇 그램인지 체크한다. 색깔과 무게를 기록한다. 그리고 폐를 떼어 내서 무게를 달고, 다음엔 위의 무게를 달고 나서 제자리에 넣는다. 모든 장기를 떼어 내어 하나하나 달아보고 소견을 적어나간다.

A4 용지에 사람의 라인만 그려져 있는 자리에 부검의의 소견이 빼곡히 적혀 있었다. 옆에 있던 의사가 여자의 뱃가죽을 오므리더니 듬성듬성 꿰매 놓는다. 내장 검사를 끝낸 모양이다.

다음에는 여자를 뒤로 엎어 놓더니 두개골을 살펴본다. 둔기로 머리를 맞았는지 확인한 후 머리카락을 치켜들고 메스를 가로로 긋는다. 순간 여자의 얼굴은 사라지고 붉은 덩어리 속에 허연 골이 드러난다. 아무 이상이 없는지 올렸던 머리 가죽을 내리자 다시 얼굴 형태로 돌아온다.

여자의 얼굴은 더 이상 얼굴이 아니라 그냥 가죽이었다. 살아 있을 때 성형수술을 해서 코를 높일 필요도 없고, 눈을 양옆으로 터서 크게 보일 필요도 없다. 죽으면 모두 똑같은 얼굴이다.

성형미인을 보면 어느 성형외과에서 수술했는지 안다고 한다. 성형외과 의사의 솜씨에 따라 수많은 짝퉁 미인들이 탄생하기 때문이다. 텔레비전에 나오는 젊은 배우들을 보면 비슷해서 가슴에 이름표를 달지 않으면 누가 누군지 구분이 안 된다. 원래 모습을 알려면 성형하기 전과 성형 후를 비교해 봐야 한다.

자영은 젊은 여자의 시체를 보면서 성형외과 생각이 났다. 눈두덩 살이 내려와 눈알이 반쯤 가려져 있었다. 눈 밑에 생겨난 눈물주머니와 함께 주름을 제거하려고 서울 강남에서 꽤 유명한 성형외과를 찾았던 적이 있다.

수술하고 집으로 돌아오니 실눈처럼 위아래를 테이프로 가려놓아 잘 보이지도 않는다. 의사는 수술 부위가 부을 수 있다면서 "되도록 눕지 말라"고 했다. 소파 위에 앉아 밤을 지새우면서 후회했다. 날마다 불안해서 거울을 손에 쥔 채 보고 또 보았다.

만약 계속 이대로 부자연스러운 모습이면 어떡하나? 아무도 나인 줄 몰라볼 텐데. 아무리 예뻐져도 전혀 딴사람이 되면 무슨 소용인가. 나를 잃어버리는 일인데. 내 모습에서 약점을 조금 보완하면 되는 일인데, 살짝 원하는 대로 되지 않는 것이 문제였다.

조금만 고개를 앞으로 숙여도 통증이 얼굴로 쏟아져 내린다. 누구에게 아프다는 말도 할 수 없다. 이런 일이 생길 줄 몰랐다. 내가 저지른 일인데 누구를 탓한단 말인가? 하지만 내가 선택했어도 아픈 것은 아프다. 자신의 죄라고 생각해서 이를 물고 견뎌내야 했다.

다행히 시간이 지나자 나인 줄 알아보게 되었다. 그리고 현숙을 비롯한 친구들은 눈 성형수술이 잘 되어서 젊어 보인다고 했다. 어느 날 현숙은 내가 수술한 병원을 소개해 달라고 했다.

***

현숙 부부는 출판사에서 만난 커플이다. 사내 연애로 떠들썩한 소문의 주인공이었다. 신입 사원인 남자는 깔끔하게 잘생겼다. 물론 그녀도 우아하고 아름다웠다. 4년 연상이지만 그녀의 기품 있는 모습에 반해 남자가 적극적으로 구애한 끝에 두 사람은 결혼했다.

결혼생활은 행복했다. 그런데 문제는 시간이 지나면서 불협화음이 생기기 시작했다. 자연적으로 생기는 노화 현상이 원인이었다. 가뜩이나 젊은 남편에게 신경이 쓰이는 판에 남자는 나이가 들어도 동안이었다. 조상의 은혜인지 그런 유전자를 물려받은 것인지 모르지만, 신경이 쓰였다.

현숙은 50줄 나이에 들어서자 빨리 흰머리가 생겼고, 하얀 피부는 얇아져서 잔칼질을 한 것처럼 자잘한 주름이 생겨났다.

동창회에서 만나 친구들이 그녀에게 말했다.

"그 흰머리 좀 어떻게 해 봐라. 우리들이 다 늙어 보인다."

"남편이 못하게 해."

현숙은 남편이 절대로 아내에게 머리 염색을 못 하게 한다고 했다.

"당신은 흰머리가 예뻐."

남편은 흰 피부에 주름이 진 것도 품격이 있어 좋아 보인다고 했다. 성형수술 같은 걸 하면 당장에 이혼감이라고 으름장을 놓았다.

남편은 깔끔하게 차려입고 출근한다. 주변에선 나이보다 훨씬 어려 보이는 동안이라고 칭송이 자자하다. 남편이 자연 그대로가 좋다고 해도 4년 연상인데 10년도 더 나이가 많아 보이면 좀 문제가 있다.

어느 날 윗집에 새로 들어온 새댁이 현숙에게 물었다.

"사모님 젊은 남자가 아들이에요?"

대답도 하지 않고 서둘러 집 안으로 들어왔다.

현숙은 '저런. 별 미친 여자가 다 있어' 새댁에게 욕을 해대고 싶었으나 그렇게 보인 자신이 밉고 현실이 부끄러웠다. 남편과 함께 외출하면 처음 보는 사람들이 '아들'이냐고 묻기도 해서 현숙을 하얗게 질리게 했고 슬프게 했다. 겉으로 태연하게 행동하려고 해도 마음에 상처로 남곤 했다.

그런 여자의 마음도 모른 채 남편은 아내에게 여자는 자연 그대로가 아름답다고 강조했다. 그러나 현숙의 생각은 달랐다. 더구나 아기가 생기지 않아 직장을 포기하고 전업주부로 집에 있게 된 터였다.

남편은 그녀에게 직장도 없으니 글쓰기가 수월할 것이란 말도 했다. 사내잡지와 여성지에 글을 쓰던 아내가 앞으로 이름을 떨칠 작가로 우뚝 설 수 있겠다는 기대가 있었던 것일까. 우아한 작가로 곱게 늙어 가면서 지적으로 충만한 모습을 상상했다고 한다. 그러나 맏며느리로 집안 살림을 하면서 글 쓰는 건 쉽지 않은 일이다.

남편은 현숙에게 흔히 볼 수 있는 동네 아주머니가 되는 것이 몹시 실망스럽다고 했다. 그러면서 심기가 편치 않을 때면 현숙의 아픈 곳을 찔러댔다.

"겉만 요란한 포장지에 속았다" 등등.

현숙도 작가가 되려는 자신의 꿈을 접은 것에 대해 아파하고 있었다. 사람은 두 가지 다 가질 수 없음에도 남자는 집에서 시간이 있는데 걸작을 쓰지 못하는 마누라를 탐탁지 않아했다. 게으르다고도 했다.

현숙에게 글쓰기는 자존감 높이기 일환이다. 낮은 위치의 여자로 취급받으면서는 글을 제대로 쓸 수 없다. 글쓰기가 그렇게 틈틈이 할 수 있는 일도 아니다. 잘 쓰고 싶은 마음은 그녀가 더 다급하다. 시집 살이, 집안일에 허덕이는 처지에 글이 써지지 않고 시간도 없다.

현숙은 머리 염색도 하고 미장원도 다니면서 다른 여자들처럼 모양을 내고 싶었다. 그렇게 해서 남편과 보조를 맞추고 싶었다. 그렇게 하면 물론 보조를 맞추기는 어렵더라도 간격을 조금 줄일 수 있을 것 같았다.

그런데 현숙 남편의 취향은 독특했다. 머리 염색은 프랑스 대통령의 부인인 브리지트 마크롱 여사를 보라며 반대했고, 미장원에서 파마도 금지였다. 자연 그대로, 우아한 모습이 사라진다는 이유였다.

자영은 현숙의 말을 듣고 질색하며 중얼거렸다.

'그쯤 되면 그건 취향이 아니라 학대 수준이잖아!'

미장원에서 머리를 자르고 염색해서 보편적인 아름다움을 가져도 되는 일. 그렇게 하면 나이가 들어보여도 귀티 나는 현숙의 외모는 자랑할 만할 것이다. 아내의 외모를 여자인 그녀의 개성이나 취향이 아니라 남편이 자신의 취향대로 개입하고 결정하다니!

현숙 남편은 고급스럽게 늙어가는 모습은 예술이라고 한다. 현숙에게 "어떤 예술가도 자연스럽게 늙어가는 당신 같은 여자 모습을 만들 수 없어" 그러면서 "내가 좋다고 하는데 무슨 이유가 필요하냐"고 반문하기도 했다.

사회나 가정에서 등급은 누가 결정하지 않아도 저절로 '갑'과 '을'로 서열이 정해지기 마련이다. 부부동반 모임에 갈 때마다 현숙은 늘 움츠러들었다. 자신감을 가지려고 노력해도 되지 않았다. 아름답다는 말로 최면을 걸어도 그때뿐이다. 남편 친구 부인들은 대개 젊은 여성처럼 자신을 가꾸는 '미시족'들이고, 백화점 주니어 명품매장에 서 있는 마네킹 같은데 어쩌란 말인가.

남편은 아내의 쓸쓸한 마음을 헤아릴 수 없었을까? 자신은 당당하면서 아내는 자신의 그늘에서 아름다운 예술품으로 만족하라고 한다. 그러면서 겉치장은 내면이 결여된 자들이 하는 짓이라고 말한다.

현숙은 화를 냈다. 그렇다면 자신의 내면을 어떻게 채울까? 개인이 독자적으로 자신의 가치를 높이기는 어렵다. 인간이 사회적 동물이라는 설이 맞는다면 사회에서 인정받는 일이 우선이다. 외톨이로 산다면 모를까. 보편적인 사회에서는 대중이 곧 진리가 될 수도 있다.

왜 많은 사람들이 시류에 휩쓸리고 있는가. 그들은 모두 속물이어서인가. 많은 사람들이 유행을 따라가는 건 바보라서가 아니다. 평범 속에서도 자신만의 특별함을 찾기를 원한다. 그 평범함이 진리라고 생각한다.

어느 날 현숙은 남편이 두고 간 서류를 전하기 위해서 남편 사무실에 들렀다. 몇십 년 전에 다니던 회사지만 아는 사람은 없었다. 이젠 남편은 진급해서 따로 사무실이 있었다.

5층에 있는 사무실 문 앞에서 노크를 하려다 그대로 섰다. 유리 창문 사이로 남편에 일하는 모습이 보였다. 옆에는 비서인지 모르겠으나 젊은 아가씨가 남편과 이야기하고 있다. 무슨 이야기가 그렇게 웃게 했을까. 두 사람이 환하게 웃는 모습이 잘 어울린다. 갓 잡은 고등어처럼 푸름이 파드득 소리를 내는 것 같았다. 현숙은 사무실 안으로 들어설 수 없었다. 자신을 내려다보았다. 그런대로 차려입었으나 평범했다 못해 유행에 뒤진 모습이 다른 세계에서 온 외계인 같았다.

'아. 그의 어머니라고 해도 믿을 것 같아.'

급히 지하 커피숍으로 내려가서 남편에게 전화를 걸었다. 잠시 후 남편이 나타났다. 서류를 받아 들고 곧바로 돌아서기가 민망했는지 점심을 먹고 가겠느냐고 물었다. 그녀는 고개를 저었다.

남편 사무실을 벗어나 집으로 오는 길은 너무나 쓸쓸해서 발걸음이 떨어지지 않는다. 이대로 사라지는 방법은 없을까. 지금으로서는 남편의 장식물로서 견디며 살아가야 한다. 남편이 만들어낸 미의 기준은 내 삶을 피폐하게 만들었다.

'예술작품이라는 말에 내가 속았던 것은 아니었을까.' 그러던 때에 그녀의 뒤통수를 치는 사건이 일어났다. 남편의 행동이 달라졌다. 모양을 내고 귀가 시간이 늦어졌다. 여자가 생긴 것 같다. 이제 와서 어쩌란 말인가? 그 많은 젊은 시간들을 허비했는데 이젠 내 남자가 아닌 것 같았다.

언젠가 '아무도 오피스 와이프를 이길 수 없다'는 말을 들었던 기억이 떠올랐다. 만약에 오피스 와이프가 생긴다면 떼어 놓을 수 없다고 했다. 미모에 사업상 의논할 점도 많고 무엇보다 대화의 공통점 때문이란다.

현숙은 집으로 들어가지 않고 시내버스를 탔다. 버스 안에서 생각에 잠겼다. 남편을 믿고 그의 말을 따르고 순종한 결과다. 지금까지 초라하게 내버려둔 자신 탓이다. 세상도 남편도 다 변하기 마련이다. 이제 와서 과거 자신을 찬양했던 남편을 탓해도 소용없다. 이대로는 내 인생은 달라지지 않는다. 이젠 성형수술이라도 해서 젊어 보이고 싶었다. 현숙은 눈물이 나왔다.

***

눈 수술 이후 바뀐 얼굴에 적응한 내가 현숙과 함께 성형수술을 행동에 옮기려고 결심한 것은 동창생 중 예쁘다는 미영 때문이다. 미영은 성형을 해서 좀 어색해 보여도 자신들보다 10년은 더 젊어 보인다. 현숙과 나는 서로 얼굴을 보며 끄덕였다. 자 우리도 해 볼까? 성형수술을 한 모습을 상상하니 갑자기 힘이 나고 세상이 빛나 보였다.

성형수술을 하기 전에 우선 상담부터 받아야 한다. 강남에서 알려진 성형외과였다. 의사는 현숙과 내 얼굴을 살펴보고는 사진을 찍자고 했다. 나중에 환자는 그전 얼굴을 기억하지 못하고 불평한다고 했다. 그래서 수술하기 전에 사진을 찍어놓고 나중에 변한 모습을 비교해 보여준다고 했다.

내가 먼저 수술하기로 결심했다.

내 별명은 '넓적이'이다. 이름을 모르면 '왜 그 넓적이 있잖아' 하면 다 알아 듣는다. 사각의 넓적한 얼굴은 자존감을 떨어뜨린다. 성형외과를 찾게 된 이유가 있었다.

"광대궁을 깎아 내고 얼굴 윤곽을 도려내면 동양적인 아름다움을 창조할 수 있습니다."

수술 집도의가 펜으로 내 얼굴 윤곽을 그리기 시작했다. 각진 얼굴에서 깎을 부위를 그린다. 찢어진 작은 눈이 싫다고 했다. 앞트임을 하고, 눈 밑에 애교살을 넣고, 코를 높이고, 코 옆에 깊게 파인 팔자주름을 귀 옆을 당겨서 커다랗게 금을 그었다. 모두 잘라 내거나 수정할 부분이라고 했다.

의사는 수술하고 나면 아름다워지고 자존감이 향상된다고 했다. 수술이 가져올지도 모르는 훼손에 대비한 언급은 없었다.

나는 두려운 점도 없지 않았지만 먼저 수술한 여고동창의 얼굴을 보고 믿었다. 의사의 말보다 여고동창생을 믿은 것은 그녀의 예전 얼굴을 알고 있어서다. 지금 그 친구는 마치 태생적 미인이라도 된 듯 예쁜 것을 무기로 자신만만한 태도다. 그녀는 과거를 잊고 산다.

그 친구처럼 완벽하지는 않더라도 설마하니 지금보다는 나아지겠지 생각했다. 그래서 그 친구가 미인계라는 계를 조직했을 때 선뜻 가입했다. 앞 번호를 주어 곗돈을 미리 타서 성형외과로 오게 된 것이다. 예뻐진 다음 긴축을 해서 곗돈을 부으면 된다. 예뻐진 다음에 경제적으로 어렵더라도 참을 수 있을 것 같았다.

수술비가 비싸긴 해도 아름다운 외모에 대한 유혹이 커서 무리해서 도전한 것이다. 아픔쯤은 견딜 각오가 있었다. 그만한 도전 가치가 있으리라는 기대감으로 일을 저지를 수 있었다. 유행에 맞춰 옷을 구입하지 않으리라 결심했다. 그쯤 희생해도 아깝지 않았다.

수술시간은 얼마나 걸렸는지 모른다. 마취를 심하게 해서 그런지 찰나처럼 느껴진다. 의식이 회복되었을 땐 온 얼굴에 붕대가 감겨 아무것도 보이지 않는다. 2박 3일을 입원해서 암흑세계를 경험해야 한다. 이집트 유물 중에서 온몸을 흰 천으로 동여맨 미라, 그 미라가 된 기분이다.

무턱대고 수술을 감행하고 보니 덜컥 겁이 난다. 너무나 두려웠다. 온 얼굴을 압박 붕대로 감아 놓았으니 장님이 된 것 같다. 화장실도 먹는 것도 간호사의 도움을 받아야 했다. 처음으로 후회했다. 건강하게 보고 먹고 화장실 가는 행위가 얼마나 축복인가를 경험한 것이다. 그러나 내가 선택했으니 원망할 사람도 없다. 수술한 다음날 문병 온 친구가 나를 보더니 웃으며 말했다.

"세상에서 제일 어려운 것은 아름다움을 유지하는 일인 것 같아. 쉽게 그냥 되는 일은 없는 거야. 대가를 치러야지."

"너도 이렇게 했니?"

"누구나 겪는 과정이지."

나는 내 얼굴을 찾고 싶었다. 거울을 보니 내가 아닌 딴사람이 된 것이다. 나를 알아보지 못하고 딴사람이 된 마당에 예쁘면 뭘 하나. 그리 예쁘지도 않으면서 딴사람만 된 것이다.

"어이 징그러워."

남편은 돌아 앉아 중얼거린다.

"어디서 괴물이 되어왔으니 이를 어쩐다?"

모든 모욕을 참고 기다린 끝에 얻은 것은 다른 사람과 똑같은 얼굴을 만든 것이다. 텔레비전에서 본 얼굴, 얼굴들.

남편이 불만스럽게 말한다.

"예전엔 당신이 넓적한 얼굴이라도 다정하고 순수해 보여서 좋았어."

'이런 빌어먹을 놈이 다 있어. 이제 와서 그런 말을 하면 어떻게 해!'

예쁜 얼굴로 태어난 사람은 수술해도 예쁜 모습이 있는데 미운 얼굴은 수술해도 엇비슷해지기는 하지만 그리 만족하지 못한다.

의사는 말한다. 본바탕은 어쩌지 못한다고. 그것은 방법이 없단다.

"서양여자와 비슷한 얼굴이었다면 자연스러웠을 텐데. 사모님은 동양여자 스타일이라서 …."

모든 미의 기준은 밸런스가 맞아야 한단다. 그렇지 않아 이상하다고 했다. 나쁜 놈, 진작 그런 말을 했으면 수술하지 않았을지도 모른다. 아니다. 다른 친구의 예쁜 모습을 보고 더 강렬하게 원했을지도 ….

'할 수 없이 나를 보는 상대들이 눈에 익어서 그런대로 좋아졌다고 봐줄 때까지 기다리면 된단다.'

내가 성형수술을 하고 일주일쯤 지났다. 현숙이 성형수술을 할 차례다.

"네 남편이 하라고 해?"

"아니. 아직 말하지 못했어."

"웬. 배짱이야! 그동안 남편에게 꼼짝 못 하더니."

"죽이기야 하겠어?"

현숙은 눈물을 글썽이며 자조 섞인 말을 했다.

"너 무척 아픈데도 괜찮아?"

"아픈 게 무슨 문제니? 잘 되면 그만이지."

"그래 그렇다 쳐. 난 걱정이다. 네 남편이 뭐라고 할지."

무엇 때문에 현숙은 죽을 각오까지 하면서 성형수술을 하려고 할까. 남편에게 젊은 여자가 생긴 것은 아닐까. 여자들은 남편의 외도를 알아차리면 그때부터 무서울 것이 없어진다고 하는데.

이틀이 지난 후 나는 현숙과 같이 성형외과에 갔다. 나는 현숙의 수술 장면을 목격했다. 그녀는 간헐적으로 숨만 쉬고 있었다. 전신 마취를 시켜놓고 입에는 플라스틱 짧은 호스를 물려 놓았다. 아기들 빈 젖꼭지가 아니라 숨을 쉴 수 있는 장치였다.

그 옆에서 간호사나 의사는 농담을 하고, 커피를 마시고, 남편과 싸운 이야기와 친구들 이야기를 하면서 아무렇지도 않게 일을 하고 있었다. 하긴, 늘 있는 일이라서 아무렇지도 않은가 보다.

후에 알고 보니 우선 전신마취를 시켜 거의 죽여 놓다시피 해 놓고 수술할 차례를 기다리는 거였다. 다른 환자를 보고 와서 코도 높이고, 눈도 찢어 크게 해 놓고, 배에 기름도 빼서 볼에다 넣고 몇 시간을 이리저리 굴리면서 5∼6시간, 아니 하루 종일 얼굴도 깎아 놓고, 마취가 깰 때쯤에 얼굴을 압박붕대로 꽁꽁 묶어서 입원실로 옮기거나 차를 태워 집으로 보낸다.

미리 죽는 연습을 하면서까지 아름다움을 유지하려고 한다. 그렇게 해서 미의 유행을 따르고 공장에서 찍어낸 공산품처럼 똑같은 좀비가 탄생한다.

현숙이 수술하는 시간은 오래 걸렸다. 나는 병원 응접실을 서성였다. 몇 시간을 기다렸는지 모른다. 이윽고 현숙이 수술실 밖으로 나온다. 나는 깜짝 놀랐다. 두 눈만 내놓고 하얀 붕대로 얼굴이 감겨 있다. 현숙은 집으로 갈 수 없다며 모텔이라도 가야겠다고 했다.

나는 그 말을 듣고 그냥 지나칠 수 없었다.

"우리 집으로 가자."

택시를 타고 현숙을 집으로 데리고 왔다. 현숙은 남편에게 여행을 간다고 했단다. 마침 아들이 군대에 갔기 때문에 빈방이 있어서 현숙을 머무르게 했다.

  성형수술을 한 현숙은 친구인 자영의 집에서 3일을 보냈다. 현숙은
마냥 기다릴 수 없어 덜 아문 몸으로 집으로 돌아갔다. 이제부터 고난
의 역사가 쓰였다. 현숙은 3일이 지나 눈만 풀고 집에 왔으나 남편 볼
일이 큰 걱정이었다. 맞아 죽건 소박을 맞던 마찬가지라 여겼다. 참고
견뎌서 자신만만하게 살리라 마음을 다잡았다.
  남편이 퇴근을 했다.
  "여행을 간다더니 이 여편네가 미쳤군."
  선글라스를 쓰고 밥상을 들고 모로 들어가서 차려놓고 부리나케 부
엌으로 들어와서 쪼그리고 앉았다. 남편은 한숨을 쉬었다.
  "이 여편네를 죽일 수도 없구 어쩌지?"
  현숙은 속으로 중얼거렸다.
  '이놈아! 네가 나를 사랑하는 척이라도 했으면 내가 이렇게까지 했
겠어? 나도 지금 후회하고 있는 중이야. 이렇게 고통스러울 줄 알았으
면 그냥 살 것을.'
  남편이 한숨을 쉬면서 현숙에게 말한다.
  "내 심정이 어떤 줄 알아? 억만금이 들어도 예전의 얼굴로 되돌려
놓을 수 있다면 그렇게 하고 싶어! 앞으로 내 눈앞에 띄지 말어, 끔찍
하니."
  현숙은 그런 남편을 보고 한숨을 쉬었다.
  '이왕 수술한 것을 어떻게 하나? 예뻐질지도 모르니까 미리 걱정하
지 말라'고 했으면, 나는 평생 남편을 위해서 희생하며 살리라. 그 고

마음을 평생 잊지 않으리라 생각했다. 그러나 그건 남편에게는 상상도 할 수 없는 희망이다.

애초에 그럴 사람이면 수술도 안 했겠지.

"저 화상하곤."

툭하면 그렇게 말하던 남편이다. 그래 망가지든 말든 내가 짊어질 문제다. 설마 죽기야 하겠어? 오기가 생겼다. 그러나 두고두고 후회할 일을 저지른 것만은 사실이다.

그래도 며칠 지나 회복하면 낫겠지 희망을 가져본다. 일주일 만에 다시 찾은 병원에서는 잘 되고 있다고 했다.

"얼굴에 부기만 빠지면 결코 후회하지 않을 겁니다. 이제 감사하며 사시겠지요."

의사가 위로를 하자 긴가민가했지만 지금으로서는 믿을 수밖에 없었다. 의사의 말에 구세주를 만난 것 같아 한숨 돌려본다. 그래도 미심쩍다. 수술이 실패했으면 어쩌지.

현숙은 성형외과에서 치료를 마치고 주변을 보니 많은 여자들이 시체라도 된 것처럼 꼼짝하지 않고 즐비하게 누워 있었다. 하나같이 입에는 구멍이 큰, 플라스틱 숨구멍이 물려 있었다.

며칠 전만 해도 그녀도 그중 한 사람이었다. 저러다가 영영 깨어나지 못하면 더러는 죽는 사람이 있다는 것을 뉴스에서 들었다. 저렇게 완전하게 죽여 놓고 수술을 하니 잘못하면 죽을 수도 있겠다는 생각이 들었다.

성형수술 후 현숙은 우울증에 걸렸다. 남편은 더욱 밖으로 나돌고 기대했던 성형수술은 만족하지 못한 상태였다. 타인이 봐도 부자연스러운데 본인이야 오죽하랴.

남편이 비아냥거렸다고 한다.

"성형수술도 할 수 있는 사람이 있고 없는 사람이 있는 거야. 요즘 개나 소나 다 하면 미인이 되는 줄 안다니까."

넓적한 얼굴에 눈은 서양 여자, 코는 클레오파트라 코, 입은 조커처럼 웃는 모습이 된 것을 이제 와서 후회한들 되돌릴 방법은 없다.

***

자영은 국과수 부검실에서 현숙과의 기억을 떠올리면서 현숙을 부검하기를 기다리고 있었다. 젊은 남자 시체 부검이 끝나면 곧바로 현숙 차례다.

젊은 남자가 부검되고 있다. 죽은 지 일주일이 넘었다고 한다. 시체는 부패가 시작되었는지 시퍼렇다. 거의 끝날 때가 되어간다. 배에는 아무렇게나 꿰맨 자국이 커다란 가방에 달린 지퍼 모양 같았다.

이곳 의사들도 못 할 짓이라는 생각이 든다. 하루종인 시체와 씨름을 하는 일이 직업이라니! 이곳에서는 온갖 죽음을 파헤친다. 억울한 죽음이 없도록 하는 노력을 계속하고 있다.

옆에 남자시체는 마구잡이로 꿰매진 채 썩고 있었다. 배꼽 아래에 고추가 어린이 새끼손가락처럼 매달려 있다. 한때 자부심이었을 고추는 몇 그램의 살덩이에 불과해 보였다.

몇 년 전 비뇨기과 의사가 책을 낸다고 하면서 소설가인 내게 책 제목을 지어 달라고 했다. 한 달에 한 번씩 만나는 골프모임 멤버였다. 나는 아무리 생각해도 비뇨기과 분야는 잘 모르므로 차일피일 미루었다. 한 달 후 만났는데 의사는 책을 출간했다고 한다. 책 제목이 《천장받이가 좋다》라고 한다.

인간의 끝없는 욕심 중에 하나는 영원한 생명, 영원한 젊음이다. 궁극적인 목표는 영원히 섹스할 수 있는 욕망을 실현시키는 일이다. 그것은 성기에 도구를 삽입하는 것이다. 성병 치료만으로 돈을 벌기는 어려워서 영원히 사용할 수 있는 인스턴트 성기를 만들어내면 돈이 된다고 한다. 그러면서 앞으로 전망이 밝다고 한다.

여자는 영원한 미모에 집착하고 남자는 그런 여자를 영원히 만족시키는 일에 도전하고 있다. 신도 거절한 일을 인간이 도전하고 있다. 성기에 보형물을 집어넣어 계속 발기 상태를 유지시킨다고 한다.

현대의학이 인간의 욕망을 위해 약을 발명했으나 모든 것을 충족시켜 줄 수는 없다. 약의 부작용도 있고, 또 약의 효력이 나타나려면 시간이 필요하다는 거다. 그런데 보형물은 언제나 가능하다고 한다.

"그러면 바지를 어떻게 입어요" 하고 질문하자 그 의사는 중간에 꺾어 넣는 장치가 있다고 한다.

나중에 소문을 들었는데, 온 세상이 욕심으로 가득 차더니 결국 시술을 받은 남자가 어떤 사유인지 모르겠으나 이혼을 당했단다. 영원하다는 보형물은 무용지물이 되었다고 했고, 의사를 상대로 손해배상 청구 소송에 들어갔다고 한다.

공장에서 찍어 낸 듯한 여자들을 보고 우스개로 하는 말이 있다. 다른 여자와 바람을 피우고 돌아온 남편이 마누라에게 들켜 놓고 오히려

큰소리를 쳤다. 왜냐고? 제 여잔지 남의 여잔지 몰라봤다는 것이다. 제 마누라인 줄 알았단다. 분명 아내와 잤는데 그게 다른 여자였단다. 헷갈려서라고 했다. 아내는 할 말이 없었다. 그 후 남자는 아내에게 이혼을 당했다고 한다.

젊은 남자의 부검이 끝나고 현숙의 부검이 시작되었다. 자영은 현숙을 부검하는 장면을 보고 있다. 부검의는 내장을 꺼내 무게를 달고 그리고 제자리에 놓고 또다시 배를 꿰매곤 했다. 얼굴 가죽을 확 뒤집어 머릿속 골을 끄집어내고 있다.

인생이 '찰나'에 불과하다고 했는데, 죽으면 아무나 얼굴을 뒤집기도 하고 화장장에서 태우고 또는 무덤 속에서 썩어버릴 뿐인데, 왜 미리 죽는 연습을 했을까 잠시 생각했다.

죽은 현숙의 사망 원인은 분명치 않았다. 현숙의 오빠가 이의를 제기해도 별다른 방법이 없다. 타살 흔적이 없는 마당에 단념하는 수밖에. 자영의 생각도 마찬가지였다. 예뻐지려고 성형수술을 한 여자가 자살할 리가 없었다.

아! 벌거벗겨진 채 온몸을 난도질당하는 친구를 보다니! 기가 막혔다. 이럴 줄 알았으면 그 고생을 해서 성형수술을 할 필요가 어디 있었겠나? 그냥 살림 잘하고 지혜로운 마누라로 살면 되었을 것을 ….

현숙은 남편에게 여자로서 사랑을 받고 싶어 했다. 보호자로서 '엄마' 역할은 사양했다. 조금이라도 젊어진다면 스스로 만족해서 덜 괴로웠을지도 모른다. 사랑은 영원한 것이라고 믿고 그것을 위해 살았다. 모든 것을 포기하고 그녀가 선택한 것은 남편에게 사랑을 받는 여자가 되고 싶은 것이었다.

    현숙의 사인이 타살이라는 것은 밝혀지지 않았다. 현숙이 죽을 수밖에 없던 상황으로 몰고 간 그녀 남편에게 물어야 한다. '자연 그대로가 좋다'고 아내에게 압력을 넣고는 바람을 피운 남편, 그녀가 받았을 열패감을 조금만 헤아렸다면 어땠을까.

    세상 모든 것은 필요에 의해서 생긴 것이다. 인간이 인간다운 삶을 살 수 없게 억압하는 사회의 모습은 다양하다. 수요가 있으니 공급이 있고 그 과정에서 실패도 있는 것이다.

    사람들은 말한다. 남의 눈치 보지 말고 자신을 채우라고. 그러나 인간은 혼자서는 살 수 없는 사회적 동물이다. 서로 비교하고, 또 의지하면서 살게 된다. 누구도 인간의 욕망을 거스를 수 없다.

    그녀는 왜 죽었을까? 문제의 본질은 무엇일까. 자신의 삶은 자신의 것인데 왜 굳이 남편이 원하는 삶을 살고자 했을까. 그녀라고 생각이 없었을까. 전업주부로 살던 여자에게 이 사회에서 그녀가 홀로설 수 있는 기회나 역할이 있기나 한 것일까.

    전업주부로 이 남자가 아니면 살 수 없는 환경, 그녀는 남편이 원하는 대로 살아남기 어렵다는 생각을 했을지도 모른다.

    예쁜 여자 안녕히! 결국 그녀는 그동안 참았던 분노를 폭발시킨 것이다. 그러면서 희망도 함께 버렸겠지.

    예쁜 여자여 안녕히!

〈문예바다〉 2021 여름호

여성문제의 문학적 형상화 - 정체성 찾기

문흥술 (서울여대 교수)
1993년 〈조선일보〉 신춘문예 평론 당선
2000년 〈문학과 의식〉 소설 등단

한국소설사에서 여성의 정체성을 문제 삼는 작품은 일제강점기 이후부터 현재까지 중요한 계열체를 이루고 있다. 하나의 큰 산맥을 이루는 이 계열체에 접근할 때, 과연 어떤 작품이 소설사적 측면에서 새롭고, 또 의미 있는 것일까. 이를 창작과 관련시켜, 다음 두 가지를 강조하고자 한다.

첫째, '자국의 문학사적 전통에 정통하라'(T. S. Eliot, 〈전통과 개인의 재능〉)는 측면이다. 곧 여성문제를 다루는 작품을 창작하고자 할 때, 무엇보다 먼저 이 계열체의 역사적 흐름과 전통을 꿰뚫고 있어야 한다는 점이다. 일제강점기, 해방공간과 전후, 산업화 시대, 정보화 시대로 이어지는 과정에서 각 시대별로 여성 관련 문제의 어떤 지점과 맥락이 당대 사회구조와 구조적으로 맞물려 문제시되고 있는가, 그리고 시대의 변화 속에서 다루어지는 보편적인 여성문제는 무엇이며 각 시대별로 특수한 문제는 무엇인가 등을 파악함으로써 여성문제의 문학적 형상화가 나아갈 올바른 방향에 대한 치열한 탐색전이 이루어져야 한다는 것이다.

둘째, '선배를 넘어서라'는 경구이다. 2020년대의 여성을 다루고자 하는 경우, 작가는 2020년대 한국 사회에서 가장 본질적으로 문제시되는 여성문제는 무엇인가에 대해 진지하게 고뇌해야 한다. 디지털 시대, 글로컬 시대, 4차 산업혁명 시대, 바이러스 시대 등으로 다양하게 명명되는 당대 사회의 본질적인 모순을 파악하고, 이 모순과 관련된 여성의 억압기제를 포착해 이를 형상화해야 한다. 그러면서 선배를 넘어서야 한다.

남성중심주의 가부장제 사회, 폭력적인 남성, 혹독한 시집살이, 낙태 등을 다룰 경우, 이러한 측면을 다루는 선배의 작품을 넘어서서, 2020년대 작가로서 자신만의 새로우면서도 고유한 영역을 확보해야 한다. 2020년대 한국사회의 특수성을 반영한 여성문제를 다루되 선배를 넘어서는 작품, 그럴 때 그 작품은 소설사적으로 새롭고 의미 있는 것으로 자리매김 된다. 이러한 점을 염두에 두고, 여성 정체성 찾기를 다루는 작품에 접근해 보자.

이정은의 〈예쁜 여자 죽이기〉(〈문예바다〉, 2021 여름)는 남성중심주의 이데올로기에 의해 이미지화되는 여성의 삶과 그 비참한 결말을 성형수술과 관련해 다루고 있다. 4년 연하인 남편과 결혼한 현숙은 "50줄 나이에 들어서자 빨리 흰머리가 생겼고 하얀 피부는 얇아져서 잔칼질을 한 것처럼 자잘한 주름이 생겨"난다. 그래서 주변 사람들로부터 남편이 자신의 '아들'이냐는 황당한 질문까지 받는다.

남편은 그런 현숙에 대해 "여자는 자연 그대로가 아름답다고 강조"

한다. 남편은 현숙의 흰머리가 예쁘다면서 현숙이 머리염색을 하고 미장원에서 파마하는 것조차 금지시키고, 성형수술 같은 걸 하면 당장에 이혼감이라고 으름장을 놓는다. 또한 결혼 전 작가로 활동하던 현숙이 결혼 후에도 이름을 떨치면서 "우아한 작가로 곱게 늙어가면서 지적으로 충만한 모습"을 갖기를 강요한다.

그러나 현숙은 시집살이와 집안일에 허덕이면서 작가의 꿈을 접은 지 오래다. 그런 현숙에 대해 남편은 "흔히 볼 수 있는 동네 아주머니가 되는 것이 몹시 실망스럽다" "겉만 요란한 표장지에 속았다"라고 힐난한다.

그런 남편에게 순종하며 살던 현숙은 남편이 젊은 여자와 외도하자, 자신도 아름다워지고 싶다는 욕망으로 성형수술을 한다. 그러나 남편은 그런 현숙에 대해 "요즘 개나 소나 다 하면 미인이 되는 줄 안다니까"라고 비아냥거리면서 더욱 밖으로 나돈다. 현숙 또한 성형수술에 만족하지 못하면서 수술 자체를 후회하게 되고, 결국 우울증에 걸려 죽음을 맞이한다.

아내의 외모를 여자인 그녀의 개성이나 취향이 아니라 남편이 자신의 취향대로 개입하고 결정하다니!

현숙 남편은 고급스럽게 늙어가는 모습은 예술이라고 한다. 현숙에게 "어떤 예술가도 자연스럽게 늙어가는 당신 같은 여자 모습을 만들 수 없어" 그러면서 "내가 좋다고 하는데 무슨 이유가 필요하냐"고 반문하기도 했다.

(중략) 남편은 아내의 쓸쓸한 마음을 헤아릴 수 없었을까? 자신은 당당

하면서 아내는 자신의 그늘에서 아름다운 예술품으로 만족하라고 한다. (22~23쪽)

남편은 현숙의 외모를 그녀의 개성이나 취향이 아니라 자신의 취향대로 개입하고 결정하면서, 늙어 가는 자신을 한탄하는 아내의 쓸쓸한 마음은 헤아리지 않고 아내에게 자신의 그늘에서 아름다운 예술품으로 만족하면서 살 것을 강요한다.

이와 관련해 백설공주 동화를 보자. 밖에서 경제적 책임을 지는 난쟁이, 집에서 밥하고 빨래하는 아름다운 백설공주 동화는 남성중심주의 이데올로기에 의해 이미지화된 여성상을 나타내는 대표적인 동화다. 1990년대 김영하는 〈거울에 관한 명상〉(《호출》, 민음사, 1997)에서 백설공주 동화에 나타나는 백설공주와 마녀라는 양 극단의 여성 이미지를 다루고 있다. 백설공주 같은 여자 '성현'과 마녀 같은 여자 '가희'라는 두 여성상을 통해, 남성주의에 의해 여성에게 부과되고 공고화된 두 가지 여성 이미지를 비판한다.

이런 측면을 고려한다면, 이 작품에서 남성중심주의를 충실히 수행하는 남편에 의해 자신의 특수성을 거세당한 채 이미지화된 여성 현숙의 삶과 그 비극적 결말을 다루는 부분은 2020년대 작가로서 우리 시대의 문제를 파악하고 치열하게 탐색한 결과물이다. 특히 이 작품은 성형수술을 시체 부검과 연결하고 있어, 흥미롭다.

① 후에 알고 보니 우선 전신마취를 시켜 거의 죽여 놓다시피 해 놓고 수술할 차례를 기다리는 거였다. 다른 환자를 보고 와서 코도 높이고, 눈

도 찢어 크게 해 놓고, 배에 기름도 빼서 볼에다 넣고 몇 시간을 이리저리 굴리면서 5~6시간, 아니 하루 종일 얼굴도 깎아 놓고, 마취가 깰 때쯤에 얼굴을 압박붕대로 꽁꽁 묶어서 입원실로 옮기거나 차를 태워 집으로 보낸다. 미리 죽는 연습을 하면서까지 아름다움을 유지하려고 한다. 그렇게 해서 미의 유행을 따르고 공장에서 찍어낸 공산품처럼 똑같은 좀비가 탄생한다. (29쪽)

② 젊은 남자의 부검이 끝나고 현숙의 부검이 시작되었다. (중략) 부검의는 내장을 꺼내 무게를 달고, 그리고 제자리에 놓고 또다시 배를 꿰매곤 했다. 얼굴 가죽을 확 뒤집어 머릿속 골을 끄집어내고 있다. (34쪽)

①은 죽음과 같은 마취 상태에서 성형수술을 받고 '공산품처럼 똑같은 좀비'로 탄생하는 상황을, ②는 죽어서 시체가 되어 부검을 받는 상황을 보여 준다.

시체 부검이 영혼을 배제하고 육체만을 중시하는 근대 인간의 사유를 압축한다면, 시체 해부와도 같은 성형수술 또한 육체와 외모를 중시하는 사유를 압축하고 있다. 현숙이 성형수술을 통해 자신도 예뻐지고 젊어져서 남편에게 사랑받고 싶다는 욕망을 갖게 된 것은 우리 시대를 지배하는 외모지상주의에 길들여진 것에 다름 아니다.

이 작품은 남성중심주의를 성실히 수행하는 남편에 의해 억압되고 희생되는 여성을 그려 내고 있다. 그러면서 '성형수술'과 '시체 부검'의 동일시를 통해, 외모지상주의로 표상되는 우리 시대 지배담론에 길들여져 스스로를 파멸의 구렁텅이로 몰아넣는 여성을 독특한 시선으로

제시하고 있다. 이를 통해, 오늘날 여성을 억압하는 기제가 남성중심
주의 외에도 외모지상주의 등으로 다양화되고 있으며, 그러한 기제가
유폐적 그물망을 이룬 채 '성형수술'처럼 일상도처에 작동하면서 여성
을 비롯한 인간 존재를 해부용 시체로 전락시키고 있음을 비판한다.

<문예바다> 2021 가을호

슈
뢰
딩
거
의 고
양
이
*

선미는 자신이 스톡홀름 증후군에 빠졌다고 생각한다.

1973년 8월 23일, 스웨덴의 수도 스톡홀름에 위치한 은행에 강도가 침입했다. 4명의 직원을 인질로 잡은 강도들은 6일간이나 경찰과 대치했다. 강도들이 체포됐는데, 재판 과정에서 이상한 일이 벌어진다. 인질로 잡혔던 은행 직원들이 강도들에게 불리한 증언을 하지 않는 것이다. 심지어 강도들을 변호하기 위해 돈을 모금했다고 한다. 사연을 알아보니 인질로 잡혀 있는 동안 자신들을 해치지 않았다는 점에 고마움을 느끼며 인질범들과 애착 관계가 형성된 것이었다. 그 유명한 '스톡홀름 증후군'의 스토리다.

정작 참기 힘든 것은 육체의 고통이 아니라 부당하고 비합리적인 일을 당했다는 생각에서 나오는 정신적인 고통이다. 정말로 이상한 것

---

* 1935년 물리학자 슈뢰딩거가 고안한 사고실험에 나오는 고양이 이름. 상자 안의 고양이에게 무슨 일이 일어날까? 삶과 죽음이 상존하는 것과 같은 모순된 상황이나, 최종 결과를 확인하기 전까지는 알 수 없는 상황을 의미한다.

은 흔적도 남지 않는 모욕에 상처가 나도록 매를 맞은 것보다 더 상처를 받는다는 사실이다.

이미 모욕감이란 말에 면역이 되다시피 한 자신을 보면서 산다는 것이 죽음과 같았다. 나는 없어지고 껍질만 남은 상태였다. 내 삶은 수동적으로 타인의 명령에 의해 움직이면서도 죽음을 택하지 못하고 살아 있는 것에 불과했다. 자존감 훼손이 내 존재감을 말살시킨다. 나를 없애는 것이 죽음이라면 벌써 몇 번을 죽었어도 남는다.

결혼하고 보니 시어머니는 며느리인 나를 어떻게 하던지 기를 죽이려고 했다. 며느리의 약점이 무엇인지 찾아내려고 애를 쓰는 것 같았다. 며느리를 보는 주변사람들이 칭찬을 했다.

"이 집 며느리는 품위가 있다."

처음엔 자부심도 생기고 듣기 좋았으나 시간이 지나면서 시어머니는 자신이 아닌 며느리가 칭찬을 듣는 것에 비위가 상했는지 며느리의 약점을 찾아내 비난했다. 그러면서 자신의 열등감을 회복하고 승자로서의 입지를 굳히려고 했다.

내 아버지가 고등학교를 보내면서 하신 말씀이다. 학교 문턱에도 가 보지 못한 아버지는 첫딸인 나를 자랑스러워했다. 그 시절, 그러니까 해방 후 이승만 대통령이 임영신 여사를 장관을 시켰을 때였다. 아버진 늘 말했다. 여자도 장관을 하는 세상이 왔으니 여자라고 못 할 일이 무엇이냐고.

엄마는 한동네 사는 시이모의 착함을 보고 시어머니 인품을 가늠했다. 아무것도 묻지 않고 결혼을 승낙했다. 시이모는 한동네 살았기 때문에 우리 집 사정을 서로 잘 알았다. 시어머니도 동생의 말을 믿었다. 두 집은 시이모의 말을 듣고 결혼이 이루어진 셈이다. 그런데 그렇게 착하다는 시이모도 우리 집에 대해 흉을 보았다는 것을 알게 되었다.

"너네 집은 밤새 불을 켜고 산다지. 그러니까 빚을 지고 살지."

우리 집은 밤새도록 불을 켜놓았다. 내가 밤에 공부하느라 불을 켜놓고 깜빡 잊기도 했고, 남동생이 아파서 언제 설사를 할지 열이 오를지 몰라 급히 대처해야 했기 때문이기도 했다. 깜깜한데 갑자기 불을 찾으려면 고생이 되니까 어쩔 수 없어 켜 놓은 것이다. 그런 사정도 모르고 시어머니는 절약을 모르는 친정집 흉을 봤나 보다.

딸을 시집보내고, 동생이 아파 약값이 많이 들고, 또 밭이 많아 일꾼을 많이 얻어서 일을 시키느라 빚을 졌다. 그것을 두고 시어머니가 며느리에게 모욕을 주었다. 그런데 누군들 아까운 줄 모를까.

자린고비로 사는 당신들은 왜 그렇게 가난한데?

말치가 없다고, 입이 무겁다고 칭찬이 자자한 시이모도 별수 없는 여자였다. 자기 언니에게 우리 집은 헤퍼서 빚을 지고 산다고 말했던 것이다. 나는 섭섭했다. 당신네들은 왜 이렇게 못살고 있는데 … .

나는 별 이유도 되지 않는 일로 시어머니에게 모욕을 당했다. 스무 살 이제 시작인데 모욕부터 당하면서 그 많은 시간을 어떻게 견디나 고민했다. 많은 시간, 내 일생을, 까마득한 세월을 견뎌야 했다. 죽을 때까지. 아무리 잘해도 비난을 받는다면, 누구나 자신의 행위를 심지어 자신의 존재마저 무가치하다고 느낄 수밖에 없다.

적도 위의 눈사람

나는 날마다 며느리 잘못을 열거하면서 잔소리를 해 대는 시어머니가 이상했다. 친정에서는 아무 문제가 없었는데 갑자기 고쳐야 할 일이 너무나 많았다.

1959년, 흑석 3동 서울 높은 지대까지 수도가 없었을 때였다. 공동 수돗가에 물을 받으러 갔다. 물통들이 20개쯤 줄을 섰다. 언제 차례가 돌아올지도 모르지만 기다려야 한다.

그때 시어머니에게 우두커니 서 있는 며느리가 눈에 띄었다. 시어머니가 아랫동네 다녀오다가 기가 죽은 표정으로 서 있는 며느리를 보았다. 시어머니는 우울한 표정으로 축 늘어진 채로 서 있는 며느리를 보고 기분이 좋지 않았다. 자신은 며느리 기를 죽이더라도(마음껏 부리려고 했다) 이웃 앞에 그런 모습을 원했던 것은 아니다.

시어머니 시야에 포착되는 순간 나는 야단맞아야 하는 일이 생긴다. 고개를 쳐들고 웃고 있으면 품위도 없이 그렇게 웃었다고 핀잔이다. 얌전하게 고개를 숙이고 있으면 그것도 성토의 대상이 된다.

"누가 너에게 뭐라고 하지 않았는데도 청승을 떨고 있으면 남들이 어떻게 보겠어."

시어머니에겐 커다란 상처가 있었다. 몇 년 전 큰며느리가 양잿물을 불에 녹여 놓았다가 시어머니 앞에서 마시고 자살한 것이다. 동네 사람들에게 몹쓸 시어머니로 소문이 나 있었고 남들에게 나쁘게 보일까 봐 전전긍긍했다. 시어머니는 자신의 잘못을 인정하지 않고 "저이들끼리 싸우고 나서 애꿎은 나에게 파편이 날아왔다"고 했다.

아들은 외지로 나가 근무하는 중 다른 여자가 생겼다. 그럼에도 며느리를 자신 옆에 잡아두고 부려먹었다. 아들이 있는 지방으로 보내지 않았다. 친정에서는 그집 귀신이 되라고 돌려보내고 남편은 저 여자가 있는 이상 집에 안 온다고 했다. 며느리는 어디에도 설 곳이 없었다. 그래서 선택한 것이 죽는 길이었다. 어떻게든 참고 살아보려 했지만 별거의 골이 깊어지고 남편은 돌아올 기미가 보이지 않았던 것이다.

"이리 와 봐라."

물통을 그대로 두고 집으로 갔다.

"내가 너 약을 올리려고 한 말이니 신경 쓰지 마라."

마루에 무릎 꿇고 앉아 시어머니의 훈계를 들어야 했다.

부모라는 사람이 남의 자식을 데려다 놓은 지 몇 달 되지도 않은 사이에 며느리도 자식인데 60이 넘은 어른이 20살짜리 며느리 자존심을 뭉개버리고, 약을 올리고, 기를 죽여서 어쩌겠다는 것인가.

왜 그들은 나를 가족으로 받아들여 놓고 기를 죽이고 라이벌로 여기는가? 고민했다. 그들은 나를 마음대로 부리면서 반항을 하지 못하게 했다.

큰며느리가 독약을 먹고 자살을 했음에도 정신을 못 차리는 어리석은 시어머니 손에 내 인생을 맡겨야 했다. 혹시 아들이 며느리를 좋아할까 봐 시어머니가 시기 질투를 한다고밖에 설명이 안 된다. 아니면 자신의 힘을 과시하려고, 권력을 행사하려고 한다는 생각이 들었다.

"네 남편이 너를 좋아하는 줄 알지만, 마음만 먹으면 얼마든지 너를 쫓아낼 수가 있어."

힘을 과시했다.

착한 시어머니인 줄 알았던 우리 집은 감쪽같이 속았다. 어느 누가 며느리를 라이벌로 여길 줄 알았겠는가. 상상도 못 해 본 일이다. 그런 시어머니를 만났으니 누구에게 하소연할 곳도 없다. 모든 것은 내 운명인 것이다.

남편 또한 무지하기는 마찬가지였다. 인간은 자기를 닮은 유전자를 무한 복제하고 있었던 것이다. 남편은 시부모보다 낫겠거니 하고 믿어보았지만 선미는 그에게 배신을 경험해야 했다.

남편도 시어머니와 같은 마음이었다. 자신의 집에 와서 고생하는 여자이기 이전에 취직도 안 되고 되는 일이 없는 것이 마치 나 때문이라고 믿는 것 같았다. 수없이 반복되는 재수 없는, '복이 없는 여자'라는 말을 들어서인지 그들의 말이 맞는 것 같았다.

이 지옥, 단테의 《신곡》에서 지옥문 앞에 '모든 희망을 버려야 들어가는 곳'이라고 쓰여 있다고 했다. 난 지금 모든 희망을 버려야 하는 지옥에 들어서 있다. 그렇지 않으면 죽든지 친정으로 돌아가야 한다.

그러나 무엇보다도 위험한 것은 내가 스스로 복이 없다고 믿는 일이다. 어디를 가도 복이 없어 편안하지 못할 것이라는 생각이었다. 지금 말로 가스라이팅을 당해서 그들이 믿는 대로 내 머리에 입력된 것이다.

그동안 행복할 것이라고 믿고 있을 친정 부모님께 무어라고 해야 하나? 오직 딸의 행복을 위해 많은 것을 희생한 부모님이다. 그들에게 또 지옥을 선사할 수는 없는 일이다.

　남편은 본능대로 키워진 인간이었다. 시어머니 기분이 안 좋거나 집안 분위기가 안 좋으면 집을 나간다. 이유인즉 자신을 불편하게 했다는 것이다. 평소 시어머니가 늘 말한 대로 '보기에도 아까운' 귀한 존재다. 그렇게 믿고 자란 남편은 자신이 집에 오면 기쁘게 맞아들여야 한다. 자신이 왔는데도 우울한 분위기인 채로 있다는 것은 귀한 자신의 심기를 불편하게 만든다는 것이 이유다.

　시어머니는 그렇다고 쳐도 남편은 한술 더 뜨고 있었다. 자신을 보고 시집온 여자를 보호할 생각은 아예 없다. 자신이 우선인 인간이다. 와이프와 어머니, 집에 있는 사람들에게 왜 자신의 기분을 고려하지 않느냐며 자신을 불편하게 만들어야 하겠냐고 항변한다.

　친정에서는 있을 수 없는 일이다. 그나마 내가 가스라이팅을 당하고 있었음을 알게 된 것이 다행이다. 나는 스스로 복이 없는 여자, 불행을 몰고 오는 여자라고 생각했다. 그들은 약자인 나를 반항도 못 하는 순둥이로 만들어 부릴 작정이다.

　다만 그들의 속셈을 알게 되었다 해도 경제 공동체로서 살아가야 하므로 억지로 자신과 맞추어야 한다. 물론 이해관계에 있어 같은 운명체다. 이해관계, 이익이 될 것 같은 계산에 의해 구성된 가족이다. 필요에 따라 잠시 본성을 감추었을 뿐이다.

　인간은 유전자를 운반하는 생존 기계일 뿐이다. 우리가 이타적으로 생각하는 것처럼 보이는 것 자체도 사실 이기적 유전자의 속성일 뿐이다. 남을 위하는 것처럼 보여도 결국 자신에게 이익이 되는 것이다. 내 역할은 그들이 편히 살기 위한 생존 수단, 기계에 불과했다.

우리가 흔히 닮는다는 말을 한다. 남편은 자기 어머니를 닮았다. 자신은 아니라고 하지만 객관적인 내가 볼 때는 이기적이고 남을 배려할 줄 모르는 점, 철저한 복제물이다. 교만한 인간이라도 자신은 착한 사람이라고 미화시킨다. 체면과 다소 연민이 있어 타인에게 배려하는 척한다. 그런데 남편과 시어머니는 애초에 그런 생각조차 없다. 그중 남편은 나를, 자기 여자를 보호해야 할 의무가 있음에도 타인 취급이다. 오직 자신의 명령에 의해 꼭두각시처럼 움직이는 물건에 불과했다.

그 당시 나는 모든 희망을 버렸다. 자살할 방법을 찾지 못했으니 살기는 해야 했다. 밥을 먹고 화장실 가고 숨도 쉬는 것으로 봐서 살아 있다는 증명은 된 셈이다. 그러나 그들은 나를 그들 앞에 무릎 꿇을 수 있는 사람으로 만들려고 작정을 했다.

첫아이가 네 살 때다. 아이는 흑석동 동회 앞에서 놀고 있었다. 동회와 집 사이 거리는 30미터 정도였다. 남편은 집으로 오다가 친구와 놀고 있는 아이를 발견하고 노량진 형님네 집으로 데리고 갔다. 그곳에는 시어머니도 있었다.

남편은 내게 말도 없이 아이를 데리고 큰집으로 가버렸다. 아무 생각도 없이 행동했다. 나는 그런 줄도 모르고 근처에서 놀고 있으려나 하고 마음 놓고 있다가 점심을 먹이려고 찾아 나섰는데 아이가 보이지 않았다. 아이를 잃어버린 엄마는 무릎이 꺾이고 가슴은 숨 쉬기를 멈춘 것 같았다.

아이를 잃어버렸으니 얼마나 기가 막힌가? 멀거니 집에서 놀다가 아이를 돌보지 못하고 잃어버리다니. 흑석 1동에서 3동까지 온 동네를 헤매고 다녔다. 파출소도 가 보고 골목골목도 찾아보았다. 혹시 길을 잘못 들어 아이가 가선 안 되는 곳에서 헤매고 있는 건 아닌가 생각하니 머리가 하얗게 되었다. 해는 넘어가려고 하고 아이는 찾을 길 없어 막막했다.

나중에는 아이 걱정보다 시어머니에게 야단맞을 생각에 등골이 오싹했다. 집에서 키우는 애완견도 자신에게 사랑을 주는 사람보다 이 집에서 권력이 큰 사람에게 충성을 다하며 따른다고 한다. 누가 권력이 센지 알고 있다. 하물며 인간임에랴. 나는 결혼하면서 남편이 내 편이 아니라는 것을 알았다. 그리고 살아남으려면 시어머니 편에 서야 한다는 사실을 알았다.

하필이면 나에게 적대감을 가진 시어머니의 치맛끈을 잡아야 한다니, 앞으로 살아야 할 세상이 얼마나 힘들지 짐작할 수 있었다. 무능한 남편은 자신을 보고 자신에게 의지하려고 온 여자를 팽개쳤다.

자기 편한 대로 어머니에게 정권을 넘기면서 모른 척한다. 결혼 전에 마누라 편에 서면 불효라고 교육받은 대로 행동한다. 어머니에게 거스르지 않고 사는 것이 편하기 때문이다. 아니면 '될 대로 되라' 알아서 하겠지 하고 책임에서 해방되려고 한 것 같다.

그런 와중에서 손자 사랑이 유별한 시어머니에게 지금 상황을 어떻게 설명해야 하나? 아이가 아파도 아이를 잘 돌보지 못한 며느리 탓으로 돌리는 시어머니다. 시어머니는 늘 말했다. 큰 지병은 몰라도 감기나 체한 것은 어미가 잘못 건사한 탓이라고. 그런데 심지어 아이를 잃어버렸으니 이젠 죽었다 싶었다. 하지만 마냥 그대로 있을 수는 없지 않은가.

온몸을 땀으로 몇 번을 적셨는지 모른다. 흑석 3동 꼭대기에서 노량진 전철역까진 10리는 더 된다. 그곳에 있으리라고는 생각해서 그곳을 간 것은 아니다. 어찌되었든 보고는 해야 한다. 죽더라도 알려야 할 것 아닌가. 고민 끝에 결정할 수밖에 없었다. 천리만리보다 더 먼 곳 같은 노량진 시어머니가 있는 곳으로 터덜터덜 다리가 떨리지만 안 갈 수 없었다.

시어머니가 그토록 사랑한 손자, 내 아이를 어미보다 더 사랑하는 듯 법석을 떠는 시어머니다. 이 사실이 알려지면 시어머니가 노발대발하며 나에게 책임을 묻게 될 것이다.

쭈뼛거리며 심호흡을 하고 대문을 밀었다. 마루에 앉아서 아이와 함께 동서와 시어머니가 웃고 있었다.

'제 어미가 혼비백산하고 찾아올 것이라고 했다던가. 그러면서 그렇게 정신없이 뛰어오는 꼴을 보자고 했단다.'

아이 혼자서는 10리 길을 갈 수 없는 곳이라 생각도 못 했던 곳이다. 온 가족이 나를 보고 재미있어 죽는다. 하얗게 웃던 이빨들이 쏟아져 나와 내 눈으로 달려들었다. 그 순간 무릎이 콱 꺾였다. 그들은 무엇이 그리 재미있었을까? 어미가 아이를 찾아 울며 헤맨 고통이 그리도 웃긴단 말인가? 그리고 내 사색이 된 모습을 보고 재미있어 하다니?

자신들도 아이를 키운 어미라는 사람들이 아닌가? 조금이라도 연민이 있었다면 무책임하게 아이를 데리고 온 아들을 나무라야 한다. 그리고 어미가 찾을 테니 빨리 데려다주라고 했어야 한다. 코미디는 구경하는 사람 몫이다. 타인, 그것도 가족이라고 믿고 있는 나에게 고통을 주면서 즐거워하고 있는 것을 뭐라고 설명해야 하나. 그건 완전한 타인이고 때로는 원수가 될 전망이다.

인간 내면에 타인의 고통을 즐기는 잔인함이 있다고 하더라도, 가족이라는 이름으로 연결된 사이다. 이건 가족에 대한 사랑은커녕 연민이라도 있다면 즐기면 안 되는 일이다.

인간의 본성, 잔인성에 대해 알게 되었다. 처음부터 시집 식구들은 나에게 손톱만큼도 배려하지 않은 모진 인간들이었다. 이런 몰상식한 가운데 약자인 나는 나름대로 살아남으려고 남편 시댁 식구들에게 경우 없는 짓을 당해도 참고 있었다.

나도 넘어져서 아파하는 모습을 보고 안됐어 하기 보단 민망스럽게 웃음이 터져 나오던 기억이 있었다. 그것도 남의 고통은 관음증 환자처럼 보고 즐기는 인간의 본능일까. 그건 덜 다쳤을 경우다. 심각한 상황은 아니었지만 웃음이 나온 것은 왜인지 모른다. 나도 관음증 환자였나? 그리고 넘어진 사람은 왜 창피해 하는지도 모른다. 아무리 직립보행인 인간이라도 어쩌다 균형을 잡지 못해서 넘어질 수도 있는 일이다. 그런 것을 보고 정의를 내린 것은 아닐지 모른다. 혼자 생각해 본 것이다.

그런 일은 남이니까 그럴 수도 있다는 생각이다. 며느리 겸 딸 겸이라고 입버릇처럼 하던 시어머니가 정말 나를 딸처럼 생각했다면, 그리고 남편이 제 마누라의 행불행은 자신이 책임져야 한다고 생각했다면 그렇게 웃고 재미있어 할 수 있는지 의문이 간다.

참으로 나쁜 사람들이다. 성선설이 맞다고 생각해 왔다. 그런데 아니었다. 성악설이 맞다. 자기 딸이라면 그럴 수 없을 것이다. 애를 잃어버린 어미가 얼마나 찾을지부터 생각하고 걱정부터 들어 빨리 엄마 곁에 데려왔을 것이다. 애정의 척도에 따라 타인의 고통을 재미로 즐긴다. 그때 나는 그들이 완전히 남이라고 느꼈다. 내가 어떤 좌절감으로 허덕이는지 모른다. 반항할 수 없었던 일이다. 그들은 거대한 권력을 가진 자들이었고, 나는 어떤 대응도 하지 못했다.

'남편이라는 놈이 한 짓'을 따져봐야 소용없음을 알고 있었다.

그가 나에게 사랑이라는 권력을 주지 않았고, 타인처럼 생각했다는 것을 알고 있었기 때문이다. 그때 혼자 생각해 봤다. 사람이 살아가는데 경우에 따라 생각을 빼 버려도 생명은 유지가 된다는 것을 알았을 뿐이다.

잠시 시집살이에서 벗어날 기회가 왔다. 남편이 직장 가까운 곳으로 이사를 가야겠다고 했던 것이다. 시어머니는 이불을 쓰고 누워 버렸으나 아들이 힘들다는데 어쩔 도리가 없었다. 드디어 이사할 수 있게 되었지만 돈이 필요해서 친정에다 손을 내밀었다.

친정아버지가 애지중지하던 암소가 있었다. 좋은 송아지를 밭을 갈 수 있게 될 때까지 키운 소였다. 그 암소만 있으면 농사일이 수월했다. 남에게 빌려주면 일꾼 하나를 얻을 수 있었고, 또 새끼를 낳으면 살림 밑천이 되어 희망이 있었다. 노란 황금빛 암소는 아버지가 아침마다 빗질을 해 주고 콩을 넣은 쇠죽을 끓여 주며 손질을 해서 반질반질했다.

엄마는 사람 먹을 것도 모자라는데 소에겐 조금만 줘도 되는데 너무 많이 준다고 잔소리를 했다. 아버진 들은 체도 안하고 그저 송아지가 무럭무럭 자라는 것을 보고 흐뭇해했다. 그 암소는 아버지의 자랑이며 희망이었다. 그런 소를 딸이 시집살이를 한다고 망설임도 없이 팔아 전세금을 마련해 주었다.

엄마 아버지 가슴이 얼마나 아팠으면 농사일에 없어서는 안 될 그 아끼고 정성들여 키운 암소를 팔아 돈을 마련해 주었을까? 지금 생각해도 나라면 못 했을 것을 우리 부모님은 기꺼이 자신이 고통스러워도 아낌없이 딸을 위해 희생했던 것이다. 부모님 은혜는 하늘같아서 두고두고 생각해도 갚을 길이 없다는 노래 가사가 내 가슴에 와 닿았다.

친정 여동생이 놀러 왔을 때였다. 시어머니가 며느리인 나에게 호통을 쳤다. 시어머니는 파 한 잎만 넣어도 된다는 것이다. 시골 동생이 가져온 파를 된장찌개 끓이는 데 너무 많이 사용했다는 것이다. 나는 친정에 있을 때 밭에 지천으로 있던 파를 아끼지 않았다. 파 정도는 많이 넣어야 맛있다고 생각이 들어서다.

그렇더라도 사돈처녀가 없을 때 야단쳐도 되는 일이다. 시어머니는 사돈처녀가 있든 말든 그 자리에서 호통을 쳤다. 동생은 언니가 시어머니에게 구박을 받는 것을 보고 깜짝 놀랐다. 집으로 돌아간 동생이 통곡했다고 한다.

현저동 산꼭대기 단칸 셋방을 얻어서 분가를 했다. 흑석동에서 셋 방까지 가려면 노량진 전차역에서 전차를 타고 서대문역에 내려서 한 참을 올라와야 한다. 세 살짜리 아들을 업고 머리엔 옹배기에 김치를 담아 머리에 이고 언덕을 올라간다. 등줄기에서 꽁무니뼈까지 통증이 내려왔다. 곧 척추가 무너져 내리듯 아팠다. 아이를 업고 머리에 인 김치 옹배기는 그릇 무게만도 만만치 않게 무게가 나간다. 거기다 김 치까지 머리에 이었으니 등뼈가 꺾일 것 같았다.

한 번은 이불을 이고 갔고, 두 번째는 양은솥, 냄비와 밥그릇, 둥근 밥상을, 세 번째가 김치 단지였다. 이사라고 해도 내가 혼자서 머리에 이고, 들고, 몇 번을 날랐다.

저녁을 차려 놓고 밥을 먹었다. 나는 아무리 힘이 들었어도 좋았다. 이제야 시어머니의 잔소리에서 벗어난 기쁨이 모든 수고와 고통을 이 겨내고도 남았다. 남편은 수저를 들 생각도 안 하고 고개를 외로 꼬고 앉아 밥을 못 먹는다. 어머니를 떠나기는 처음이라고 하면서 밥이 목 으로 들어가지 않는다고 슬퍼한다.

그 열악한 단칸 셋방도 나에게 너무나 좋았다. 자유, 그토록 원하던 자유다. 완전한 자유는 아니더라도 일시적이라도 잔소리를 안 들으니 기쁘다. 분가한 죄로 일주일에 몇 번씩 시댁에 가서 집안일을 도왔다.

그럼에도 남편은 조금이라도 비위가 상하면, 아내 기를 꺾으려고 으름장을 놓는다.

"흑석동 어머니에게 도로 들어가야겠어."

나는 잘못한 일도 없는데 영문도 모르고 사색이 된다. 정말로 들어 가면 어떡하지? 걱정이다. 그러면서 걱정스러워 사실인가 하고 돌아

앉은 남편 얼굴을 보니 배시시 웃고 있다. 그때는 겁이 나서 몰랐다. 흑석동 이야기만 나오면 죽을 것 같았으니까. 그런데 나중에 생각해 보니 나를 약 올리는 것이었다. 얼굴색이 달라지면서 겁을 먹는 것을 보고 쾌감을 느꼈던 것이다.

그때 흑석동으로 가든 말든 맘대로 하라고 대꾸했어도 된다. 방도 빼야 하고 절차가 필요했으니 말이다. 그리고 무엇보다 직장 근처로 온 것은 남편의 생각이었으므로 배짱을 부려도 된다. 그럼에도 난 무서워만 했고, 그들에게 마음껏 무시하고 농간을 부리도록 놔둔 것이다. '을'이라고 해도 한 번도 '을'로서도 권리를 행사하지 못했던 것이다. 그리고 보면 스스로 당하고 있었다.

이미 약자로 인정한 이상 남편은 약자인 나는 어떤 불이익을 당해도 대들지 못할 것이란 걸 알고 있었다. 권력을 행사하면서 벌벌 떠는 나를 보고 즐겼다. 지금 생각하면 남편으로 하여금 때리고 싶으면 때려도 되는, 본인 마음대로 하도록 내버려 두어도 된다는 믿음을 준 것은 나였다.

사람들은 말한다. 그 많은 유대인이 독일군 몇 명에게 왜 대항하지 못했는지 의심스럽다고 한다. 나는 이해가 된다. 반항했다간 온갖 고통이 몰려올 것이 두려워서다. 힘이 센 짐승들도 인간의 작은 코뚜레에 걸려들어 옴짝 못하는 사실만 봐도 알 수 있었다.

수색동으로 이사한 뒤에는 자살 소동을 벌인 적도 있었다.

최악의 경제조건은 사람도 최악으로 치닫게 만든다. 남편은 한 번도 피임을 하는 데 협조하지 않았다. 콘돔을 쓰자고 해도 무턱대고 들지 않았다. 그렇다면 부부생활을 하지 않고 지내야 한다. 아들과 딸 둘이 있어서 그 애들을 공부시키려면 어려울 것 같아 가족계획을 세워야 했던 터다.

나는 평생 돈이 없어 공부를 못한 것이 서러웠다. 그러므로 늘 내 자식만큼은 대학 공부를 시켜야 한다고 생각했다. 지금의 상태로는 나처럼 아이들 대학 교육도 어려운 처지다. 그래서 철저한 피임이 필요했다.

그 와중에 임신했고, 입덧이 심해서 아무것도 먹지 못했다. 그렇다고 남편과 아이들 반찬도 못 해 주는 처지에 어미가 밥을 못 먹는다고 나 혼자 사 먹을 수도 없고 사먹을 돈도 없었다. 그대로 굶고 있는데 직장 다녀온 남편에게 밥을 해 주어야 한다. 날까지 가물어서 우물물은 밑바닥을 드러냈다. 시간이 지나 물이 조금 고이면 그때 물을 길어야 했다.

안집 남편은 마누라가 물 긷기 힘들다고 물을 길어 준다. 허리를 굽혀 새까맣게 깊은 우물 바닥에 두레박을 옆으로 기울여 물이 조금 담기면 끌어 올려야 했다.

나는 입덧으로 밥을 못 먹은 지 몇 달, 며칠이 지났는지도 모른다. 아무리 고통스러워도 도와주는 사람이 없는 상황에서는 죽지 않으면 아이들과 남편 밥을 해야 한다. 두레박으로 우물 밑바닥에 조금 깔린 흙탕물을 길어 올려 통에 받아 놓고 붉은 물을 가라앉혀서 밥을 하고 세숫물을 사용해야 했다. 밥을 먹는데 미리 길어 놓은 물이 떨어져서 찬 물이 없었다. 늘 연탄불 위에 끓고 있던 물뿐이다. 일곱 살짜리 아들이 말했다.

"엄마 뜨거워 찬물 줘!"

"네가 떠다 먹어!"

소리를 질렀다. 미리 길어온 물이 없었다. 나는 속으로 아침이면 마누라가 아무것도 먹지 못하니 우물물이라도 한 통 길어 주었으면 하고 바랐나 보다. 손 하나 까딱하지 않는 남편이 그런 생각을 할 리가 없는 줄 알지만 일어날 수도 없는데 우물에 나가서 물을 길어야 하니 화가 났다. 죽지 못해 산다는 말이 맞다.

물론 어린아이한테 깊은 우물에서 물을 길어 와서 먹으라고 한 말은 말이 안 된다는 것을 안다. 그런데 도저히 일어설 수가 없었다. 그래서 배참으로 남편에게 한 말이었다.

"뭐라구! 애 보고 물을 떠다 먹으라구! 그게 엄마라는 사람이 할 짓이야!"

안집 남편은 여자가 나보다 더 어리고 임신도 하지 않았어도 우물물을 길어놓고 밥을 하게 했다. 나는 아무것도 먹지 못한 지 한 달이 넘었어도 근근이 생활을 해내고 있었다. 아무리 먼 데 직장을 다녀도 그 우물물 한 번 길어 주었으면 하고 마음속으로 바라고 있었나 보다.

은근히 안집 남자가 부러웠다. 그래서 얄궂게도 아이에게 행패를 부린 것이다.

"우리 어머니는 한 번도 물을 떠먹게 하지 않았어!"

밥을 먹던 남편이 소리쳤다. 그리곤 숟가락을 내던지고 일어나더니 아이를 떼던지 마음대로 하라며 돈을 방바닥에 던지고 나갔다. 나는 이대로는 도저히 살 수가 없었다.

방바닥에 던지고 간 돈을 주워 들고 무허가든 어디든 아이를 떼어

내는 곳을 알아봤다. 병원 갈 돈도 안 되는 적은 돈이었다. 남편 주머니 사정을 알고 있어서 그나마 돈을 준 것은 다행이라고 생각했다. 아이를 떼려면 턱없이 모자란 돈으론 무허가를 찾는 수밖에 없다. 나는 그동안 친구에게 물어서 야매(불법) 무허가 임신중절 하는 곳을 알아보았다. 불광동 어디라고 알려 주었다.

조금만 형편이 되었으면 낳으려고 했다. 그러나 한편 '저 인정머리 없는 놈의 새끼를 낳아서 뭣하나' 하는 생각이 들기도 했다. 남편은 그날로 나가서 들어오지 않았다. 기분 나쁘면 외박으로 화의 경중을 증명하는 사람이라서 며칠이 걸릴지 모른다.

돈 몇천 원을 들고 찾아갔다. 나는 마취도 없이 무허가에서 수술을 해야 했다. 그 밤 후유증에 온몸에 열이 났다. 밤새 남편은 돌아오지 않고 머리가 아파 죽을 지경이었다. 이를 물고 혼자 끙끙대며 밤을 새웠다. 그리고 결심했다.

'저런 놈이랑 살지 않으리라.'

너무 슬퍼서 눈물도 나오지 않았다.

둘째 아이를 낳을 때 생각이 났다. 산통으로 시달리면서도 잠시 통증이 멎을 때 그때도 남편을 주물러 주었다. 팔다리를 주무르지 않으면 아파 죽겠다고 했다. 평소 하던 대로 통증이 가라앉는 사이에 팔다리를 안마해 주었다.

남편은 조금만 아프면 나에게 잠도 못 자게 들볶고, 밤새 간호하게 했다. 나는 한 번도 아프다고 남편을 불편하게 하지 않았다. 아무리 건강한 마누라도 아이를 떼었으면 혹시 잘못되었으면 어쩌나 하고 궁금할 것이다. 일찍 들어오지 못한다 해도 외박은 있을 수 없는 일이다.

열이 많이 나서 온몸이 아프다. 또 아래에서 물컹물컹하는 물이 나와서 피인 줄 알고 봤더니 팬티에 노란 고름이 쏟아졌다. 그제야 몸살이 아니고 수술한 곳에 염증이 생겼다는 것을 알고 절망했다. 훤하게 먼동이 트고 있었다.

아들을 깨워 "크로르마이신을 주세요" 메모를 하고 돈을 주어 새벽에 열린 약국이 있으면 사오라고 시켰다. 한참 후에 아이가 약을 사들고 왔다. 몇 알씩 먹으라고 한 대로 약을 먹었다.

차츰 열이 내렸다. 화장실을 가려면 뒤쪽으로 돌아가야 하는데 걸을 수가 없었다. 머릿속, 골 전체가 흔들린다. 조심조심 발짝을 옮겨도 머리가 흔들린다.

나는 늘 생각했다.

'남편이란 저놈은 내가 큰 병에 걸리면 두고 도망갈 놈!'

이런 생각을 하면서 살았다. 왜 그런 생각이 들었는지 모른다.

어떻게 하면 이혼을 할까? 굶어 죽어도 이혼을 하고 싶었다. 적어도 여자가 아플 땐 돌봐야 하는 것이 정상이다. 자신은 결혼 초부터 나를 부려 먹어 놓고는 마누라가 이렇게 아픈데 집에도 들어오지 않다니! 제 기분을 나쁘게 했다고. 아무리 좋은 병원에서 수술했어도 산후다. 몸조리를 해야 하는 처지다.

남편은 저만 약해서 아프고, 마누라인 나는 건강해서 아무렇게나 내버려둬도 된다고 생각한다. 시어머니가 늘 세뇌시킨 결과이기도 하고 역지사지를 모르는 이기적인 인간이기도 하다.

제 몸은 직접 아픔을 느끼지만 마누라는 남이라 얼마만큼 아픈지 모른다. 그랬어도 미루어 짐작도 못 하는, 좋게 말해서 미련하고 그렇지 않으면 나쁜 놈이다. 도둑질을 하거나 남을 속여 먹는다고 나쁜 놈은 아니라고 생각한다. 그것은 제가 살려고 또는 가족을 먹여 살릴 능력이 없어 저지르는 행위일 수 있다.

나는 자기 가족 제 아이를 낳아 기르고 없는 살림을 쪼개며 살고, 남편 건강을 염려해서 늘 걱정인 여자다. 아내이기 이전에 길거리에서 종을 데려왔어도 그렇게 하면 안 되는 일이다. 나는 그럴 때마다 늘 생각했다. 내가 건강해서 자신에게 쓸모가 있을 때는 괜찮지만 내가 병이 들면 귀찮아서 버리고 갈 사람이라고.

남편은 3일 만에 들어왔다. 나는 누운 채로 있었더니 반기지 않았다고 옷장에 걸던 외투를 다시 꺼내 입고 나간다. 그때 결판을 지어야 했다. 한겨울에 맨발로 쫓아나갔다. 그랬더니 밤이 깊어 여인숙이 문을 닫았는지 저만치 되돌아온다. 나는 다짜고짜 멱살을 잡았다.

"이 개자식아 이혼하자."
남편은 깜짝 놀랐다.
"당신, 왜 이래!"
"넌 내가 아파서 죽을 뻔했는데도 나가서 들어오지 않았어. 너 아플 땐 내가 어떻게 했는데 양심이 있으면 생각해 봐. 너하곤 못 살아!"

빚을 갚으라는 것이 아니었다. 인간이면 제 아이를 둘씩 낳고 제 부모를 위해 병간호로 고생한 여자를 이렇게 학대할 수는 없다! 밤새 아프면서 결심했다.

'너 선미야. 네가 저놈과 이혼을 안 하면 너는 개만도 못한 인간이다. 명심하거라!'

그렇게 다짐 또 다짐했다. 모질긴, 인정머리 없는 놈을 믿고 살 수는 없다는 생각이 들었다.

악을 쓸 기운도 없었다. 그랬더니 남편도 놀라서 이 여자가 미쳤는 줄 알았는지, '미안해! 그렇게 아픈 줄 몰랐어'라고 말했다.

도척 같은 놈. 의례히 여자가 아이를 유산시켰으면 아플 줄 모르는가? 이런 놈과 어떻게 한평생 살지. 앞이 캄캄했다. 그랬어도 그가 사과를 했고, 또 지나간 일이고 어쩔 수 없이 하루하루 지나갔다.

그 일이 있고 한 달도 되지 않아 사소한 일로 말다툼이 있었다. 남편은 또 집에 돌아오지 않았다. 이번에는 월급도 주지 않고 내가 저자세로 빌거나 자신의 기분이 풀려야 줄 모양이다. 구체적으로 잘못한 일도 없는데 어떻게 무엇을 빌어야 할지 모른다. 이유가 없다.

참담한 심경이다. 며칠 만에 들어와서 건넌방인 우리 방으로 들어오지 않고 안방으로 들어간다. 저녁은 밖에서 먹었나 보다. 양손에 센베이 봉투 두 개를 들고 들어왔다. 하나는 부채모양, 하나는 동그랗게 말린 모양이다. 어떤 모양인지 몰랐으나 다음날 알게 되었다.

안집 가족과 밤늦게까지 고스톱을 치고 들어와 잤다. 아무리 들어오고 싶지 않아도 남의 방에서 잘 수는 없었을 것이다. 아침에 남편이 출근하고 나서 안집, 주인여자가 과자 봉투를 내게 주었다. 반쯤 담긴 봉투다. 어제 종민이 아버지가 사온 것이라면서 아이들 주라고 남겨놓았다고 생색을 낸다. 난 자존심이 상해도 받아뒀다.

'저 미련한 놈을 어쩌지? 아무 희망이 없다.'

시집에 일이 있어 아이들을 데리고 갔다. 남편에게는 저녁때 퇴근한 후에 연탄을 갈아야 한다고 신신부탁했다. 꺼트리면 숯 값이 더 들고 불편하다고 시범까지 보였다. 다음날 저녁에 와 보니 방은 냉방이고 아궁이를 열어보니 기가 막혔다. 까만 연탄을 밑에 넣고 불이 있는 연탄을 위에 올려놓아 꺼져 있었다.

일을 못하는 것은 그냥 두더라도 말을 듣지 않고 건성으로 해 놓았다. 뭐라고 나무랄 상황도 아니다. 본인이 있어야 뭐라고 하지. 그래서 다시 연탄불을 피우면서 한심해 웃었다.

며칠 뒤 또 말다툼이 벌어졌다. 이젠 작은 일도 참기 싫었다. 그동안 화가 난다고 월급을 축내고 가뜩이나 모자라는 돈을 조금밖에 주지 않는다. 그것도 비위를 맞추어 얻어낸 것이다.

나는 살고 싶지 않았다. 친정엄마는 남편이 바람을 피우거나 때리지 않으면 그냥 살아야 한다고 했다. 술도 안 먹고 행패도 부리지 않으니 남이 보면 원만한 사람이다.

그래도 나는 저 사람에게 내 인생을 걸고 살기에는 희망도 없고 아이들도 다 귀찮았다. 제 아버지를 꼭 닮아 미련스런 아이. 아무 생각도 나지 않고 이것저것 속이 터지기 전에 죽고 싶었다.

'칼을 물고 엎어지고 싶다'는 말이 무엇인지 알 것 같다. 내가 그런 심정이다. 아이들 걱정도 하지 않았다. 그저 나만 죽으면 그만이다. 아무 생각도 하지 않고 편안해지고 싶었다.

아이들은 남편이든 시어머니가 키우겠지. 시어머니가 아직 젊으니 말이다.

그동안 모아둔 수면제를 꺼냈다. 언젠가는 죽으려고 모아뒀던 것이다. 그런데 이번엔 별것도 아닌데 사는 데 지쳤다. 사흘이 멀다 하고 트집을 잡고 싸우게 되니 삶을 끝내고 싶다. 희망이 보이지 않고 영원히 지옥만이 기다리고 있는 것 같았다. 결혼해서 단 한 번도 즐거웠던 때가 없었다. 그냥 습관대로 잠자리를 했고, 아이가 생긴 것이다. 눈만 뜨면 시어머니의 잔소리를 하루 종일 들어야 했다.

잠시 분가를 했어도 남편은 여전히 무지했고, 사랑을 모르는 사람이었다. 아내에 대한 배려는커녕 지나가는 행인에게도 그렇게 무정할 수 없을 정도였다. 오로지 자신의 기분대로다. 누가 기분 나쁘라고 한 적도 없다. 스스로 기분이 나쁜데 누구 탓을 할 것인가.

눈앞에 30알이면 충분할 것 같았다. 나도 오기가 나서 남편이 이불을 머리끝까지 쓰고 있는 사이 약을 먹었다. 그 후유증을 감당하기가 어려웠다. 춥고 떨려서 남편이 덮고 있는 나일론 이불 속으로 기어들었다.

남편은 힘껏 발길질을 해대고 나를 밀어 문밖으로 밀려났다. 엄동설한이었다. 자신은 이불을 돌돌 말아 혼자 덮는다. 그리고 문밖으로 나를 밀어버렸다. 보란 듯이 배참으로 약을 먹었다고 해도 고통으로 벌벌 떨고 있는 마누라를 인정사정없이 추운 문밖으로 밀어내고 이불을 머리

끝까지 뒤집어썼다. 나는 알몸으로 추위에 던져졌다. 괘씸죄로 학대를 한 것이다. 자신에게 엇나가는 행동을 한 것이 한없이 미운 것이다.

도저히 견딜 수가 없던 차에 안집에 있는 뒷방에 시동생이 쓰는 방이 생각났다. 소를 키웠는데 소죽을 끓이면 방이 뜨듯해서 직장 다니는 시동생 거처였다. 그 방으로 들어갔다. 신발을 감추고 콩 자루를 베고 누웠다.

정신이 번쩍 든다. 겁이 왈칵 났고 살고 싶다는 생각보다 흘러간 과거가 주마등처럼 지나갔다. 막연히 아무 생각도 없이 잠이 들면 그냥 죽는 줄 알았다. 그랬더니 치사량이 아니었는지 머릿속이 까맣게 변하고 노란 별들이 머릿속을 떠다니는 것이었다. 좀처럼 잠이 오지 않는다. 평소에 잠이 안 올 때는 한 알만 먹으면 잘 잤는데 30알을 먹었더니 깊은 잠이 들지 않는다.

나는 저녁 늦게야 발견됐다. 남편은 저녁이 되어도 마누라가 보이지 않자 우리 집사람 어디 갔느냐고 안집에 물었고 시동생이 소죽을 끓이려고 콩을 가지러 들어왔다가 내가 누워있는 것을 본 것이다. 그제야 남편이 나를 끌어냈다. 아직도 죽지 않았고 비몽사몽간에 정신 없이 나를 끌고 병원을 갔다.

병원에서 무슨 말을 했는지 모른다. 아이들도 저녁을 안 먹었으니 설렁탕을 시켰다고 했다. 나는 눈을 감고 졸리다고 하더니 눈을 감고 설렁탕을 먹더란다. 그리고 5리가 넘는 길을 비틀거리며 남편을 따라 왔다. 그리고 찬장 뒤에 숨겨둔 소주병을 꺼내와 내 수면제라고 말했다고 한다. 나는 아침에 눈을 떠 보니 술병이 머리맡에 있어 깜짝 놀랐던 것이다. 남편 몰래 한 모금 마시고 두었던 소주병이 버젓이 머리맡에 있으니 어찌 놀라지 않겠는가.

그랬어도 잠결에 한 말이 생각났다.

"밖에 나가 보아도 당신만 한 사람이 없더라구!"

그렇게 말하면서 정신이 없는 사이에도 남편 비위를 맞추고 있었다. 아 비겁한 인간. 사람이 얼마나 살아남으려고 비겁하게 구는지 난 자신이 비참했다. 그렇게 번번이 실망을 하고 죽고 싶어 했으면서 속으로는 살고 싶었나 보다. 그리고 남편이 무서웠던 것이다.

남편은 내가 자살 소동 벌인 것에 대해 나에게는 아무 말도 안했다. 자기 어머니에게 말했던 모양이다. 시어머니는 큰며느리 자살한 것에 질린 사람이다. 하마터면 누명을 쓸 뻔했다고 한숨을 쉬었다. 큰며느리를 시집살이 시켜 죽었다고 소문이 돌았던 것이다.

수색은 내가 살던 곳 중에 가장 힘든 곳이었다. 두 번이나 자살을 시도했으니. 남편이 옆에서 하도 약을 올리고 비아냥거려서 에잇! 하고 크레졸 병을 병째 마셨다. 그랬더니 설마 하던 남편이 크레졸 병을 후려쳐서 한 모금밖에 못 넘겨 입술 주위에 상처만 남기고 죽지 않았다. 그 후유증으로 입술을 비롯해 얼굴이 타서 흉터가 생겨 얼마동안 고생을 했다.

셋방살이를 전전하던 우리는 아홉 번의 이사를 거듭한 후에 드디어 단독 주택을 구입해서 이사를 하게 되었다. 나는 커다란 마당이 있는 집을 사게 되었고, 꿈에 그리던 집을 갖게 된 것이다.

집을 사게 되면 빚을 지는 경우가 많다. 뒷마당 쪽에 딸린 방을 전세를 주고 또는 은행 빚을 안고 사기도 한다. 우리도 예외는 아니어서 돈이 없었다.

궁리 끝에 아무리 어려워도 아껴두었던 결혼 금반지 쌍가락지와 금목걸이를 팔았다. 남편에게 의논도 하지 않고 영등포 금은방에서 팔아서 그 돈으로 붉은 벽돌색 타일과 기술자를 계약해서 집으로 데려와 집수리를 시작했다.

무슨 돈으로 집수리를 하느냐고 물어서 나는 사실대로 말했다. 남편은 불같이 화를 냈다. 당장 물러오라고 한다. 꼭 필요한 것도 아닌데 돈이 생기는 대로 나중에 수리해도 되는 일을 군이 기념품까지 팔아서 지금 수리를 할 게 뭐냐는 것이다.

결혼 금반지는 몇 번을 전당포 신세를 지다가 겨우 내게로 돌아온 것이다. 첫 번째는 시어머니 병원비로 전당포에 맡겼었고, 두 번째는 남편 수술비가 없어 또 전당포에 맡겼던 것이다. 전당포를 들락거리며 우여곡절을 겪다가 찾은 반지와 목걸이다.

옆에서 듣고 있던 아들이 아버지가 화를 내다가 화장실 간 틈에 내게 말했다.

"엄마. 너무 섭섭해 하지 마. 내가 이다음에 몇 배로 더 큰 것 사줄게!"

중학교 1학년인 아들은 그해 어버이날 온 시장을 돌다가 금색이 나는 가짜 목걸이를 엄마에게 선물했다. 그동안 잊지 않고 있었고 진짜를 살 때까지 기다리기엔 시간이 너무 오래 걸릴 것 같다고 생각한 모양이다. 그 후에 나는 아들의 마음이 고마워서 '아들의 금목걸이'라는 제목의 글을 발표했다.

그리고 시간이 흘러갔다. 나는 그 후 작가가 되었고 우리 가족은 집수리가 필요 없는 아파트에 정착했다. 한강이 내려다보이는 곳이었다. 때때로 상자 안에 갇힌 슈뢰딩거의 고양이를 생각한다. '상자에 갇힌 고양이는 살았을까, 죽었을까. 세상이 끝나기 전까지는 결과를 알 수 없어.' 선미는 지나간 시간들을 떠올리며 한강을 망연히 내려다보았다. 눈부신 빛에 둘러싸인 강물이 흘러가고 있었다.

굿바이 슬픔

선한 의지를 가진 인간이 먼저 믿음을 가지고 선을 행하는 것을 보고 신이 가상하게 여겨 보상으로 구원의 손길을 보내는 것인가. 아니면 선행이나 믿음과 상관없이 신의 선택에 의해 구원에 이르는가. 첫 번째는 인간 스스로 선함을 선택한 경우다. 두 번째는 인간의 선함과 악함은 상관하지 않고 오로지 신의 선택에 의해 결정되는 구원이다. 운명론이다.

신이 언제부터 내 삶에 개입했는지 모른다. 묵묵히 앞만 보고 걸었고, 어떤 형태로 신의 구원이 이뤄졌는지 의문을 제기한다. 착함을 선택한 인간에게 구원이 주어진다는 것은 인간중심 사고이고, 무조건적인 신을 중심으로, 구원자의 의도대로 이루어진다는, 결정론 또는 운명론이 우세하다.

운명론에 의하면 삶은 인간의 노력이 그리 중요하지 않음을 느낄 수 있다. 선함에 따라 복을 받는다면 누구나 선함에 도전할 것이다. 선함 플러스 구원의 공식의 답은 개인 의지와는 관계가 없다는 생각이다. 오로지 신이 마음대로 선택해서 구원의 은총을 허락한 것이다.

신의 축복으로 마음이 선해지기도 한다. 풍요로움은 인간을 너그럽게도 한다. 광 안에서 인심 나듯. 그러나 억울하게도 궁핍해서 온갖 악을 저지르게 된다면 그건 누구의 책임일까. 개인의 삶은 누군가의 개입에 의해 결정되는 것 같다.

남녀 성별은 순전히 신의 몫이다. 서로 맞지 않는 퍼즐을 주어놓고 퍼즐을 맞추어 나가라고 명령하는 것도 터무니없는 신의 횡포다. 제멋대로인 퍼즐을 각자 노력 끝에 맞추어야 한다니! 아무것도 모르는 개인에게 난제를 주고 신의 의도에 맞게 퍼즐을 맞추며 살라는 것은 인간에게 고통이다.

힘이 있는 쪽에 무조건 맞추어 나가는 과정에서 나는 불협화음을 신은 모른 척할 뿐이다. 이런 아이러니는 신의 선택을 받지 못한 자의 입장에서 보면 공평하지 않은 일이다.

하지만 나는 신에게 선택당한 케이스라고 생각한다. 여자로 태어난 것부터 시작이었다. 선택당한 자는 신의 계획대로 고통을 겪게 하고 나서 다른 사람들을 이해하는 은총과 더불어 구원이 이루어지는 케이스다. 헤겔의 변증법처럼 언젠가 위치가 바뀌게 되는 것이다.

여성인 내 몸은 청춘의 시작과 끝을 요란하게 알려왔다. 초경을 치르면서 여성으로 진입했다면, 갱년기는 생산적인 젊음과 결별하는 때라고 알려왔다. 유아에서 여성으로 그리고 젊은 여성에서 노년으로 과도기를 거칠 때마다 몸이 큰 변화를 가져왔고 정신 또한 몸의 고통에서 자유롭지 못했다.

경단(經斷)이라는 말이 생소할 무렵 나는 지독하게도 청춘과 결별하는 의식을 치른 셈이었다. 평소 잔병이 없던 나는 어깨 통증과 함께 가슴이 답답해서 한겨울에도 문을 열어놓기도 하고, 불면증, 얼굴이 붉다가 열이 나고, 가슴이 벌렁거리는 등 이상증세가 시작되었다. 어리둥절해졌다. 그것은 나를 몹시 놀라게 했다. 한 번도 경험해 보지 않았기 때문이었다. 나는 바짝 긴장했다.

병원에서 처방대로 물리치료와 수영장에서 팔 운동하기, 침, 부항, 민간요법까지 두루 섭렵했다. 여성 호르몬 치료를 모르던 때였다. 통증과 싸웠으나 증상은 조금도 나아지지 않았다. 헛수고였다. 전업주부가 팔이 아프다고 집안일을 멈출 처지도 아니었다. 징징대며 일과를 수행하고 고통을 감내해야 했다.

지금 여성성의 상실로 가는 몸의 변화를 이야기하는 것이 아니다. 집안에 주부가 아프면 가족도 함께 불편을 겪게 된다. 그동안 20여 년 동안 가정에 봉사한 것에 대한 가족의 배려가 필요해진다. 이쯤 되면 나에게 관심을 가져도 될 일이다. 남편은 자신이 불편하면 못 참는다. 타인에 대한 걱정이 아니라 불편함에 대한 짜증스러움이다.

갱년기 오십견은 근본치료가 아니면 해결이 안 된다. 어깨를 돌리고 운동과 물리치료를 하면 더 아팠다. 그래서 선택한 것이 어깨를 겨드랑이에 꼭 붙이고 있으면 참을 만했다. 가뜩이나 불면증으로 고생하는데 어깨 통증까지 있으니 잠을 못 자게 되는 것은 일상사가 되었다.

거실 소파에 어깨를 붙이고 잠시 잠을 청했다. 물론 나는 잠을 잘 수가 없었다. 그렇게 겨우겨우 지내고 있었더니 나중에 보니 겨드랑이가 노랗게 염증이 생기기도 했다.

한국의 절기는 겨울임에도 봄의 계절에 앞서 입춘을 말하기도 한다. 그때였던 것 같다. 남편의 친구 부부와 구정이 지나자 여행을 떠났다. 음력 설 연휴에 남편 친구부부와 강원도 월정사를 거쳐 속초로 2박 3일의 일정인 여행이었다. 설악콘도에서 짐을 풀었다. 설악산 초입에서 산만 바라보고 내려오는 약식 등산으로 마친 상태다. 다음날 주변을 돌아보기로 했고, 낙산사로 향했다.

아무리 조심해도 나는 등산을 가면 한 번쯤은 넘어진다. 그 원인은 내 걷는 습관 때문이다. 발짝을 떼어놓으며 걷지를 못하고 질질 끌어 걷기 때문이다. 물론 나는 발을 뚝뚝 떼어놓고 싶었지만 마음대로 되지 않는다. 남편은 내가 넘어질 때마다 조심하지 않는다고 핀잔부터 하고 본다.

낙산사를 올라갔다가 내려올 때 남편은 나에게 "조심해! 넘어질라" 경고했다. 산에서처럼 조그만 그루터기라도 있으면 발길에 걸리기 때문이다. 나도 알고 있다. 누가 넘어지고 싶어 넘어지는 사람이 어디 있겠는가.

게걸음으로 조심조심 걸었다. 길에는 아직 눈이 덮여 있었다. 나는 더 조심을 했다. 그래서 눈이 녹은 부분, 잔디나 맨 시멘트가 있는 곳을 골라 디디고 내려오는 중이었다. 아니나 다를까. '꽝' 하고 몸이 땅으로 굴렀다. 차라리 눈을 디뎠으면 괜찮았을 텐데. 눈을 피해 시멘트부분을 골라 디딘 것이 원인이었다. '블랙 아이스', 얇은 얼음이 시멘트 길에 유리처럼 깔려 있어 조심할 틈도 없이 뒤로 나가떨어지고 말았다.

몸이 땅을 향해 곤두박질친다. 갑자기 땅이 눈앞으로 다가왔다. 그

와 동시에 머리가 깨어지는 파열음이 들렸다. 나는 두개골이 산산조각
난 줄 알았다. 잘 익은 수박에 칼을 대자마자 산산이 깨지는 것 같았다.
이제 끝이로구나! 지금 이 생각을 끝으로 죽었다는 생각이 들었다.

옆에서 남편이 소리친다. 아직은 죽지 않았구나 하는 순간 귀에 들
어온 말은 역시 핀잔할 때 내는 억양이었다.

"조심하지 않구. 내가 뭐랬어! 조심하라구 했지? 그런데도 말을 안
듣고 덤벙대며 내려오더니 기어코 넘어지지." 아파서 일어날 수도 없
는 마누라를 두고 자기 말을 안 들어서 넘어졌다고 남편은 소리를 질
러댄다. 나는 그 말이 나올 줄 알았다.

'아파 죽겠는데 지금 그 말밖에 못해! 죽일 놈!' 아파서 꼼짝할 수가
없다. 이를 물고 일어나려고 해도 움직이지 못하고 있었다. 옆에서 친
구 부인의 도움을 받으며 간신히 일어났다. 머리를 만져 보았으나 깨
지지는 않았다. 오십견으로 통증이 있는데 그쪽으로 넘어졌으니 어깨
를 짚어서 어깨에서 전달되는 신경이 머리로 이어져서 통증이 강도가
심했던 것이다.

남편이 곧바로 약국에 들러 약을 사 왔다. 약을 들고 와서 먹으라고
컵의 물을 건네면서도 못마땅한 얼굴이었다. 친구 부부는 어떻게 하
느냐고 근심어린 표정으로 안쓰러워했다. 진통제 소염제를 먹었다고
금방 낫는 것은 아니다.

그럭저럭 관광을 마치고 숙소로 돌아왔다. 그리고 일행은 아무 일
도 없는 것처럼 잠자리에 들었다. 밤새 어깨에 통증이 심해서 잠결에
도 앓는 소리가 저절로 튀어나왔다. 머리가 박살이 난 줄 알 정도로 심

했던 것이다. 그런 머리 통증과 어깨에 깊은 통증은 약으로도 해결이 안 되었다. 밤새 끙끙대다가 참을 수 없어 빈속인데도 미리 약을 찾아 먹고 있는데 남편에게서 심한 말이 날아왔다.

"당신은 지독히도 내 말을 안 들어. 조심하라고 그렇게 말했는데 넘어져 놓고. 남에게 피해를 주면 되겠어? 이 사장네 보기가 민망해. 민폐라는 걸 몰라!"

'때려 죽여도 죄가 남을 놈. 누군 넘어지고 싶어 넘어졌나.' 마음속으로 중얼거렸다. 미끄럽지 않은 곳을 골라 디뎠는데 반대로 넘어질 곳을 찾아 디딘 꼴이 되었다. 그건 불가항력이었다. 평소 늘 핀잔을 해대는 남편이기에 그러려니 하고 살았지만, 막상 또 그런 말을 들으니 눈물이 났다. 민폐라는 것 나도 안다. 하지만 밤새 아파서 잠을 못 잔 마누라에게 그렇게 아파서 어떻게 하느냐고 한마디 하고 나서 그 말을 해도 늦지 않는다. 뭔가 친구부인을 보기가 민망했고, 창피했다. 남편에게서 제대로 대접받지 못하는 것을 보였기 때문이다. 남편 친구는 애처가였다.

여자들의 자존심은 남편의 경제적 능력보다는 사랑을 받고 사는지 아닌지, 얼마만큼 존경받고 사는지가 문제다. 아무리 경제적으로 풍요로워도 남편에게 인간 대접을 받지 못하면 헛것이다. 귀한 존재가 아닌 것이 들통나면 자존심 상하는 일이다. 셋방을 전전하던 시절에도 가난은 그러려니 했으나 남편의 외도는 여자를 더욱 비참하게 만든다. 모임에 나온 여자들이 남편 자랑을 하는 것을 보면 안다.

내가 부끄러웠던 것은 남편의 말이었다. 자기 딴에는 친구부인을 배려하고 편을 들어주려고 한 말이겠지만 잘못 짚었다. 결국, 자신의 모자람을 드러낸 셈이다. 인격 됨됨이 결여다.

남편은 나를 무시했다. 서럽다.

'저런 놈이랑 여태 살아왔으니.'

그녀가 나를 보는 눈이 꽤 놀란 눈치다. '그렇게 안 봤는데' 하는 표정이다. 남편의 단점을 숨길 수도 없다. 들켜버렸으니 한심하다. 나는 입술을 깨물고 더 이상 말을 하지 않았다.

그러면서 생각했다. 그렇다고 모처럼 놀러 와서 부부싸움을 하는 것도 우습다. 그렇다면 삐진 채 있는 것보단 쿨하게 처신하자. 같이 온 친구는 남편의 친구도 되고 거래처도 된다. 그 친구가 남편 회사에서 파는 철재를 구매하는 고객이었다. 나 때문에 고객이 떨어져 나간다면 안 될 일이었다.

늘 시어머니는 말했다.

"며느리가 복살머리가 없어서 서방 출세를 못 시킨다."

가난이 며느리 탓이다. 그 말을 자주 들으니 나도 모르게 복이 없는 사람은 나라고 생각했다. 처음부터 이런 남편을 만난 것부터 복이 없는 증거라고 생각했다. 이제는 어쩔 수 없이 체념하고 사는 수밖에 없다. 그러므로 자존심 따윈 때려 치워야 한다.

복 없는 여자가 할 일은 오직 자신의 처지를 알고 순종하는 길이다. 지금 이 분위기를 전환시켜야 한다고 결심했다. 이번 여행에서 계속 남편에게 불만스런 표정을 하고 있으면 그야말로 분위기가 깨져서 더욱 민폐가 된다.

'에이 접자. 내 감정쯤은.'

복도 없는 주제에 성질을 부려봤자 그 여파가 나에게 돌아올 것이 뻔하다. 마음을 가다듬고 아무 일도 없는 것처럼 남편에게 말을 걸었다.

후에 그 부인이 내게 말했다. "너무나 마음씨가 착하다"고.
'착하긴, 속이 뒤틀렸지만 할 수 없이 배려한 것뿐인데.'
마음을 가다듬고 빙그레 웃기만 했다.
"나 같으면 도저히 남편에게 말을 안 했을 거예요."
그런데 착하지 않으면 어쩌라고. 어려웠던 시절 에피소드, 한 토막이다.

***

가까스로 집을 마련했을 때 이야기다. 언덕꼭대기 집 부엌에 수도도 없는 집에서 살았다. 좀 더 편리한 집으로 이사 하는 것이 꿈이었다. 그 꿈을 이루려고 열심히 노력한 끝에 드디어 평지로 이사 가게 되었다.
두 번째 집은 겉보기에는 꿈에 그리던 집이었다. 집값이 모자라 옆방을 전세를 주고 좀 무리해서 큰 집으로 이사했다. 그렇게라도 하지 않으면 방들만 덩그러니 있는 시멘트 블록 집의 불편함을 견뎌야 한다. 예상외로 집에 들어가는 돈이 많아 허덕이고 있었다. 겉은 멀쩡해도 막상 이사를 하고 보니 여기저기 손 볼 데가 많았다.
집을 살 때 집수리에 드는 돈은 계산에 없었고, 남편은 그냥 살자고 한다. 그러나 낡은 부분이 많아서 그냥 살 수 없었다. 합리적인 내 의견은 받아들여지지 않았다. 하지 말라는 남편 말을 듣지 않고 집수리를 시작했지만 모든 일에 예상보다 돈이 더 들었다. 그 과정에서 나는 고통에 시달렸다.

우선 일하는 일꾼 밥해 먹이는 일이 힘이 든다. 적은 돈으로 밥상을 차리는 일은 힘이 많이 든다. 냉장고도 없어 아이스박스에 얼음을 사다가 김치를 넣어두곤 했다.

초여름이라도 한낮에는 더위가 만만치 않았다. 땀을 흘리는 일꾼들에게 시원한 물을 제공하려고 보온병에 얼음을 깨 넣고 물을 부었다가 마시게 했다. 그 당시 보온병은 유리로 되어 있었다. 보온병에 얼음을 잔뜩 넣고 물을 붓는 순간 보온병 유리가 폭발했다. 그 과정에서 유리 파편이 터져 나와 손바닥을 강타했다. '펑'하는 소리에 놀라기도 전에 손에서 피가 흘렀다. 그때 일꾼아저씨가 달려왔다. 수건으로 상처 난 곳을 눌러 잡아주었다.

"많이 놀라셨지요."

"아. 네 괜찮아요."

말은 그렇게 했지만 감사한 마음이 흘러나와 눈물이 나려고 했다.

한 번도 남편에게서 안쓰러워하는 표정, 마음을 받아 본 적이 없었다. 그 후 나는 그 일꾼 아저씨가 좋아졌다. 그리고 가끔은 저렇게 노동일을 해도 함께 살면 따뜻한 정을 느끼면서 살 수 있을 것 같았다.

그렇게 따뜻한 일도 있었지만 신경이 쓰여서인지 먹지 못해서인지 위경련이 났다. 아이들에게 아침밥을 챙겨 보내고 남편이 출근하려는 순간이다. 그때 배가 끊어지는 것 같이 통증이 왔다. 아파서 방을 헤매며 울부짖었다. 남편은 출근하려다 나에게 물었다. 약국에서 약을 사오겠다고 한다.

그때 내가 말했다.

"약보다는 고기를 좀 샀으면 해요."

남편은 마지못해 시장으로 가서 소고기를 조금 샀다. 신문지에 싼 고기를 내 앞으로 던진다.

"여기 있어."

아픈 배를 움켜쥐고 있다가 그 고기를 연탄불에 구웠다. 아파서 쩔쩔매는 여자에게 소고기를 구워줄 줄도 모른다. 내 스스로 부엌으로 가서 고기를 자르는데 잘 잘려지지가 않는다. 그가 씨는 시늉만 해도 좋았을 것이다. 그러면 내가 썰었을 것이다. 시늉이라도 했으면 내가 했을 것이고, 그것만으로 고마워했을 것이다. 애초에 집안일은 안 하는 사람이므로.

그러나 뒷짐을 지고 멀거니 서서 바라본다. 나는 살고 싶었다. 제대로 썰지 않아서 커다랗게 잘려진 구운 고기를 한입 물었다. 그때 놀랍게도 통증이 가라앉았다.

옛날 어른들의 말하길 굶으면 부황이 난다고 했다. 횟배가 아프다고도 했다. 지금 생각하면 끔찍한 이야기다. 뱃속에서 기생충이 먹을 게 없어 난동을 부리는 행위라고 한다. 처절하게 내 몸과 싸움을 한 셈이다.

남편이 비웃으며 말한다.

"나 같으면 굶어 죽어도 억지로 고기를 사달라고 하는 일은 안 해."

'안 하면 그냥 그대로 죽으라고.'

그는 내가 얼마나 아픈지 모른다. 그대로 혼자 아파서 뒹굴면 누가 나를 치료해 줄 건데. 아무도 늘 건강한 나를 챙겨주지 않는다. 그저 아끼고 열심히 산 나를 보살피거나 관심을 갖지 않는다.

오죽하면 자존심도 버리고 그나마 보호자라고 남편이라는 사람에게 도움을 청한 일을 두고 비아냥거리다니 … . 나 혼자 살려고 발버둥치는 것 같았다. 모든 일에 남편 말대로 그냥 따를 수는 없었다. 부엌은 식사를 할 수 없도록 엉망이었다. 그럼에도 남편은 무조건 그냥 살란다. 이 딜레마를 얼마나 견뎌야 할지 막막했다.

***

남편에게 섭섭했던 일은 이뿐만이 아니다. 전화기 사건이 있었을 때도 그랬다. 이사한 집에 전화를 놓지는 못했다. 그 당시 '백색전화' 값이 1백만 원이 넘었다. 돈을 주고 거래가 이뤄지는 때였다. 윗집 아주머니가 제안했다.

"민지 엄마, 급히 전화가 필요할 때 말해요. 우리 집 전화를 써도 돼요."

"너무나 고마워요."

나는 친구들 모임이 변경되었을 경우나 약속한 일이 어긋날 때 윗집 아주머니의 호의를 받아들였다. 다만 전화를 받는 것만으로 고마웠다. 상대에게 전할 말이 있으면 시장으로 가서 공중전화를 쓰면 되는 일이다.

몇 번 호의에 감사하며 전화 받으러 올라갔다. 그 집은 우리 집 위에 있어 마당에서 담 너머에다 대고 "민지 엄마 전화" 하면 급히 달려가서 전화를 받곤 했다. 다섯 번도 안 되어 그 집 분위기가 싸늘해졌다. 그럴 때마다 죽을죄를 진 여자처럼 허리를 굽히고 가서 머리를 들지 못하고 뒷걸음으로 기어 나오곤 했다.

　얼마 후에는 그 집에서 노골적으로 나를 싫어했다.　나는 내 친구에게 그 집 전화번호를 알려주었기 때문에 어쩔 수 없었다.　차츰 내 친구들이 불편해했다.　전화를 걸면 그 집에서 귀찮다는 듯이 툴툴대는 바람에 친구들이 먼저 전화를 걸지 못했다.

　그 집 딸의 퉁명스러운 말이 전화기 너머로 들렸다고 한다.

　"누구냐."

　"왜 그 여자 전화야."

　퉁명을 부리는 터라 송곳방석에 앉은 느낌이라고 했다.　그러면서 친구는 말했다.

　"혹시 돈을 달라는 것 아냐?"

　그렇지 않아도 부담스러워서 어떻게 할까 고민하던 차다.

　"명절 때 선물을 하려고 그랬지."

　친구에게 그렇게 말했다.

　한 달에 한두 번 받는 전화만 이용했기에 전화요금에 영향을 끼치지 않았다.　그럼에도 전화 이용료 때문에 고민이 되었다.　어떻게 계산해야 할지 몰랐다.　그래서 시간이 좀 지나갔다.　아직 추석이 멀었다.

　미안한 마음과 툴툴대는 태도 때문에 더 이상 사용할 수가 없었다.

　그로부터 시장이나 집 앞 골목길에서 만나면 그녀는 나를 보지 않으려고 외면을 한다.　그 집은 막다른 집이라 외나무다리처럼 필연적으로 얼굴을 맞닥뜨리게 되어 있었다.　아무도 없는 막다른 골목길이다.　서로 외면하려고 해도 모른 체하기가 더 곤란한 위치다.　어쩔 수 없이 마주칠 때가 생기면 굳은 표정으로 표가 나게 얼굴을 돌려버린다.

"윗집 훈이네 엄마가 나만 보면 외면을 해."

퇴근한 남편에게 하소연을 했다.

"당신이 뭔가 잘못한 게 있겠지?"

"아니야. 자기가 먼저 전화 쓰라고 해서 쓴 죄밖에 없는데."

"그럴 리가 없어. 잘 생각해 봐?"

"뭘 생각해. 잘못한 게 없다니까."

난 화가 났다. 마누라가 억울해서 하소연하면 들어주면 된다. 역성은 바라지도 않는다.

"더러워서라도 전화 쓰지 마. 빨리 벌어서 전화기를 사야지" 하고 우선 내 편을 들어주고 그 다음에 의문을 제기해도 된다. 다짜고짜 상대 역성을 들다니. 눈앞에 있는 마누라가 억울하다는데 그 상황을 보지도 않았으면서 남의 편을 들다니. 남편이라고 믿고 하소연하는 나는 어쩌라고?

"이상하네. 혹시 당신이 잘못한 게 있었나 잘 생각해 봐. 그렇지 않고는 상식적으로 이해 안 되잖아." 남편이 고개를 흔들며 나를 쳐다보았다.

아! 함께 산 시간이 30년이 되었다. 그동안 조건 없이 남편을 정성을 다해 보살폈다. 그런데 돌아오는 말이 마누라를 믿지 못하는 것이다. 쓸쓸하다. 내가 그동안 살면서 남편에게 어떤 존재인가. 믿음도 주지 못했고, 서로 의견 충돌이 있을 때면 왜 내 남편은 나를 자기편이라 생각을 안 하는가?

난 예를 들었다.

"그렇다면 당신이 형님과 싸우는 것도 무슨 잘못이 있어 그렇다면 어쩌겠어."

"뭐라구! 당신은 남편이 가족 먹여 살리려다 잘못하면 경찰서에 고발할 년이야!"

형님네와 함께 동업을 했는데 트러블이 생길 때마다 남편은 억울해했다. 그럴 때마다 나는 남편 역성을 들었다. 당연한 일이었다.

보지도 않은 남의 여자 말만 듣고 마누라가 아무리 설명해도 손바닥이 마주쳤을 거라는 말은 속을 뒤집어 놓는다. 돈이 없어 전화도 없이 살고 있는데 동창들과 연락하려면 연락처가 필요해서 그렇게 된 일을 마누라 불쌍한 줄 알아야지 제 마누라가 잘못을 해서 그 여자가 그런 행동을 한다고 우기니 남편으로서 말이 안 된다. 그래서 속이 터져서 예를 들었더니 그때부터 석 달을 말을 안했고, 열흘을 울고불고 억울해 했다. 처제를 잡고 울고 자기 아버지 산소에 가서 울었단다. 마누라가 형님 편에서 말한 것이 억울해서다. 형님 편에 선 것이 아니었다. 예를 들었던 것이다.

"저년은 남편이 먹고 살려고 거짓말을 했거나 도둑질을 했으면 경찰서에 가서 고발할 년이야!" 하고 소리를 질렀다.

이런 경우가 어디 있나. 나는 그 후 손이 발이 되도록 빌었다. 예를 든 것이라고 말했어도 막무가내다. 아! 남편이란 사람은 자신은 무척 정의롭고 착한데 마누라가 안 알아주니 억울하고 분해서 못 살겠다고 한다.

자신의 생각은 무엇이든지 옳은 사람과 사는 지옥을 경험했다. 아니

지옥에서 목숨 붙이고 살았다. 그래도 남들은 모두 남편은 술도 안 먹고 좋은 사람이라고 한다. 이 세상은 억울하지 않은 사람은 없나 보다.

자기 일은 그렇게 설명해도 듣지 않으면서 마누라에게 한 일은 모든 것이 정당하다고 하는 사람과 살았다. 사람에게서 많은 배신을 당해 보면 반 무당이라고 하지만 난 어린 나이에 반 철학자가 되었지 않나 하는 생각이 들었다.

어차피 인생은 혼자라는 것, 누구도 내 편이 없다는 것, 그리고 어느 누구도 제 발등에 떨어진 불을 먼저 끄려고 한다는 것을 실감했다.

한 번도 남편과 나는 의견의 일치를 보지 못했다. 영원한 평행선, 절대로 합의에 이르지 못할 관계라고 생각했다. 그래서 내가 복이 없는 것이구나!

가끔 이웃이나 친구에게 이상한 사람 이야기를 할 때면 똑같은 반응이 나오기도 한다.

왜? 남편, 이웃, 친구들이 앞에서 하소연하는 사람 말은 안 믿고 보지도 않은 다른 사람의 편을 드는지 모르겠다. 비록 상식적으로 그렇지 않았을 거라고 생각이 들어도 자신을 믿고 억울해서 말하면 '그렇겠구나!' 공감해 주면 된다.

한 지역사회에서 이웃, 가정 등 소규모 울타리 안에서 서로 모나지 않는 감정을 공유해야 한다. 아이들은 학교에서 친구들과 잘 어울려야 한다. 그중 그 그룹에 섞여들지 못하면 고독감과 소외의 아픔을 겪는다.

부부가 같은 생각으로 뭉쳐지지 않는 세계에서 삶이란 순간순간 딜

레마에 직면한다. 왜 꼭 같은 생각을 가지고 살아야 하지? 그것도 남편 위주의 사고를 갖고 사는 것, 나를 바꾸지 않으면 불행하다.

그 가족 공동체를 벗어나지 않는 한 각자로 살아가는 일은 고통이다. 어느 누구도 남자의 생각을 바꾸지 못한다고 했다. 그렇더라도 남자의 생각과 여자의 생각에 엇박자가 있을 경우 여자가 동조하지 않고 자신의 의견을 주장한다면 몹시 불편할 것이다. 불편 정도가 아니라 싸움이 그치지 않을 것이다.

결혼해서 어떻게 하든 그 안에서 보조를 맞추어 나가야 한다. 극단적으로는 죽고 싶다는 생각도 든다. 왜 죽고 싶으냐고? 결혼이라는 굴레를 벗어나면 살 길이 없고 그대로 순종하자니 내 자아가 '아니야, 이건 아니야'라고 발버둥 친다.

언젠가 죽고 싶다는 생각 끝에 콱 죽어버리겠다고 말한 적이 있다.

"뭐라구! 죽고 싶으면 죽으면 됐지 웬 협박이야?"

"헤쳐 나갈 길이 없다는 뜻이야."

"맘대루 해! 죽지도 못할 거면서."

그녀는 그때 남편의 말에 내 결심을 증명해 보이고 싶었다.

'그래 어디 두고 보자 죽나 안 죽나.'

그렇게 생각하자 순간 깜짝 놀랐다. 왜 나는 그의 조롱에 나를 맞추려고 하지? 너는 어디 있는데? 속이 상해 뱉은 내 말을 실천, 증명해 보여야 한다고 생각했다.

남편은 나를 무시했다. 자신의 의도대로 살아왔다. 남편은 아내가 반기를 드는 것을 못 참는다. 그래서 약을 올린 것이다.

'칼을 물고 엎어질까?'

'새끼줄로 목을 맬까?'

그의 앞에서 죽어 보이고 싶었다.

그런데 갑자기 생각이 바뀐다. 남편이 내 죽음에 가슴 아파하지 않을 것이다. 그렇다면 내가 너무 억울한 일이지. 꼭 남편의 마음에 들거나 복수하려고 하는 것 자체가 어리석다.

가정이라는 공동체에서 권력을 가진 갑, 남편에게 맞추어야 평화가 온다. '을'의 '나'를 내세우면 불협화음으로 인해 공동체는 해체되기가 쉽다.

***

학교 폭력도 마찬가지다.

그래도 중고등학교는 평균적인 상태에서 시작하기 때문에 크게 문제되지 않는다. 똑같이 학교 규칙에 따르면 별 문제가 없다. 더러는 학교에 있는 몇 시간만 견디면 된다고 생각한 적이 있었다. 집으로 오면 잠시 그들의 감시에서 벗어날 수 있다는⋯.

하지만 그 애들은 그 그룹에서 견뎌야 앞으로 나아갈 수 있다. 그때 친구들로부터 왕따를 당하면 홀로 지내다가 죽음을 선택하는 아이들도 생긴다. 부모에게 말하지 못한다. 부모에게 말했다가는 부모가 옆에 없을 때 가해지는 더 많은 폭력을 견뎌야 하는 일이 생긴다. 왜냐하면 학교는 부모로부터 벗어나는 훈련을 하는 연습장이기 때문이다. 이제부터 그들의 세계에서 부모가 함께 해줄 역할은 없기 때문이다.

후에 아이들이 극단적인 선택을 한 후에야 학교가 다가 아니라고 말한다. 생명을 유지하는 일에 학교가 전부는 아니다. 그렇지만 그 또래 집단에서 살아남지 못하면 그들의 미래도 없다는 결론이다. 가정도 같은 잣대로 생각하면 된다.

소규모 가정이든 사회적인 규모든 꼭 누군가와 공동의식이 있어야 한다. 또래들과 결속되는 공감능력의 장이기 때문이다. 그럼에도 공감할 수 없을 땐 어떻게 하지? 그 그룹에서 낙오되는 운명을 겪어야 한다.

'절이 싫으면 중이 떠나면 된다.'

그러나 떠날 수 없었다. 떠나면 죽는 도리밖에 없다.

학교에서의 왕따, 소외는 한 인간을 좌절시킨다. 그 그룹에서 도태된다면 사회생활에서도 도태되는 것을 의미했다. 어떻게 하던지 그 그룹에서 버텨야 한다. 버티지 못해 아이들은 죽음을 선택하기도 한다.

그녀는 소위 '일진' 비슷한 무리에서 왕따를 당한 적이 있었다. 각별히 친한, 뜻이 맞는 친구와 학교생활 마지막 여름을 지나면서 우정을 다짐하기 위해 떠난 여행이 원인이었다.

우정을 쌓는 일을 완전히 망친 사건이 있었다.

처음엔 짱이 자신의 클럽에 들어오라고 했다. 그곳에서는 작은 소품도 통일시켜 자신들의 힘을 과시했다. 나는 클럽을 표시하는 운동화나 점퍼 같은 옷을 갖추지 못했다. 그랬더니 짱이 다른 애들에게 돈을 걷어서 함께 점퍼를 사 입고, 운동화도 구입해 주었다.

문제가 생긴 것은 우리 일행과 함께 여행 온 대학생과 어울리면서부터다. 그중 한 대학생이 나에게 관심을 가지고 접근했다. 그 일로 일진 짱에게 내가 찍히게 되었다. 짱이 우선 대학생을 마음에 들어 하면 나머지 우리는 짱이 좋아하는 그에게 접근하면 안 된다. 그 대학생이 짱을 원할 때는 모든 것이 문제가 되지 않는다. 짱은 그 대학생이 마음에 들었는데 그 대학생은 나에게 다정한 눈빛을 보내고 데이트를 하자고 권한 것이다.

그때부터 무시무시한 질투가 생긴 것이다. 짱은 그냥 짱이 되는 것이 아니다. 같이 간 친구들을 포섭하고 다루는 일이 능숙하다. 내 옆에 아무도 얼씬거리지 못하게 한다. 아무 말 하지 않아도 친구들은 짱의 눈치를 보며 알아서 기고 있다. 어느 누구도 내게 말을 걸거나 옆에 있으면 안 된다. 같이 간 다른 친구들은 짱의 비위를 맞춘다.

학교에서라면 집에 와서는 잠시 숨통이 트인다. 내일 학교가면 당할 생각에 편치 않지만 잠시 숨을 쉴 수 있다. 그러나 여긴 여행지이고 혼자 떠날 수는 없다. 개학을 하면 그들에게 더 큰 벌을 받을 일이 걱정이다. 후환이 두렵다.

일행 중 혼자서 지내는 일은 고역이다. 6명이 간 여행에서 아무도 내 옆에 오지 않고 말도 하지 않는다. 그림자 인간 취급이다. 없는 사람 취급은 가히 형벌에 가깝다.

시간이 너무나 많다. 혼자서는 할 일이 없다. 밥도 먹기가 거북하고 몸을 어떻게 움직여야 할지 모른다. 작은 움직임도 불편하다. 그렇다고 무조건 눈을 감고 있을 수는 없는 일이다. 공동체라는 거대한 힘 앞에 홀로라는 형벌이 주어진 것이다. 그들의 의도대로 살아지고 싶었다. 인간은 사회적 동물이라고 했던가. 서로 도와가면서 사는 일은 축복이다. 무리에서 혼자가 된다는 것은 힘을 잃는 행위다. 혼자서는 어떤 힘도 쓸 수 없이 무력해진다.

생명은 무조건 운빨이다. 아기의 의사와는 무관하다. 엄마 몸속에 있다가 '으앙' 울음소리와 함께 자발적으로 숨을 쉬면서부터 살아남아야 하는 악전고투가 시작되는 셈이다. 맨몸으로 이 세상에 던져지고부터 사랑이 필요하다. 생명을 이어갈 수 있는 환경이 주어져야 살아남을 수 있다. 보호받을 사랑만이 한 생명을 살리는 것이다.

그때부터 생명은 살아남기 위한 연습을 시작한다. 기립 동물의 발달과정은 뒤집기, 다음은 설 수 있게 되고 드디어 걸음마를 시작하면 부모들은 손뼉을 치면서 환영한다. 유치원과 초등학교 입학을 하면서 공동체에서 사는 방법을 체득해 나간다. 중고등학교를 거치는 동안 남들보다 뛰어나거나 보조를 맞춰 홀로 설 수 있는 훈련을 통과해야 한다. 다음 대학 생활은 준 사회다. 이곳에서 자신의 값어치를 생성해서 사회에 기여하는 훈련을 받는다. 그리고 직접적인 사회로 발을 들여놓고 생명에 대한 자급자족의 틀을 마련한다.

이 과정을 거치면서 타인과 사는 법을 배운다. 더불어 자신이 타인에게 공동의식을 가지고 협력하는 단계까지 배울 것도 많고 난관도 많다. 한 인간의 일대기도 곤충이 애벌레에서 성충이 되는 것보다 더 큰 시련과 좌절을 겪어내는 고된 훈련을 치러야 한다.

세상 속에 살면서 '갑'의 위치를 선점해야 자신의 생각대로 편히 살 수 있다. 자질을 갖추지 못하면 평생 타인의 지배하에 고된 삶을 견뎌야 한다. 세상은 한 인간이 삶을 영위하기 위해 의, 식, 주를 스스로 해결하는 법을 익히는 훈련의 장이다. 직장에서도 '을'이 설 자리는 적다. 갑의 배려로 겨우 살아가게 된다. 그중에서도 남자가 아닌 여자라는 위치는 또 다른 '을'의 처지다.

인간은 각자 불완전하다. 하지만 그들끼리 뭉치면 힘이 생긴다. 시집식구가 왕따를 시켜도 내 편인 남편의 신뢰가 철저하면 견디기 쉽다. 한 사람에게라도 위로를 받고 인정을 받으면서 살면 힘이 생긴다.

나는 그것을 아버지의 핀잔과 걱정을 받고서 깨달았다.

고등학교를 졸업하고 집에 있을 때였다. 짱이 나를 따돌렸던 때를 제외하면 학교생활은 즐거웠다. 즐겁다기보다 책과 지내는 일이 좋았다는 생각이 든다. 막상 졸업하고 나니 할 일이 없어졌다. 빈 손이었다. 손에 잔뜩 쥐고 있다가 놓아버린 허전함을 느꼈다.

친구들은 서울에 있는 대학에 진학하고 홀로 남았다. 소설책을 읽어도 흥미가 없었다. 누구와 이야기 할 친구가 없었던 것이다. 우울한 나날을 보내던 중이다. 부엌으로 들어섰다. 드르륵 분합문을 밀고 발을 내딛는 순간 화롯불에 발을 담그고 말았다. 마침 누군가가 화롯불을 문 앞에 놓았던 것이다. 화로 잿불은 다 사위어 갈 즈음이라 크게 화상은 입지 않았다. 그래도 나머지 잿불에 남아 있던 불씨가 발등까지 올라왔다. 발에 물집이 생겼다.

"앗 뜨거워."

그때 아버지가 소리를 질렀다.

"덤벙대긴 조심하지 않구."

대뜸 얼마나 데었니? 하고 묻지도 않고 조심성 없다고 핀잔부터 한

것이다. 가뜩이나 욕구불만이 차 있던 터다. 딸이 화롯불에 발을 담갔
는데 걱정도 안 하는 아버지가 원망스러웠다. 난 너무나 서러워서 죽
어버리겠다는 생각을 했다. 그래 나 하나쯤 없어져도 아무도 상관하
지 않겠지. 새끼줄을 들고 뒷간으로 들어섰다.

"이놈의 자식이."

아버진 놀라서 나를 안아서 데리고 나왔다. 그제야 죽고 싶다는 생
각이 없어졌다.

살면서 내 아이에게 아버지와 똑같은 말을 했다. 아들이 학교 파하
고 집으로 올 무렵이다. 별안간 소나기가 퍼부어 우산 가지고 갈 틈도
없었다. 그때 아들이 비를 쫄딱 맞고 대문으로 들어선다. 나는 소리부
터 질렀다.

"조금만 참았다가 비 그치면 와야지. 이 비를 다 맞고 오면 어떡해.
이 미련한 놈아."

"나는 엄마가 그렇게 말할 줄 알았어."

아들은 서운해 하면서 말했다.

아! 내가 평소 나무라기부터 했나 보다. 비 맞은 것이 속상해서 한
말이지만 안쓰럽게 여기는 마음은 미루어 두고 급하게 핀잔부터 하다
니! 나는 내 자신을 나무라야 했다. '왜 이렇게 인정이 메말랐는지' 모
른다.

결혼은 특히 여자들에겐 보호자를 갈아치우는 제도다. 남녀가 부모
로부터 독립하여 한 가정을 이루어 새로운 공동체를 만들라고 하는 신
의 명령이다. 그 의미를 저버리고 남자의 부모와 사는 경우 완전한 독

립을 못하는 일이 생긴다. 남자가 한쪽 발을 부모가 있는 땅에서 떼지 못하는 한 출발부터 불공정한 경기가 시작된다.

결혼은 다른 세계로 진입하는 관문이다. 여자인 경우 처음부터 공정하지 못한 출발로 인해 다른 세계에 적응해야 하는 과제가 주어진다. 학교와 다르게 불리한 조건으로 기득권을 가진 그룹 안에 들어가야 한다. 여자는 완전한 벌거숭이로 독립을 해야 하며 남자는 보호막의 옷을 입고 경쟁에 임한다. 시집이라는 기득권을 가지고 있는 사람들과 경쟁하며 살아남아야 한다. 처음부터 불평등에서 시작한 여자들의 삶은 불공정이 난무한다. 개인의 선택이 운명을 지어 가는 게 아니라 주어진 역할이 운명을 결정한다.

돈의 힘이 우선인 '갑'의 세계에서 아이를 낳아 기르면서 사랑만으로는 경제적인 힘 앞에 무력해진다. 사랑은 경제적 능력을 상실한 '을'이 돈의 위력에 대적할 만한 무기로서의 역할은 미약하다. 아이가 생기고 여자의 입지가 조금은 낮아진다고 해도 근본적인 해결책은 아니다. 여자의 삶은 평등을 되찾는 일에 온 힘을 쏟다가 지치고 만다.

왜? 생각이 많아졌을까? 생각해 보니 '을의 생존기'를 터득하면서부터 철학자가 된 셈이다.

내 눈에 비친 세계는 불확실하고, 혼돈스럽고, 힘이 모든 것을 결정하는 그런 곳이었다. 신은 왜 여자에게 작은 힘으로 커다란 힘인 '갑'에 대적하라고 했을까. 애초부터 여자라는 약자에게는 저울추가 맞지 않는 역부족인 싸움이다. 모든 평화는 양쪽이 모두 다 힘의 균형이 맞아야 온다. 어느 한쪽이 기울고 그 기운 쪽은 지는 전쟁이다.

그나마 승자에게 사랑과 겸손을 가르친다. 약자가 견딜 수 있도록 하는 일이다. 하지만 그건 양심 있는 자만이 할 수 있는 일, 지극히 극소수다. 그리고 하고 싶으면 하고 아니면 그만이다. 억지로 의무가 강요되지도 않는다. 그들에게는 편안하게 경쟁할 힘을 준 셈이다.

모든 인간은 생존의 어려움을 겪으면서 노쇠해 간다. 그리고 열심히 '갑'에게 '을'이 비위를 맞추고 살다보면 주객이 전도되는 변증법적 논리에 의해 '갑'을 지배할 여력이 생기기도 한다. 모든 것이 순환의 법칙이다. '아이러니'는 약자가 자신의 길에 충실할 때서야 풀리기도 한다.

남편의 성향을 바꾸는 방법은 없다. 그냥 자신이 동화되는 것이 더 빠르다. 그리고 10년의 세월이 흘렀다.

나는 지금 남편의 지배에서 벗어나는 법을 체득했다. 남편에게 최선을 다했다. 그를 위해 희생한 시간이 그를 일상생활에서 무능하게 만들었다. 평생 갑으로 명령만 하고 살았던 그가 이제 을이 없으면 아무것도 할 수 없이 무능한 인간이 된 것이다. 오랜 세월 같이 살다보니 '을'이 주도권을 잡고 '갑'에게 선행을 선사하기도 한다. '을'의 측은지심은 그나마 '갑'이 살 수 있게 돕지 않으면 안 된다는 진리를 터득한 것이다. 내 운명이 뒤바뀐 까닭은 내가 주어진 역할이 아닌 자발적 선택을 해서다. 이젠 '갑'이 '을'보다 못한 존재로 되었고, 을에게 기댈 수밖에 없는 것이다. 희생과 충실함이 가져온 승전보인 셈이다.

요즘 남편은 내 말을 잘 듣는다. 내가 말하지 않아도 알아서 행동한다. 냉장고 문을 열고 안을 들여다보며 남편이 말한다.

"냉장고에 양배추가 없네. 마트에 가서 내가 사 올게."

나는 그런 남편을 향해 두 팔을 머리 위에 올리고 하트를 그린다. 그리고 웃으며 말한다.

"당신만 한 사람 없어요."

나는 스스로 우스꽝스러운 짓을 함으로써 이 우스꽝스러운 세계에 참여하는 것이다. 그리고 나는 갑이 되었다. 이제 집에서의 주인은 나다.

이제야 인생의 한 살이가 끝나는 순환으로 생을 마감한다.

다
마
고
치
*

별을 만나기 위해서는 우주의 등뼈라는 은하수를 건너야 한다. 그리고 세상 어딘가에 소멸되지 않는 사랑이 있다는 것을 보일 것이다. 별에게 손을 뻗는다. 정체를 알 수 없는 진동이 느껴진다.

1

내 아들 별의 시계는 열다섯 살이 되었을 때 멈춰 버렸다. 별을 마지막으로 본 것은 10년 전이다. 내 기억창고에 존재하는 별은 중학생인 채 영원히 열다섯 살이다. 그날은 별의 열다섯 번째 생일 저녁이었다. 케이크 위에 열다섯 개 촛불을 켜놓고 해피버스데이 축가를 부르

---

* 일본어 '다마고'(달걀)와 영어 '워치'(시계)의 합성어로, 일본에서 개발한 휴대용 디지털 애완동물. 여기서는 가상의 세계를 의미한다.

려고 하는데 느닷없이 별의 친구들이 몰려왔다. 잠깐 나갔다 올게. 뒤 돌아보는 별의 눈동자가 흔들렸다.

어딜 가니? 물었지만 대답도 없이 텅, 현관문 닫히는 소리가 났다. 밤이 늦었는데도 돌아오지 않았고 주인을 기다리던 생일 케이크는 촛 농으로 코팅되어 버렸다. 다음날도 집으로 돌아오지 않았다. 사흘이 지나자 케이크가 주저앉기 시작했다. 상한 케이크를 버리면서 불길한 생각을 쫓아냈다. 엄마, 친구들하고 놀다가 늦었어! 웃으며 들어올 거라고 마인드 컨트롤을 하면서 긍정적인 생각으로 몰아갔다.

바람이 창문을 흔들고 있다. 혹시 별이 왔나? 커튼 끝을 들춘다. 밖이 보이지 않는다. 어둠 속엔 바람뿐 기척이 없다. 별이 왔다가 그냥 돌아 갈 것 같아 창가에 서서 촉각을 세워본다. 별이 갈 만한 곳을 알아보려 고 해도 전화할 곳도 없다. 경찰서에 신고를 했고 그곳에서 소식 오기를 기다리는 일이 전부였다. 학교에서는 본 사람이 없고 CCTV에도 흔적 이 없다. 별은 지금 대체 어디 있을까. 심장이 요동치고 입 안은 침이 말라 혀가 서걱거린다. 목에서 쉬지 않고 쌕쌕 소리가 난다.

별의 소식을 기다리며 지낸 지 일주일째 되는 날 경찰서에서 사람들 이 국수가게로 들이닥쳤다. 마약과 대마초를 수집하다가 적발되었는 데 판매책 같다고 했다. 사건을 맡은 형사에게 어떻게 된 일이냐고 물 어도 아들이 어디 있는지 말하라고 다그쳤다. 누가 뭐래도 내 아들 별 은 그럴 아이가 아니라며 반박했다. 앉아서 별이 돌아오기만 기다릴 수는 없었다. 직접 찾아 나서기로 했다. 별의 할머니와 함께 전단지를 만들었다.

나는 세 살 때 고열로 뇌성마비가 왔고 2급 장애자 신세다. 부모님은 나를 '공주'라고 불렀는데 집에서 귀하게 대해 주어야 남들도 귀하게 여긴다고 했다. 취지는 좋았지만 어울리지 않은 이름으로 고생해야 했다. '절뚝이 공주'라고 웃음거리였다.

지하철역 앞은 출근하는 직장인들로 넘쳐났다. 다리를 절뚝이며 많은 사람들 틈새를 비집고 전단지를 내밀었다. 그들은 나를 피해 갔고 겨우 받아든 사람들은 전단지를 펼쳐 보지도 않은 채 휴지통에 내던졌다. 내 앞으로 점점 많은 사람들이 지나갔다. 전단지가 든 가방을 어깨에 메고 우두커니 서 있었다. 싸늘한 지하철역 입구 보도 위에 나의 간절한 소망이 담긴 전단지가 사람들 발길에 밟히고 있었다. '별'이 밟히는 것 같아 얼굴에 묻은 발자국을 팔꿈치로 닦아 전단지를 가슴에 품고 일어서야 했다.

별의 외할머니는 여섯 달쯤 버티다가 병이 나서 집으로 돌아가야 했다. 할머니는 집으로 걸려오는 제보자 전화를 받고 별의 할아버지는 제보자가 전해 준 장소를 찾아 신원을 확인하기로 역할 분담을 했다. 대부분 걸려 오는 전화는 남의 고통을 즐기는 장난전화였는데 때로는 금품을 요구하는 사기꾼들도 있었다.

나는 쓰레기통에 버려진 전단지를 수거해 구겨진 전단지를 다리미로 다렸다. 몇 번을 다리고 반복하다 보니 너덜너덜 파지가 되어 있었다. 막막하고 고단했다. 내 몸에 이상 징후가 나타나기 시작한 것은 그때부터였다. 자주 정신이 혼미해졌다. 지하철역 계단에 쓰러져 119 구급차로 병원 응급실에 실려 가기도 했다. 침대에서 비틀비틀 일어나지도 못하는 나를 일으키며 어머니가 입을 열었다.

"공주야 내가 나갈 테니 너는 집에서 기다려라 … 쯧쯧." 하지만 어머니 말을 뿌리치고 나는 거리로 나섰다. 길에서 별이 나를 기다리고 있을 것 같기 때문에 죽더라도 움직여야 한다고 생각했다.

길만 나서면 여기저기에서 별이 보이기 시작했다. 별이 갈 만한 동선을 따라 길을 걷고 있는데 교복 차림 학생만 보면 모두 별 같았다. 그때 마침 별 같은 학생이 보였다. 원고지 칸처럼 정사각형 길이었는데 별을 부르기도 전에 교복 뒤끝만 힐끗 보이고 학교 안으로 사라졌다. 착시 현상일까? 처음엔 그렇게 생각했으나 그런 일이 서너 번 반복되는 걸 보면 착시 현상은 아닌 것 같았다. 그 후에도 그런 일이 몇 번 있었다. 낯선 곳이라 버스를 타려고 해도 어디서 어떤 노선을 타야 하는지 알 수 없었다. 별을 쫓아가면 신기루처럼 사라지고 나는 미로에 갇혀 허덕이고 있었다.

그런 날이면 밤하늘을 보면서 궁금해 했다. 별들은 언제 어디서 어떻게 탄생할까. 반짝이는 저 별들은 영원할까. 어떤 모습으로 떨어질까. 한밤중에 마당에서 하늘을 바라보는 딸을 볼 때마다 아버지는 혀를 차면서 한심해 했다. 딸이 4차원의 세계에 갇혀 미쳐 가고 있다고 생각하는 듯했다. 어머니는 딸의 뇌 속에 귀신이 들어 앉아 생각을 뒤죽박죽 엉켜 놓은 것 같다면서 굿을 하자고 했다.

나는 지푸라기라도 잡고 싶은 심정으로 아들과 내 별자리 운세를 찾아보았다. 겉표지에 별이 가득한 책이었는데, 거기에는 이렇게 적혀 있었다.

"둘 관계의 촉매는 사색과 사고다. 두 사람은 훌륭한 지성을 쌓는다. 철학적 사색뿐만 아니라 변함없는 사랑으로 통한다. 사랑은 강렬하지만 잠시 기쁨을 줄 뿐 영원하지 않고 떠나버리는 운세다."

마지막 구절이 찜찜했다.

다음날 나는 이모의 권고로 용하다는 점집을 찾았다. 그렇게라도 해야 마음이 안정될 것 같았다. 별을 찾을 수 있다는 말을 들을 때까지가 볼 작정이었다. 점쟁이가 내 얼굴을 건너다보며 물었다.

"이름하고 사주를 대 봐."

"이름은 이 별, 4월 16일생, 자시."

잠시 후 점쟁이가 눈을 크게 떴다.

"몇십 년 만에 이런 사주는 처음 봐. 그런데 '이 별'이 뭐야? 이름이 이러니 이별수가 있지. 어디선가 잘 살고 있을 것이니 당장 찾지 못해도 걱정하지 말고 기다려."

다행이었다. 고맙다고 머리를 꾸벅하고 일어서려는데 점쟁이는 이렇게 덧붙였다.

"그런데 당신에게는 오지 않아."

이건 또 무슨 말인가. 실망스러웠다.

이번에는 어머니를 따라 교회에 갔다. 아무리 애를 써도 안 되는 일이 있다는 인간의 한계를 확인했기 때문이다.

"그래도 믿어 볼 곳은 하느님밖에 없다"는 어머니 말을 거부하지 않고 조용히 받아들였다. 예수가 죽은 후 3일째 되던 날 제자들에게 나타나고 애타게 기다리던 제자들 눈에 부활한다는 성경 구절이 가슴을 파고들었다. 애타게 기다리면 별이 나타난다! 빨리 별을 부활시켜야 한다고 생각하자 가슴이 뛰었다.

2

별은 다마고치 키우기에 열중했다. 다마고치는 처음에는 '알'이다. 크기가 5~6센티미터 되는 계란 모양의 홀더 안에 액정화면이 있어 스위치를 누르면 화면 속에서 알이 부화된다. 부화된 새끼는 하루가 지나면 베이비코치가 된다. 이것을 잘 기르면 4~5일 만에 타라코치, 마메코치 등 6종류의 캐릭터가 있는 아덜트코치로 변신한다.

그 시절 아이들에게 다마고치 게임기는 선풍적인 유행이었다. 모든 아이들이 한두 개씩은 가지고 있었는데, 프랑스에서는 운전 중 다마고치에게 먹이를 주다가 앞에 달리던 자전거 선수들을 미처 보지 못해 치어 숨지게 하는 사건도 발생했다.

어느 날 아침 별이 다마고치를 내게 내밀며 "엄마 잘 돌봐 줘야 해!" 부탁했다. 별이 학교 친구들과 내기를 한 모양인데 먼저 아덜트코치로 키워 놓는 편이 이기는 게임이다. 학교에서 수업에 방해된다며 학생들의 다마고치 반입을 금지하자 집에 두고 가면서 부탁했던 것이다. 별이 벽에 붙여 놓은 쪽지에는 다마고치 키우기 주의사항이 적혀 있었다.

1. 배고프지 않게 먹이 주기
2. 간식시간 지키기

3. 놀아주기

4. 배설물 치우기. 등등

  그런데 다마고치 돌보기가 생각처럼 쉽지 않았다. 알을 부화시켜서 베이비코치로 키웠다. 수시로 밥 주고 똥 치우고 잘잘 때 불 꺼주고, 한시도 눈을 뗄 수가 없었다. 결국 손에 들고 있지 않아 죽인 셈이 되었다. 별이 학교에 가면 도서관에 가는 것이 내 일과인데 책에 집중하다가 밥 주는 걸 잊었던 것이다.

  "하루만 버티면 '타라고치'가 될 텐데." 학교에서 돌아온 별은 '베이비코치'가 죽었다고 울고불고 난리를 쳤다.

  "다시 키우면 될 걸 가지고 왜 그래? 실수한 경험을 살려 키우면 '아덜트코치'로 될 수 있어."

  "시간이 없잖아 … 녀석들은 잘 키우고 있을 텐데 … ."

  "그들도 실수했을지도 모르잖아. 실망할 필요 없어." 가까스로 별을 달랬다. 그 후 시들해졌는지 아이들 사이에서 다마고치 키우기 열풍이 사라졌다.

  내가 왜 여태 다마고치 생각을 못했을까? 컴퓨터에서 별을 부활시키고, 나도 멀쩡한 다리로 걸을 수 있게 만들면 엄마로서 훌륭한 자격을 갖추게 될 것이다. 내가 원하는 성한 몸으로 … . 별에게도 좋은 DNA를 입력해 놓으면 컴퓨터가 알아서 할 것이다. 현재에서 과거로 시간을 주름처럼 접어 별과 함께 지냈던 날들을 기억하며 미래로 돌아가 완벽하게 키울 작정이다.

나는 다마고치 홀더보다 큰, 컴퓨터라는 무한세계로 들어섰다. 길 위에서 5년을 헤매다가 생각을 바꾼 것이다. 별의 유전자를 찾아 컴퓨터에서 키우기로 했다. 별의 사진들을 찾고, 기억을 되살리고 흔적을 모두 입력해 놓은 상태다. 3D 프린터로 모든 물체를 만들어 내는 세상이다. 원하는 물건의 3차원 입체모델을 만들어 3D 프린트로 정보를 송출하면 3차원 모형으로 만들 수 있다. 가까운 시일에 나는 별을 탄생시킬 수 있을 것이다.

인간의 몸은 수십억 개의 세포들로 이루어지고, 세포들은 아미노산과 단백질의 조합으로 이루어진다. 단백질은 세포 내의 아미노산으로 만들어지는데 몸의 내장과 근육, 피부 같은 기본 조직을 형성한다. 새로운 생명체를 만들기 위해서는 아날로그적인 본체와 디지털적인 생명력을 결합시키면 된다. 다행히 나는 한번 본 것은 결코 잊지 않는 비상한 기억력을 갖고 있다. 디지털 생명력은 별에 대해 알고 있는 내 기억력을 사용하면 가능하다.

이름을 '컴 별'로 지었다. 이름이야 어떻든 '컴 별'은 내 아들이다. 편안하게 살아갈 집과 좋은 친구도 만들어 줄 계획이다.

컴퓨터를 켜면 화면에 '별'의 백일 때 모습이 나타난다. 별이 태어났을 때부터 키워 보려고 해도 삭제된 기억에 대한 복제는 불가능에 속했는데, 백일 때까지 별이 할머니 손에서 자랐기 때문이다. 출산 후유증으로 사경을 헤매다 내가 병원에서 퇴원했을 때는 별이 백일쯤 되어서였다.

컴 별이 침대 위에서 자고 있는 모습이 편안해 보인다. 별의 얼굴에

뺨을 살며시 대 본다. 엄마의 인기척에 컴 별이 깨어난다.

"잘 잤니?"컴 별에게 인사를 한다. 천장에 매단 모빌에서 나오는 음악 소리와 빙글빙글 도는 빛 때문에 눈이 부신지 눈을 감은 채 얼굴을 찡그린다. 나는 컴 별의 모습만 봐도 배가 고픈지 쉬를 했는지 알 수 있다.

"기저귀를 새 것으로 갈아줄게."쭈욱 쭉 다리를 길게 뽑아준다. 그리고 고추가 올라가게 해 놓고 기저귀를 채워 준다. 젖을 물리자 컴 별이 고개를 돌리며 거부한다.

"왕자님! 곧 맘마를 만들어 줄게."

나는 컴 별과 오누이처럼 장난친다.

"냠냠, 냠. 맛있지!"우유병에 구멍을 크게 뚫어 이유식이 잘 나오도록 해서 아기 입에 댄다. 몇 번 오물거리다가 싫다고 입을 다문다.

"이제 배가 부르구나!"별의 배를 쓰다듬으며 장난을 친다.

컴 별에게 엄마 심장 소리를 들려주고 싶다. 윗옷을 열어 맨가슴에 마우스를 대자 쿵쿵거리며 심장 뛰는 소리가 별에게 전해진다.

"잠깐, 엄마는 커피를 마셔야겠어, 냄새만 맡아 둬. 다음에 이 커피 향이 엄마라는 것을 기억해!"

별의 귀여운 모습을 보며 커피를 마신다.

돌이 되자 컴 별은 걸음마를 시작하고 '엄마'라는 말도 한다. 외출에서 집에 돌아오자마자 컴퓨터를 켜고 별을 찾는다.

뒤뚱뒤뚱 걸으며 나온다. 오동통한 엉덩이가 움직일 적마다 몽골반점도 함께 좌우로 실룩거린다. 쏙 들어간 자라눈*은 웃을 때 양 볼에 생기는 보조개 같다.

엉덩이에 뽀뽀를 하면서 뿡 뿡, 방귀 뀌는 소리를 내자 별이 웃으면서 달아난다. 다시 얼굴을 대고 뽀뽀를 하려는데 진짜 뿡 하는 소리가 터져 나온다. 깜짝 놀라는 표정으로 코를 움켜쥐고 구린내가 난다는 시늉을 하자 컴 별은 나를 놀리는 것이 재미있는지 '까르르'하며 자지러진다.

컴 별의 초등학교 입학식이다. 컴 별의 손을 잡고 학교 문으로 들어서자, 너 계집애지, 하고 꼬마 친구들이 별을 놀려댄다.

'예쁘면 다 여자냐? 꽃미남이 대세라는 것도 모르는 바보들.'

내가 만든 별은 모든 사람이 부러워할 천재야. 신도 흉내 못 낼 만큼 완벽한 아들이지. 내 존재 이유는 별이 인간 중 최고의 걸작, 롤 모델로 우뚝 설 날을 기다리는 일이다. 컴 별과 교감하는 일이 기쁘다.

사람들은 어눌한 말투 때문에 나를 바보인 줄 안다. 물론 내가 별볼 일 없는 사람이기 때문에 그러는지도 모른다. 남들이 어떻게 생각하든 관심이 없다. 사람들은 자신들이 모른다고 해서, 이해할 수 없다고 해서 나를 지진아, 정신병자 취급한다. 그러나 그건 오산이다. 나는 그들과 정신세계가 다를 뿐이다. 밤이 되면 홀로 하늘을 쳐다보면서 나는 골똘한 생각에 빠진다.

인류는 영원 무한한 시공간에 파묻힌 하나의 점인 지구를 보금자리 삼아 살아가고 있다. 그리고 언젠가는 죽는다. 우주의 별도 태어나서 존재하다가 죽는다. 인간의 몸을 이루는 물질은 별들로부터 왔다. 별

---

* 젖먹이의 엉덩이 양쪽으로 오목하게 들어간 자리.

들과 같은 생리와 운명을 갖고 태어난 인간도 별들과 마찬가지로 존재하다가 죽는다. 다른 것은 생애의 길이 뿐이다.

3

컴 별이 중학교에 입학하자 다치고 들어오는 날이 많아졌다. 하루는 컴퓨터 화면에 컴 별이 보이지 않았다. 이게 웬일인가? 정성들여 만들어 놓은 정원도 없어졌고, 나무들은 벙커로 변해 있었다. 놀이터가 살벌한 전쟁터로 변해 버린 것이다.

"총을 줄게. 그동안 엄마가 널 위해 총을 만들었단다. 지금이 총이 필요할 때야. 이 총으로 한 방 날려 봐!"

세상은 약자에겐 가혹한 법이란다. 한 번 약점을 보이면 괴롭힘을 당하는 거야.

"숨지 말고 악당들이 나타나면 머리통을 쏴 버려!"

그렇게 말하면서 컴 별에게 권총을 준 게 이틀 전이다. 3D 프로그램으로 내가 직접 제작한 권총이었다. 별을 지켜주려는 내 사랑의 표시였다. 별은 자신을 지켜 낼 수 있을 것이다.

마우스로 벙커들을 샅샅이 뒤져 보았는데 악당들도 보이지 않았다. '컴 별'의 총을 보고 모두 숨어 버렸을 것이다. 전쟁놀이도 적군과 아군이 백중지세라야 흥미진진한 싸움이 되는 법. '일방적으로 이기면 재미가 없지!' 제발! 적군아 나타나라. '우리 컴 별 총이 얼마나 무서운지 보여 줄게.'

그런데 별에게 너무 큰 집을 만들어 준 것이 화근일까. '별'을 쉽게 찾을 수 없었다.

입 안이 바싹 말라왔다.

"컴 별아 악당들이 사라졌어. 숨지 말고 나와 보렴."

아무리 숲 속을 뒤져 봐도 컴 별을 찾을 수 없었다. 갑자기 두려워졌다. 이번에는 주의를 기울여 가며 마우스를 이리저리 움직여 보았다.

다음날 나는 별이 처음 찾아왔던 공원으로 갔다. 벤치에 앉아 처음 만났던 날을 떠올린다. 지나 놓고 보니 별에게 베푼 사랑이 무거운 짐일 수 있다는 생각이 든다. 하지만 별에게 내 사랑을 감추는 일 또한 얼마나 어려운 일이었던가. 사랑한다는 말은 나를 사랑해 달라는 말일 수도 있고 내 외로움을 알아 달라는 말일 수도 있었다는 걸 지금에야 깨닫게 되다니.

내 아이가 나에게 찾아 온 것은 빅뱅의 순간이었다. 비록 그 순간을 기억할 수는 없지만 '플랑크의 시간' 이었을 것이다. 내가 기절해 있는 동안이었으니 정확한 시간은 잴 수 없다. 별이 없는 삶은 있을 수 없다. 기억의 창고를 뒤지고 상상력을 동원해서 찾아내야 한다. 어딘가에 있을 별을 찾기 위해서 우주선을 타고 지구를 속속들이 뒤져서라도 찾고야 말리라. 나는 언제나 별을 찾으러 다니는 술래다.

하늘의 별 숫자만큼 사람이 태어난다면 아들은 어느 별에 들어가 있을까? 어미의 마음과 상관없이 잘 돌고 있을 행성, 그 머나먼 불빛.

오전에 읽은 책에 따르면 우주가 태어나가 전까지 에너지는 0이지만, 양자역학적으로 볼 때 에너지가 굉장히 낮은 상태인데 자신이 넘을 수 없는 한계를 뚫고 나가려고 한다. 이것이 매우 낮은 확률이지만 뚫고 나갈 경우에는 엄청난 에너지를 방출하는데, 이때의 시간을 '플랑크 시간'이라 한다. 오랜 혼돈 상태에서 천지가 창조되는 짧은 시간, 빅뱅의 순간에 우주는 급팽창하고 물질이 생성된다. 플랑크의 시간이라고 불리는 10^{-43}초, 그 찰나의 찰나에, 별이 탄생되는 것이다. 그날은 역사적인 날이었다.

4

초록빛 유월 어느 날 부모님의 싸움이 시작되었는데 내가 세 살 때 일어난 이야기가 싸움의 진원지였다. 어머니는 아버지가 상갓집에서 술타령을 하느라 빨리 안 와서 그렇게 됐다고 원망했다. 아버지는 "애가 감기 걸린 줄 알았지 누가 그렇게 다급한 줄 알았느냐"라며 변명했다. 어머니가 아기를 업고 병원으로 달려갔지만 가는 동안 고열에 시달리던 아이는 병원에 도착하기 전에 마비가 왔고 도착했을 때는 이미 늦었다고 했다.

부모님 언성이 높아질 기미가 보이자 나는 다리를 절뚝이며 공원으로 향했다. 공원은 조용하고 숲으로 둘러싸인 곳이었다. 그 즈음 낮에는 집에서 칩거하고 있다가 밤에는 아카시아 나무 밑에서 휴식을 취했다. 꽃이 만발한 나무 밑에서 원기를 회복할 수 있었다. 밤이 깊어가자 부드럽고 촉촉한 안개성에 갇혀 있는 것 같았다. 살갗에 스미는 안개의 감촉은 황홀감에 젖어들게 만들었고 그곳은 아늑했다. 안개 속에 파묻혀 있는 동안 아카시아 꽃향기로 인해 몽환적인 세계에 젖어 들었다. 시간 개념도 잊은 채 공상은 우주공간으로 날아다녔다.

음료수 병뚜껑 비틀어 따는 소리가 들렸다. 누군가 마시라고 해서 그대로 마셨다. 벤치에서 잠이 들었고 깨어나 보니 밤이 깊어 있었다. 잠들 때 어렴풋이 밤꽃 향이 난 것 같았는데, 그 느낌은 나쁘지 않았다. 잠시 다른 세상에 갔다 온 것 같기도 했고 시간을 접어 버린 것 같기도 했다.

새벽안개를 맞으며 집으로 돌아왔다. 어머니는 밤을 새우며 딸을 기다렸다. "친구와 놀다가 늦었어요"라는 딸의 말에 더 이상 묻지 않았다. 가슴을 쓸어내면서 무사하게 돌아온 것만으로 다행이라고 여겼을 것이다.

그날부터 한 달쯤 지났다고 생각한다. 처음으로 나는 식욕을 잃었다. 음식을 보기만 해도 메스껍고 속이 뒤집히고 현기증이 났다. 밥 냄새가 역겹다고 하자 어머니는 앓아누웠고 아버지는 불같이 화를 냈다. 어떤 놈이냐, 하고 아버지가 물었을 때 나는 떨리는 목소리로 대답했다.

"몰라요, 아무런 일도 없었어요."

그러면서 고개를 흔들었다.

"어떤 놈이냐?"

다시 물었지만 고개만 흔들었다. 누구와 무엇을 했다는 말인지 아무리 생각해도 그 이유를 알 수 없었기 때문이다.

아버지는 "내 이놈을!" 하며 이를 득득 갈았다. "때려죽여도 죄가 남을 놈을 그냥 둬선 안 된다. 잡아 죽여야 한다"면서 분노를 터뜨렸다.

조용히 지내자고 아버지를 말린 사람은 어떻게 해야 좋을지 모르겠다는 표정으로 바라보던 어머니였다. "당신이 그럴수록 공주에게 상처만 주게 된다"고 했다.

화장실에서 노란 위액까지 토해내고 나왔을 때, 어머니는 화장실 문 앞에 서 있었다. 아버진 딸에게 못된 짓을 한 놈이 누군지 짐작이 가는 눈치였지만 증거가 없으니 떠들어 봐야 소용없다는 것을 어머닌 알고 있었다. 차라리 아이를 키우며 사는 것이 나을 거라는 생각을 했던 것 같다.

"다리도 성치 않은 애를 누가 데려가겠어요. 공주도 여자이니 새끼 하나는 있어야겠지요."

처음으로 태동을 느낀 날 나는 황홀했던 밤이 그대로 있는지 공원을 찾아가 보았다. 안개비에 젖어들었던 궁전 같던 공원은 침묵한 채 그대로였다. 풀숲을 헤치며 어디에 밤나무가 있을까 살펴봤다. 나무는 그대로였고, 조금 떨어진 밤나무 위에 새둥지를 발견했다. 둥지 안에 어미를 기다리는 갓 태어난 새끼 세 마리가 보였다. 구슬프게 우는 소리에 소리 나는 쪽으로 고개를 들어 보니 나무 위에 꼬리 끝이 하얀 콩새가 있었다. 어미인가 보다. 그렇게 작은 새도 새끼를 낳을 수 있는 것이다. 나도 엄마가 될 수 있다고 생각하니 마음이 설렜다.

평소 육아에 대한 책을 읽었으므로 혼자서 해 낼 수 있을 것 같았다. 하지만 본격적으로 진통이 시작되자 어머니를 찾았다. 몸도 성치 않은 딸이 산통으로 몸부림치는 모습을 보며 어머니는 간장이 끊어지는 것 같다고 했다. 계속되던 통증도 잠시 쉴 모양이었다. 그 틈에 어머니에게 유언을 하고 불효한 이야기를 쏟아냈다.

"엄마에게 못 할 짓만 했어요. 모자라게 태어나 속을 썩인 것도 아이를 가진 것도."

"그런 말 하지 마라."

어머니는 화를 냈다.

"죄라면 너를 이렇게 만든 이 어미의 죄다… 미안하구나."

그러면서 딸을 껴안았다. 숨을 몰아쉬며 눈을 감았다. 아무것도 생각나지 않았다. 통증이 밀려왔다. 정신을 잃었다. 별은 체중미달로 태어났는데, 그 원인은 어미의 작은 몸에 적응하느라 그랬을 것이다. 별의 탄생은 신이 내게 주는 사랑이라 믿었다. 힘들지 않았다면 사랑도 덜 깊었을 것이다.

별은 출생신고부터 말썽이었다.

"부친 미상이라구요?"

동사무소 직원 질문에 잠시 멈칫했다. 그는 미심쩍은 시선으로 내 얼굴을 한참 뜯어보았다. 난감했다. 기억나는 건 안개와 아카시아 향기와 밤꽃 냄새뿐이었기 때문이다. 굳이 기억에도 없는 유전자 제공자를 찾아내야 하다니! 앞으로 세상 평판에 신경 쓰지 않기로 했다.

"마리아세요? 그럼 예수를 낳았네요."

사람들이 놀리거나 킬킬거려도 아무렇지도 않았다. '상관없어, 웃으라고 해!' 나는 입 속으로 중얼거렸다.

어머니가 조심스럽게 조언을 했고 아버지 아들로 출생신고를 하자는 데 동의했다. 아버지 성이 이 씨다. 그래서 아이 이름을 '이 별'로 지었다. '별'은 내 남동생이 되었다.

별이 초등학교에 들어갈 무렵 학교 옆으로 이사를 했다. 꼭 학교 운동장이 내려다보이는 곳이라야 한다고 부동산에 부탁해서 얻은 집이었다. 창문을 열면 곧바로 운동장이고 별의 등굣길도 보였다. 창가에 서서 운동장에서 놀고 있는 아이들을 구경하는 것이 유일한 즐거움이었다. 별 또래 아이들이 운동장을 가로질러 뛰어다녔다. 나는 별의 초등학교 입학식에는 참석하지 않았다. 장애자 누나가 있다는 것은 별의 격을 떨어뜨릴 거라 생각했다.

별이 학교에 가고 나면 나는 도서관으로 출근했다. 어미로서의 자격이 있어야 한다고 여겼기 때문이다. 도서관 열람 순위로 따져보면 내가 압도적인 1등이었다. 도서관에서 상상력을 키우면서 책 속에서 답을 찾았다. 열람실에 앉으면 그곳이 세상인 동시에 행복한 공간이었다. 책 속의 진리가 나에게 말을 걸었다. 누구도 비웃지 않았고 예쁜 아가씨가 어쩌다가 쯧쯧, 혀 차는 소리도 없는 천국이었다.

하지만 세상에 비밀은 없었다. 얼마 지나지 않아 주인집 여자가 알게 되었다. 별이 넘어지면서 "엄마!" 하고 외쳤기 때문이다.

어느 날. 별이 학교에서 돌아올 시간에 나는 베란다에서 운동장을 지켜보고 있었다. 별이 혼자 걸어오고 있다. 친구들이 달려들어 책가방으로 별을 때린다. 해맑게 웃으며 때리는 폼이 장난으로 그러는 것 같았다. 처음엔 장난을 치는 것 같았는데 집단적으로 별을 공격했다.

아이들이 다가오자 별은 비실비실 옆으로 피하면서 머리를 감싼다. 다른 사람이 된 것 같다. 가슴에 불이 당겨지는 것 같았다.

별이 맞을 때마다 움찔 움찔 살이 떨렸다. 별이 어디를 세게 맞았는지 땅으로 엎어진다. 나는 달려가지도 못한 채 서 있었다. 별을 공격하는 아이들에게 몇 배로 갚아 주어도 속이 풀리지 않을 일이다. 그런데도 속수무책으로 참고 있을 수밖에 없다니! 아들보다 몇천 배 고문을 당하는 느낌이었다. 나는 주먹을 불끈 쥐었다. 손이 떨리고 있었다.

인간이 사는 세상과 동물의 세계는 같다. 한 번 쪼인 닭은 피투성이가 되어 생명을 다할 때까지 공격을 멈추지 않는 닭들에 의해 피살당한다. 어제까지 같이 공생하던 동료라도 약한 점을 발견하면 집단적으로 공격모드로 전환하여 약자를 공격해 죽음에 이르게 만든다.

잘생긴 별을 괴롭히는 이유가 무엇인가. 나는 선과 악이 고정된 것이 아니라 장소나 입장을 바꾸어가며 변화하는 것, 즉 균형 자체일지도 모른다고 생각해 왔다. 그러면서 '선한 끝은 있다'고 믿었다. 그러나 이젠 다르다.

태초부터 악한 존재들이 인간이다. 신은 인간을 만물의 영장으로 창조했다고 하지만 동물과 다르지 않다. 지능적으로 약자를 해치우는 방법이 동물과 다를 뿐. 신은 자신이 의도한 대로, 자신의 모습을 닮은 인간을 창조했다고 하지만 동물과 같은 본성을 갖게 만든 것을 보면 교활하다.

5

별에게 이상 징후가 나타나기 시작한 것은 중학교에 입학하고 3개월 지났을 때부터였다. 시도 때도 없이 돈을 달라고 했다. 계속되는 거짓말에 화가 났고 돈의 액수가 늘어나는 것도 감당하기 어려웠다. 하지만 별의 눈에 원망이 담겨 있는 것을 보는 게 더 슬펐다. 돈을 줄 수 없어 그냥 학교에 보낸 날, 별은 코를 싸매고 돌아왔다. 잘 생긴 코뼈가 부러진 것이다. 얼굴 전체가 시퍼렇다. 병원에 가기 전에 약을 발라 주면서 '왜 이렇게 되도록 그냥 맞고 있었니' 물으면 별은 넘어진 시늉을 해 보였다. 문제가 생긴 게 분명했다.

다음날 오전 학교에 외할머니가 찾아갔다. 담임교사 말로는 별은 친구들과 잘 어울리고 똑똑하고 착해서 반 아이들이 모두 좋아한다고 했다. 친구들 또한 별과 어깨동무를 하고 친하다고 웃으며 놀더라고 했다. 교활한 녀석들에게 속은 것이다. 어머니는 아이들끼리 싸우다 다칠 수 있는 일을 가지고 공연한 걱정을 한다고 했다. 하지만 어미만이 감지할 수 있는 느낌이 있다.

나는 별의 컴퓨터를 열고 '낙서'라는 곳을 클릭했다. 화면에 뜬 글을 보고 그대로 굳어졌다.

초등학교 때 내가 살아남을 수 있었던 것은 짱의 성적에 도움이 되었기 때문이다. 공교롭게도 우리는 같은 중학교에 입학하게 되었다. 중간고사에서 나는 반 석차 1등, 전체 석차 2등을 했다. 녀석은 반 석차 10등 아래로 성적이 뚝 떨어졌다. 초등학교 때는 전교 5등 안에 들던 녀석이었다.

별이란 학생은 과외를 받지 않고 학원에 다니지 않아도 공부를 잘 하는데 네 녀석은 도대체 어떻게 된 거냐? 녀석 엄마가 나를 들먹였던 것이다. 엄마는 뭘 했어, 틈이 나면 골프 치지만 걔네 엄마는 예습해서 집에서 선행 학습을 시킨대, 하며 엄마에게 따졌던 모양이지만 결국 나에게 원망이 돌아왔다. 고액 과외를 받지만 놀기 좋아하는 녀석이 나를 따라올 수 없다. 키도 덩치도 나보다 훨씬 컸다.

3일 전이었다. 반 아이들이 엄마 걸음 흉내를 내면서 웃음을 터뜨렸다. 나를 비웃으려는 것을 알았지만 엄마가 절뚝거리는 것이 사실인데 어쩌랴. 내가 아무리 공부를 잘 해도 녀석 패거리들이 나를 얕보고 '시다바리'로 전락시키기 시작했다.

같은 반에 왕따를 당하던 친구가 있는데 녀석과 마음을 주고받으며 지내왔다. 오늘 그 유일한 친구가 돌변해서 싸움을 걸어왔다. 무방비 상태인 나는 이유도 모른 채 흠씬 두들겨 맞았다. 나를 때리면서 친구는 당혹한 표정이었다. 어쩌다 눈이 마주치면 말없이 얼굴을 피했다. 왕따에서 벗어나려면 짱의 행동대원이 되는 것 이외에 다른 대안이 없었을 것이다. 쉬는 시간이면 내 머리를 책이나 주먹으로 때리면서 짱을 쳐다본다. 짱은 모른 채 외면하고 있다가 녀석과 눈이 마주치면 피식 웃는다.

세상에서 가장 무서운 것 중 하나는 가까운 친구들에게 낙인이 찍히는 일이다. 내겐 응원군 하나 없었다. 학교에 알리는 것은 자살골이고 사태만 악화시킬 뿐이다. 담임에게 말했지만 너희끼리 해결할 문제라고 말하며 친구들 장난에 예민하게 굴지 말라고 발을 뺐다. 학생지도를 소홀히

했다는 이유로 교장에게 찍히는 일이 부담스러웠을 것이다.

수요일, 수업을 마치고 학교 앞 횡단보도 신호를 기다리고 있었다. 골목에서 짱 일행이 불렀다. 패딩 파카를 벗으라고 한다. 파카를 벗자 머리 위에 덮어 놓더니 한꺼번에 덤벼들었다. 퍽, 퍽, 퍽 주먹질과 발길질이 이어졌다. 누가 때리는지 알 수 없었다.

이놈, 이만하면 정신 좀 차렸겠지, 누군가 그렇게 말했다. "내일 십만 원 빌려 줘, 나중에 갚을게." 십만 원이라니! 그 돈은 엄마가 하루 종일 국수를 팔아도 모자랄 액수였다. 다음 날 엄마에게 거짓말을 해서 돈을 타내어 짱에게 빌려 주었다. 아니 상납했다. 나는 야구방망이로 녀석들을 제압할 수 있었지만 그렇게 하지 않았다. 엄마가 치료비를 물어 줄 수 없다는 것을 알고 있다. 짱은 내 등을 토닥이더니, 이제 우리 클럽에 들어온 기념이라며 담배를 피우게 했다. 머리가 핑 하고 돌았다. 다음엔 대마초 맛을 알게 해 주겠다고 했다.

중학교 2학년이 되자 학교생활은 생지옥이 되었다. 괴롭힘이 점점 심해졌다. 맞는 것은 참을 수 있지만 모욕당하는 일은 참을 수 없다. 학교에 가지 않을 수 있다면 얼마나 좋을까? 열흘 전 녀석들은 고수부지에서 대마초를 피우고 있었는데 갑자기 후다닥 달아났다. 영문도 모른 채 서 있다가 나도 뛰었다. 가죽잠바들이 내 뒤를 따라왔다.

요즈음 빚쟁이들이 나타나기 시작한 걸 보면 엄마는 내게 돈을 주려고 빚을 지는 모양이다. 앞으로 짱 일행이 피울 대마초 살 돈을 어떻게 조달해야 할지 나도 모르겠다. 이젠 지쳤다. 더 이상 엄마를 힘들게 하지 않아야 한다.

기회만 주어진다면 엄마와 함께 타임머신을 타고 시간여행을 떠나고 싶다. 하늘나라에 올라간다는 휴거*가 좋겠지만 그것은 아직은 모르겠다. 나는 나를 사랑하고 엄마를 사랑한다.

"엄마 사랑해! 별 나라에서 기다릴게."

6

창문이 어두웠다. 별의 반짝이는 얼굴이 떠오른다. 중학교에 입학하던 해 어버이날 아들이 곱게 포장한 선물을 들고 왔다. 머리칼이 흠뻑 땀에 젖어 있었다.

"백화점 점원이 이보다 더 고급 스타킹은 없다고 했어."

별 모양의 스팽글이 달린 스타킹을 건네는 눈이 빛났다. 입생로랑! 읽기도 어려운 상표였다. 별이 신어 보라고 재촉했을 때 나는 손에 침을 바르고 조심스럽게 말아 올렸다.

"샹들리에 불빛을 받으면 스타킹에 붙은 별들이 춤을 출 거랬어."
별은 나를 쳐다보며 웃었다. 별에게 값을 물었다가 깜짝 놀랐다. 2만 5천 원이라니! 팬티스타킹을 50개 사고도 남을 액수였다.

나는 혼자 있을 때면 가끔 서랍을 열고 스타킹을 꺼내 티셔츠와 반바지를 걸치고 신어 보았다. 걸을 때마다 노란 방바닥에 별이 반짝거

---

* 예수 그리스도가 세상을 심판하기 위해 재림할 때 구원받는 사람을 공중으로 들어 올리는 것.

리면서 거실마루는 우주가 되었다. 나는 스팽글에서 나오는 빛과 별밟기를 하면서 거실 마루를 뛰어다녔다. 눈앞에서 태양빛이 스팽글 비즈와 충돌하여 부서지면서 색채들이 확장되어 우주로 퍼져 나갔다.

별과 나는 동격이다. 우리가 무엇인가 '본다'는 것은 그 대상에서 나온 빛을 느껴 안다는 것이다. 비록 우주공간이 무한하다 해도 우주의 나이가 유한하기 때문에 우리가 볼 수 있는 우주도 유한하다. 안 돼! 별이 존재하고 있는 우주는 영원해야 하고, 그 너머의 별들이 낸 빛은 지금은 볼 수 없지만 미래에 우리에게 도달할 것이다.

별을 영원히 살 수 있게 해 주는 것이 내 사명이다. 지금, 컴 별은 열다섯이 되었다. 조금만 더 버티면 된다. 이 위기를 넘기고 별을 지켜 내야 한다. 그동안 시행착오가 있었다. 숨어 있던 비열한 악당들에게 당한 것이다. 지금은 그놈들의 은신처를 찾아내는 일이 급선무다.

컴퓨터에서 치치치, 소리가 나더니 갑자기 악당들이 기관총을 들고 나타났다. 예상하지 못했다. 어디에서 그 많은 악당들이 숨어 있다가 불어났는지 모르겠다. 컴 별은 혼자서 용감하게 싸우다가 악당들 총에 맞고 쓰러진다.

나는 피를 흘리며 쓰러진 별을 끌어안고 울부짖었다. 별이 흘리는 피로 대지는 핏빛으로 물들었다. 하늘에서 먹구름이 몰려오고 있었다. 땅이 삽시간에 커다란 구멍 속으로 빨려 들어가고 있다. 생각할 틈도 없이 부엌칼을 들고 별이 사라진 공간 속으로 뛰어들었다. 번개가 번쩍 내리쳤고 천둥소리가 들려왔다. 산산조각 난 잿더미 속에서 부서진 물건들을 들춰보았으나 검은 구멍뿐이었다.

울다가 지쳐 깜빡 잠이 들었다가 일어나 보니 스커트에 묻었던 피도 보이지 않고, 별의 시체도 사라진 채 멀쩡했다. 손이 떨렸다. 심장이 울었다. 아직은 슈퍼컴퓨터도 개인의 미래를 짚어내지 못하고 있다. 인간에게 미래를 알려주지 않는 것은 희망을 잃지 말라는 신의 배려일까? 아니, 신은 인간에게 노력만 강조해 온 방관자이다. 그동안 나는 신을 믿어왔다. 그러나 내가 낳은 '이 별'이 사라졌고, '컴 별'도 컴퓨터 에러로 잃었다.

나는 모니터 화면을 바라본다. 멍텅구리가 되어 있다. 더 이상 화면이 작동되지 않는다. 악당들을 향해 칼을 휘두른 결과였다.

'내일은 별의 생일이다. 그리고 별이 사라진 날이기도 하다.'

불빛이 꺼진 검은 모니터를 향해 나는 굳은 자세로 앉아 있었다. 모니터는 거울 너머의 세계를 닫아 버렸다. 모니터 속에 갇힌 여자가 꼼짝 않고 나를 보고 있는 듯했다.

"너는 누구인가요? 도대체 누가 나인가요?"

여자에게 물었지만 응답이 들려오지 않는다. 어떤 '나'이든 상관없다. 나는 지상에서 그 어느 곳도 갈 데가 없다. 왜냐하면 '별'이 사라졌기 때문이다.

내게 중요한 것은 별을 만나야 한다는 것이다. 별의 '게놈 지도' 프로젝트에서 유전자 기술을 발전시키면 생명의 한계를 극복하게 될 것이다. 게놈 지도를 완성하고 별의 약점인 단명 유전자를 장수 유전자로 바꿀 유전정보를 찾아내면 가능할 것이다.

별은 나의 페르소나.[*]

거울 너머의 세계가 부르고 있다.

  고장난 다마고치를 꼭 움켜쥔 채 나는 공원으로 나갔다. 별들이 총
총한 밤이었다. 우주공간에는 아직 생명을 부여받지 못한 별들이 무
수히 떠 있었다. 부모님은 별을 찾아 헤매는 도중 돌아가셨다. 별을
찾느라 국수가게는 빚으로 넘어갔고, 마지막 연립주택을 딸에게 남기
고 눈을 감았다.

  심야의 공원 벤치 위에 누웠다. 별을 잉태한 그날처럼 밤꽃 냄새를
맡게 될 것이다. 그러나 예상은 빗나갔다. 밤꽃 냄새는 없고 아카시아
꽃 냄새가 나를 깨웠다. 일어나 앉아서 공원을 둘러본다. 보안등 불빛
속에 놀이터 모래밭이 빛나고 있다. 놀이터 그림자도 없는 빈 그네에
앉아 하늘을 쳐다본다. 별이 그곳에 정착했다고 믿는다. 별은 휴거에
들어간 것이다.

  모든 것이 시작되는 한 지점에서, 시간과 공간, 물질과 비물질이 하
나가 되는 영원한 세상에서 별과 만나게 될 것이다. 고개를 들자 별이
빛나는 밤하늘에 휴거장면이 펼쳐지고 있다. 이제 구원이 강림할 것이
다. 나는 천천히 몸을 일으켜 모래 위에 발을 내려놓는다.

  무릎이 떨린다. 별을 만나기 위해서는 우주의 등뼈라는 은하수를
건너야 한다. 그리고 세상 어딘가에 소멸되지 않는 사랑이 있다는 것

---

[*] 가면을 뜻하는 심리학 용어. 페르소나가 있기 때문에 개인은 자신의 역할을 반영할
   수 있으며, 주변 세계와 상호관계를 맺을 수 있다.

을 보일 것이다. 별에게 손을 뻗는다. 정체를 알 수 없는 진동이 느껴진다.

    등산객에 의해 산 위에서 여자의 시신이 발견되었다. 몸체를 형성하는 단백질과 아미노산은 땅에 묻혀 분해되어 바람 속에 날아갔고, 뼈만 남아 풍장이 되어 있었다. 사람들은 여자가 아들과 함께 휴거에 들어갔다고 했다.

아
모
르
파
티
*

관찰자인 나는 생각지도 못한 거울로 된 성에 도착했다. 거울로 된 성에서 자신의 무늬를 남기면서 세상보기를 할 참이다. 서울 한복판에 위치한 실버타운 '스카이캐슬'은 고급 호텔 부럽지 않은 시설을 자랑한다. 이곳을 천국같이 생각한 것은 관찰자인 내가 원하던 곳이라고 생각했기 때문이다. 우리는 평생 내 뒷모습을 본 적이 없다. 그렇지만 타자는 너무나 쉽게 내 뒷모습을 볼 수 있다. 우리의 모든 면을 타자는 마치 거울처럼 비추어주기 때문이다.

이곳은 나이가 들어 자신이 해야 할 일을 하지 못할 때를 대비해서 마련한 곳이다. 여기에서는 청소 빨래 식사 등이 제공된다. 내 갈망을 알아차린 그 분께서 내 호기심을 알아듣고 선처했나 보다.

---

* amor fati. 자신의 운명을 사랑하라. 자신의 삶에서 일어나는 고난과 어려움을 피하지 말고 사랑할 때 비로소 창조적 인간으로 거듭날 수 있다는 의미이다.

대부분의 사람들은 교통과 생활이 편리할 것이란 생각으로 이곳에 온 것이다. 이곳은 아무도 서로 관심을 가지지 않는 개인주의로, 자본주의적 집단 활동의 결정체인 환영식은 물론 없고 우리는 그냥 막연하게 자신이 스스로 존재를 확인할 뿐이다.

나는 새로운 세계에 대한 호기심을 가지고, 각자의 교육 수준, 그들이 살아온 수준, 포괄적인 삶에서 단순하게 흑백으로 나뉜 방식대로 느낌대로 판단하고 있다. 물론 구경꾼이 나 혼자인 것은 아니다. 내가 원숭이들을 보기도 하고 원숭이들이 나를 관찰하도록 내버려 두기도 한다. 어쩔 수 없이 내가 존재하는 한 그대로 드러나지만. 그 모습은 신이 준 자유의지에 따라 선택한 뜻대로, 생각대로의 모습이다.

'스카이캐슬 500' 사람들, 처음엔 500세대가 기거하는 줄 알았다. 그러나 500이라는 숫자는 완벽한 숫자라고 했다. 가장 이상적인 이름 짓기, 꿈을 꾸는 유토피아다. 완벽한, 최상의 주거시설 등등 행복해지려고 하지만 그럴 수 없는 현실엔 역설적인 발상이 아닌가 하는 생각도 든다.

거울로 지은 집 안에 갇힌 사람들이다. 장차관, 병원장, 장군 출신 등 내로라하는 사람들이 많다고 한다. 초기엔 회장님, 장관님 등 과거 직함으로 불렀는데 불편하게 느낀 이들이 생겨서 이후 공식 호칭은 '회원님'으로 통일하게 했다. 그들은 이곳이 세상의 전부인 줄 아는 모양이다. 자신들의 무늬가 새겨진 얼굴, 자화상을 그리고 있다. 자신의 자화상이 관찰자의 시야에 포착된 줄도 모르고 각자 나르시시스트적인 존재감을 드러내려고 안간힘을 쓴다.

〈트루먼 쇼〉의 주인공 트루먼 버뱅크와 마찬가지로, 신에게 인간은 놀이, 꼭두각시 역할을 맡은 배우다. 주변 모두가 그들의 행적을 지켜보고 있다는 사실을 모른다. 아니, 알고 있다. 막연히. 관찰자 자신도 죽는 순간까지도, 의식이 있는 한, 자신만이 관찰하는 역할일 거라고 믿는다. 자신이 배우인지 모르는 것이 문제다. 신의 장난에 놀아나고 있으면서도 같은 동종끼리도 잘난 척이다. 마이너리그에서도 또 잘나고 싶어 한다.

　이사 온 뒤로 낯선 이웃들과 친해지려 했다. 4001호와 4002호는 같은 엘리베이터를 이용한다. 4002호 여자를 만났다.

　"처음 오셨나 봐요."

　"3일 됐어요. 봄인데 벌써 이렇게 더운 걸 보면 올해 여름은 생각보다 더울 것 같네요."

　"뭐가 걱정이에요. 세컨하우스로 가면 되지요. 세컨하우스 없는 사람이 여긴 없을 텐데요."

　"네 … 네에에 … ?"

　마지못해 고개를 끄덕인다.

　봄이 지나고 여름이 시작될 때 그녀를 만났다. 이번에는 더워서 못 살겠다고 한다. 관찰자가 대답한다. 덥긴요. 밖에만 나가면 에어컨이 있고 해서 괜찮은데요.

　"강원도 용평은 시원한데 여긴 너무 더워요."

　그녀는 시키지도 않은 말을 한다.

　"시원한 곳에 있다가 오니 이곳 더위에 견딜 수가 없어요."

　손으로 부채를 만들어 휠휠 부친다. 별로 친하지도 않은 여자가 말을 붙인다는 것은 그가 내게 자신의 입지를 설명하고 싶어 한 것이다.

"어머나! 좋겠어요. 부럽네요."

관찰자는 입속으로 말한다. 겉으로 부러운 척한다. 비위가 상한다. 이 나이가 되도록 아직 수행을 쌓기는 멀었나 보다. 비위가 상한 걸 보니. '언제는 더워서 못살겠다더니? 그래 알아. 당신 여름이면 시원한 곳에 세컨하우스 있는 부자라는 것. 아직도 그런 것이 자랑인 삶을 살고 있다니.

40살 이후는 자신의 얼굴에 책임을 지라는 말이 있다. 젊을 때는 무심코 한 말들이 나이를 먹고 자신의 얼굴을 책임진다는 일은 형벌이 된다. 굳이 과거의 삶으로 점수를 매기게 되는 일이기 때문이다. '책임'이라는 말이 너무나 무서운 질책이다. 과거 자신의 삶을 꺼내 보이게 되기 때문이다. 이제 와서 생각해 보니 흉기처럼 느껴진다.

죽음 이후 새로운 세계에 대해 궁금했다. 그곳은 진정 공평한 세계일까? 신이 그렇게 합리적일 리가 없다는 생각을 해 오던 터다. 무엇보다도 공평하신 하느님이라고 믿어온 그동안의 생각들을 수정해야 할 때가 아닌가. 내 머리에 들어 있던 신의 존재를 정확하게 확립해서 그분의 뜻에 맞는 삶을 살고 싶다. 그러려면 눈으로 확인해서 어떤 것이 옳은 건지 진로를 결정해야 한다. 천국에서도 등급이 존재할 것 같아…. 갈피를 잡을 수 없다.

"천국에도 등급이 있을까요."

"등급?"

"단계가 있을 것 같아요."

어디든 등급은 있지 않을까. '땅에서 매인 자 하늘에서도 매이리라'라는 말을 성경에서 읽은 적이 있다. 자연발생적으로 생기게 마련인 인간의 본성 차이. 신이 인간을 위해 준비해 둔 그곳에서는 생전에 어떤 크고 작은 선행을 했는지에 따라 차이가 있을 것 같았다. 그렇지 않다면 그곳도 공평하지 않을 것 같다. 악인은 지옥이나 림보에 가 있을 거고, 이 모든 가설은 틀렸건 아니건 나도 모르게 훈습되어 머릿속에 존재하게 된 사상이다.

무조건 공평할 수는 없을 것이고 그렇지 않다면 억울하거나 이익을 볼 사람이 있을 것이고, 그렇다면 지금 이 세상과 무엇이 다른지 이해하기 어렵다. 이 세상 축소판으로 지금 이곳과 무엇이 다르며 그동안 세상을 지배해 오던 '선의 철학'을 어떻게 설명할 수 있지?

이승에서 행한 대로 천국에서도 이와 같이 받으리라. 천국도 등급이 있다고? 그렇다면 이 세상과 무엇이 다르지?

처음 스카이캐슬에 왔을 때 선택받은 사람들에 대한 진실 또는 불공평한 현실을 파악하지 못했지만 지금은 관찰자로서 생각을 정리하고 있다.

시간은 행복과 불행 사이에 속도 조절을 할 줄 모른다. 그렇지 않아도 시간의 속도에는 개인차가 있는데, 주어진 환경과 타인과의 만남이라는 퍼즐로 삶이 바뀌며 운명이라는 놈에게 농락당한다. 드라마틱하고 즐거운 삶을 산 사람들의 시간은 빠르게 지나갈 것이고, 역경을 넘어 온 파란만장한 삶은 더디게 지나가기도 한다. 속도 조절도 잊은 채 앞으로만 달리는 사람들, 개인차가 있기에 풀 수 없는 무한한 조합을 우리는 설명할 수 없어서 신을 등장시키고 있는지도 모른다.

자유의지는 가당치 않은 개념이다. 아무것도 필요하지 않은, 자신도 모르게 이 세상에 던져진, 선택되어진 사람들, 아무것도 할 수 없는 인간들은, 누군가 운명이라는 사상을 주입시킨 결과다. 반항도, 분쟁도 없이 체념하고 스스로 운명을 정한 인간들은 자유의지는 존재하지도 않을 뿐 아니라 개인이 할 수 있는 일은 없음을 알기 때문에 받아들인다. 순종 이외에 다른 방법은 없으니 … 어쩔 수 없이 견디는 수밖에 ….

아직도 남아 있는 이기심, 교양이 넘치는 우아한 행동, 내면을 숨긴 특별 시민의식 등등. 찰나다. 허무한 인생을 잊으려 하는지도.

우리가 필요에 의해서 자연발생적으로 생겨났건 아니건 간에 우리 머릿속에는 천국이라는 개념이 존재한다. 그곳은 인간의 원하는 기대치만 모아서 탄생한 듯싶다. 모든 오욕을 벗고 투명하고 아름다운 곳이라고 알고 있다. 천국이란 이미지, 개념은 인간이 저지르는 본능을 폐기처분한 곳이라고 한다.

'모든 욕심을 버린 자 좁은 문으로 들지어다.'* 누구도 명확하게 설명하지 않아서 모른다. 한편 전능한 신은 복잡하고 오묘한 퍼즐을 어떻게 맞추며 공평하게 처리할까. 그것이 궁금하다.

---

* 지드의 《좁은 문》 중.

"왜 궁금해 하는데?"

"교회에서 말해 준 천국은 신에게 무조건 복종하면 가는 곳으로 알고 있잖아. 신이 하는 일엔 무조건 복종뿐, 이의를 달거나 따져서도 안 돼!"

"왜, 안 되는데? 어른들이 하는 말에 토를 달면 안 된다고 배웠던 그런 뜻인가?"

"아니, 누구도 모르니까."

"지금 농담해?"

그녀가 등짝을 후려친다.

텔레비전에서는 은하수가 유유히 흐르는 코스모스의 세계를 보여주었다. 그것을 시뮬레이션으로 본 후다. 코스모스 세계에서 바라보면 점으로도 보이지 않을 유성이 지구다. 먼지 같은 점 위에서 한순간도 못 되는 찰나, 시간의 강물로 흘러가면서 그 순간을 쪼개고, 울고, 분노하고, 자신의 가치를 증명하려고 안달한다. 칼 세이건의 《코스모스》를 보면 삶을 영위하는 모든 생물이 겪었을 풍파, 희로애락을 넘어선 그들, 그 모습에서 세상을 견뎌온 사람들의 아우성도 한낱 점, 눈 깜박할 순간 사라질 작은 점이다.

신이 인간에게 책임을 전가해 창조 의무를 나누어 가지도록 했다는 가설을 전제로 이야기를 풀어보려고 한다. 가설은 진실의 한 면을 지니고 있다. 그러니 아주 터무니없는 일도 아니란 생각이다.

갑자기 왜 이런 생각이 들지? 이곳 이야기에 관심을 갖게 된 것은, 80년 동안 나에게 좌절에서 일어나는 법을 가르친 이유를 나름대로 짐작해 보면, 내가 무작위로 선택된 것일지도 모른다는 생각에서다. 신? 초월적인 존재, 누군가가 나에게 이 일을 시키려고 한 것임이 분명하다. 불협화음, 편견, 갑과 을이 지배해온, 아무도 풀 수 없는, 퍼즐로 엉킨 세상 살아내기, 그토록 불가사의한 일에 회의를 갖고 살아온 관찰자인 나에게 시련과 그 시련을 이기는 법을 가르친 것이다. 그렇다면 받은 은혜만큼 열심히 살아보고 나서 '보고서'를 올리지 않으면 직무유기가 될 것 같아서다.

많은 사람이 어떤 과정을 거쳐 이곳에 왔는지 보면서 특히 선민의식을 가진 자들을 살펴본다. 그중 관찰자의 시선을 사로잡은 90대 노부부를 본 내 소감이다. 흔히들 노년부부가 함께 손잡고 걸어가는 모습이 아름답다고 한다. 나는 코웃음을 쳤다. '아름답다고! 누가 그래?' 서로 넘어지면 불편하니까 잡은 손을 제 멋대로 판단한 것에 지나지 않는다고 생각했다. 어쩔 수 없이 사람 인(人) 서로 돕지 않으면 쓰러지는 존재로서 필요할 뿐.

나이가 들어가면서 몸은 아프고, 주변엔 아무도 없고, 어쩔 수 없이 함께한 사람들 모습이라고 생각한다. 객관적인 표피를 가지고 이러쿵저러쿵 말할 자격이 없다. 아직 가 보지 않은 타인의 삶을 함부로 말할 수는 없다.

그들을 이곳에서 만나게 된 것은 신이 미리 천국을 마련해 놓고 시험에 든 순간이 아닌가 하는 생각을 하게 했다. 인간이 마지막 남은 자존감을 간직한 채 사라질 준비를 하는 과정, 림보라고 해 두자.

지옥과 천당의 차이를 설명하는, 스스로는 먹을 수 없는 긴 젓가락을 주고 음식을 먹게 했다는 비유가 있다. 신은 공평하게 긴 젓가락을 각자에게 나누어 주었다. 스스로 먹을 수 없는 긴 젓가락. 눈앞에 많은 음식이 쌓여 있어도, 타인의 도움 없이는 먹지 못한다. 지옥에서는 자신의 젓가락을 집어 먹으려 했으나 먹을 수 없어 피골이 드러난 모습이고, 천국은 서로서로 상대를 위해 먹여주곤 해서 살이 통통한 인간들이 행복해 했다는 일화를 전제로 예를 들었던 것이다. 굳이 설명하자면 이기적인 사람들이 모인 곳이 지옥이고, 타인을 배려하는 사람들이 모인 곳이 천국이라는 말로 설명했던 것이다.

1. 남자들의 로망인 여인

4월의 어느 날이었다. 이곳은 아침 7시부터 밥 먹는 시간이다. 그중 초년생인 나는 이방인이다. 이렇게 이른 시간에 아침을 먹기는 생소하다. 그래도 며칠 계속하다 보니 꽤 괜찮았다.

이곳도 어김없이 끼리끼리의 문화권에 있었다. 그들은 서로 웃고, 인사하고, 밝은 얼굴들이다. 모르는 사람인 나에게도 미소를 띠었다.

더러는 휠체어에 의지한 남편을 부인이 보살펴주는 경우가 있었다. 눈부신 아름다움이란 말을 실감하면서 나도 식판을 들고 대열에 들어선다. 아무에게도 관심 없다. 뷔페접시를 들고 서서 서로 몸이 닿지 않으려고 몸조심이다. 약간 부자연스러움도 있다. 창가 전망 좋은 자리는 이미 먼저 온 회원들이 차지하고 있다. 교회에서도 이와 같은 현상이 있어 비아냥거린 적이 있다. 그때는 몰랐는데 굳이 이해하자면 습관화된 행동으로 치부한다. 새벽기도 간 사람들 자리가 정해진 것과 유사하다.

메뉴는 다양하다. 시중에 몸에 좋다는 식단은 이상적이다. 양파, 올리브, 각종 야채, 나는 욕심이 생겨 많이 가지고 왔다. 날마다 여행 중. 이 사람 저 사람 구경할 것도 많다.

남자는 95세다. 키가 180은 족히 되어 보였고, 뒷모습 또한 경건해 보였다. 누군가 얼굴뿐 아니라 뒷모습이 자신의 자화상이라고 했던 말이 생각난다. 그들 부부도 아름다운 모습을 유지했다. '뒷모습이 아름답다.' 그것이야말로 세상을 아름답게 산 자의 몫이다.

그의 부인은 작은 몸피에 바지런하고 지혜를 갖춘, 남편이 원하는 것이 무엇인지 알아차리고 즉각 행동하며 자긍심은 동반 성장하면서 이루어 나가는 것이란 것을 아는 여인이었다. 88세 단아한 모습, 키는 작았고, 얼굴은 주먹만 하다. 흰 피부는 백발도 잘 어울린다.

모든 남성의 로망일 그 부부는 관찰자가 본 중 가장 아름답다. 조선시대, 현대, 시대를 거치면서 가부장적 사회에 적응한 모습이다. 1950~1960년대를 거친 가부장제하에 남편에게 복종하면서 남편의 자긍심을 유지시키고, 아름답지만 벽에 붙어서 자라야 하는 꽃인 능소화 같은 삶에서 당당히 자신의 가치를 성장시킨 기적을 이룬 여인 같다.

관찰자인 내가 부인에게 물었다.

"살면서 싸운 적이 있으세요?"

"싸우지 않았다면 인간이 아니지요. 아니면 싸운 사실을 잊었거나. 사람의 사는 방식은 똑같아요."

부인은 웃었다. 그러면서 20대는 사랑으로, 30~40대는 아이들, 60대를 지나고 나니 남편의 노고가 눈에 보이고 그 이후는 상대에게서 자신을 발견하게 되더라고 말했다.

깔끔하게 다려 입힌 셔츠와 바지에 엷은 주름이 보이지만 긴 다리에 어울리게 똑 떨어지는 바지선. 식사를 마친 후 의자에서 보행기로 옮기는 도중 서포트 자세, 그리고 머리에 흘린 땀을 씻기고, 다독이는 손길, 등을 쓸어내리는 스킨십, 천사표라기보다 자신을 사랑하는 방법이고, 자존심의 극치다. 부부는 한 덩어리로 뭉친 그 자체로 보는 세상에 초점이 맞는다. 부부는 같은 공동체, 그 자체니까.

한편 관찰자는 그들이 이상하게 여겨졌다. 자신의 거울로 비춰봤을 때, 보여주기 위한 행동이 아닐까 하는 생각도 든다. 부정적인 면도 아주 없지는 않을 것 같다. 관찰자는 자신에 대한 회의가 든다. 있는 그대로 선하게 보면 어디가 덧나나, 꼭 그렇게 부정적인 생각을 할 필요까지는 없을 텐데 ….

남편을 돌보는 여자의 모습은 60여 년 자신이 만들어 놓은 예술작품을 매만지는 예술가 수준이다. 배우자는 곧 자신이라는 등식, 여자가 의식했든 아니든 완전한 사랑을 이루었다고 말해도 손색이 없어 보였다.

'이해의 차원이라면?'

처음엔 멋모르고 변명, 따지려고 했다가 말다툼이 있었다. 지금은 남편이 화를 내면 이유도 묻지 않고 무조건 잘못했다고 빈다. 지금에 와서야 서로 다른 시각을 인정하며 견디는 법을 발견했다고 한다. 그러면서 시간은 지나갔고 일상을 여일하게 돌보고 자신의 일을 하다 보면 남편이 화를 냈던 사실도 잊었을 즈음 그는 감정 노출이 심했다는 것을 알고 미안하다고 한다.

이 현자의 말은 "당신에게 원인이 있는 것이 아니고 자신에게 화가 났을 뿐이라고" 해명한다. 더 이상 무슨 말이 필요한가. 서로 간의 믿음의 경지다.

그리고 그가 말한다.

"내가 이 세상에 태어나서 제일 잘한 것은 당신을 만난 것이라고."

'확실하게 종으로서의 역할을 수용한 자', 엑설런트다.

남편의 기억 한줄기. 고향 어른들의 주선으로 선을 봤을 때 그녀는 아담한 체구에 예쁘장한 얼굴, 사근사근한 말투에 재빠른 몸놀림이 부지런해 보였다. '천상여자' 게다가 말주변이 없는 남자 이야기에 귀를 쫑긋 세우며 재미있다고 손으로 입을 가리며 웃던 여자였다. '내가 재미없는 말을 할 때 재미있다고 웃어준 여자', 유행가 가사에 나오는 그런 여자라고 한다. 남자라면 누구나 원하는 여성상이었고, 지금껏 살면서 여한이 없다고 말한다.

"내 아내만 바라보면 감사한 마음이 절로 생겨요."

유독 그 부부가 관찰자 눈에 포착된 것은 환한 미소, '하이, 하이' 상냥한 모습으로 일본 게이샤처럼 웃는 것 때문이다. 그녀, 그에 화답하듯 커다란 입을 어금니가 드러나도록 벌려 활짝 웃는 남편, 행복한 웃음의 소유자들이다. 서로 아무것도 바라는 것이 없는 순수한 모습이다. 관찰자의 눈에 비치는 그들의 모습은 오랜 시간 이루어 낸 자신들이 그려낸 무늬들이다. 객관적인 모습은 가식일 수 없다. 품위는 그냥 생기는 것이 아니며 무엇으로도, 돈으로도, 그 어떤 것으로도 살 수 없다.

내조를 잘해서 남편을 성공시킨 여자는 홀로 섰어도 성공했을 타입이다. 높은 사고력, 재능이 있기 때문이다. 굳이 달이라기보다는 그림자로서의 역할이 아니더라도 태양처럼 자체로 빛을 낼 줄 아는 여인이다. 지금 이곳까지 오게 된 것은 적극적인 내조 활동을 통해 남편의 지위를 확보하고 누린 결과다. 결코 능소화 역할에 그치지 않았을 것이기 때문이다. 한 예를 들어보자.

미우라 아야코(일본 소설가)가 반신불수로 병원신세를 졌던 때의 이야기 한 토막. 그녀는 옆에 돌봐주는 도우미에게 부탁한다. 어떤 색, 원하는 색실을 구해오라고 한다. 실로 배색을 지시하고 기술자에게 만들게 해서 원하는 물건을 생산해 냈다. 그녀가 디자인한 물건은 시장에 팔아 돈을 벌었다고 한다. 병상에 누워서 손 하나 까딱하지 않고, 머리로도 돈을 벌 수 있는 능력의 소유자다. 즉, 창의력만 있어도 주인이 될 수 있다는 말이다.

첫 번째 부부도 마찬가지일 것이다. 아름다운 몸, 단정하고 예쁜 몸피, 1950년대 스스로 옷을 만들어 입는 것이 유행하던 시절 우리의 어머니들은 무명 실 뜨개질, 러닝셔츠를 손으로 짜서 남편들의 땀받이로 사용하던 걸 기억한다. 지금 그녀가 입은 카디건은 단 하나뿐인 유일한 옷이다. '조르지오 아르마니', '돌체앤가바나'도 울고 갈 명품이다.

전에는 보이지 않던 일들이 이 자리에 와서 보니 이해가 된다. 시집 와서 제일 고통스런 일은 잘못도 없는데 해명할 기회도 주지 않고 죄를 뒤집어씌우는 것이라고 생각한다.

후에 알게 되었지만 말대꾸, 또는 대답은 용납하지 않겠다는 의지는 어디서 나오는가? 아랫사람의 해명은 곧 그들의 잘못과 연관된다. 그러면 알지도 못하면서 화낸 자신들의 몰이해가 드러나고, 그렇게 되면 뻘쭘해지고, 무안이 문제가 아니라 패자로 전락하게 된다. 시간이 지나서 갑 스스로 잘못을 깨닫게 되도록 기다리면 된다고 한다.

여우보다 더한 지혜를 이용하는 방법이다. 시간이 지나 자신들이 알게 될 때까지 기다리면 누명이라기보다 억울함이 해소될 것이다. 재심의 기회를 주는 것이 아니고 저절로 해결되는 시간을 벌고 인지하게 되는 과정을 견디면 다 해결되는 일이다.

현재 여성으로서 지위를 누리고 사는 여성은 코웃음을 칠지도 모른다. 그러나 관찰자의 시각에서 본 그녀는 19세기 여자들이 직면한 '을', '노예' 처지임에도 승리한, 여우의 지혜를 터득한 지혜의 여신으로 존경할 만하다. 마키아벨리는 《군주론》에서 군주의 자격에 대해 말한 적이 있다. 필요에 따라 여우의 지혜와 사자의 용맹이 필요하다고. 그때그때의 편리에 따라 변해도 된다고.

헌신적인 그녀는 지금도 남편에 대해 종으로서의 의식을 철저히 고수한다. 그러나 그녀는 남편을 자신이 아니면 살아가기 힘든 인물로 전락시켰다. 그녀는 모든 권력을 움켜쥐고 있다. 힘은 누가 주는 것이 아니라 저절로 생긴다. 돈도 주인이 따로 정해진 것, 자연의 법칙이다.

현명한 '갑'에게 말하고 싶다. '갑'은 자신이 갖고 있는 힘을 신뢰를 바탕으로 '을'에게 맡겨놓고 '을'에게 자부심을 갖도록 부추기면 되는 것을, 그들은 우회방법도 용납하기 싫은가 보다. 좀 더 여유롭게 갑이라는 자부심을 유지하면서 살 수도 있는데 '돌직구'를 날린다. 귀찮으면 안 하면 된다. 힘이 어디로 이동하든 말든 그들의 권리다.

19세기 영국의 철학자 '존 스튜어트 밀'은 남한테 해를 끼치지 않는다면 자유를 허용하라, 여자들의 권리를 주지 않으면 그들은 살아남기 위해 간교한 지혜로 여우로 변신할 수밖에 없을 것이라고 주장했다. 여자를 아끼고 존중해야 한다. 여자를 억압하면 피해는 남성들의 몫이다. 결국 부메랑으로 돌아와 자신들의 면전을 강타할 것이다. 이미 당하고 있는지도 모른다.

그의 논리에 따르면 여성들이 힘이 생기면, 남성들도 어쩔 수 없는 방법으로 대처 능력을 키울 것이다. '갑' 편에서 보면 '을'의 승리는 절대 용납해서는 안 된다. '을'이 힘을 키우면 '갑'은 자신들도 모르는 사이에 '갑'에서 '을'로 전락할 것이다. 하지만 갑은 변화에 대해 거부감을 갖는다. 편안한 삶, 명령이 통하는 '갑'. 변화가 일어나면 그동안 '갑'으로서 누린 만족은 끝나고 권력을 나누어 주어야 한다. 그러니 생각조차 거부한다. 자신들만 힘들어진다는 것을 알기 때문이다.

며칠 전 이곳 영화관에서 영화를 본 한 남자는 자신의 아내 흉을 보았다. 영화 속 주인공 여자가 치매가 걸린 남자를 지극정성으로 돌보는 순애보적인 영화였다.

권위적인 남자였는데 "영화의 반만이라도 아내가 내게 해 주면 좋을 텐데"라고 나에게 말했다.

나는 그건 자업자득이라고 생각한다. 남편이 모든 경제권을 쥐고 있는 한 남편에 대한 애착, 연민, 측은지심은 들지 않을 것이다. 그는 자신의 권리를 나누어 갖지 않고 사랑을 구걸하면 안 된다는 원칙을 위반했다.

어리석은 자는 끝까지 힘의 원천인 돈을 움켜쥐고 세상이 바뀐 줄도 모르고 갑 행세를 한다. 물론 갑은 변하기 싫어한다. 혼자 영원히 갑으로 살다 가는 것도 갑의 몫이다. 어떤 선택을 하던 그들 것, 삶은 각자의 몫이고 자신들의 것이 아닌가. 결과는 뻔한 일이다.

스스로 방치 유배 생활을 즐기면 된다. 힘도 물려주지 않으면서 자신의 노고를 몰라준다고 억울함을 호소하는 사람을 자주 볼 수 있다. 자신이 가족에게 평생 희생했음에도 고마워할 줄 모른다고, 하긴 그렇게 생각하면 당연하다. 억울한 자여 그대 이름은 갑.

역지사지를 모르면 평생 원망만 하다가 꼴깍 넘어가는 수밖에 없다. 사랑이라는 이름도 모르는 갑들이여! 복 없다고 원망 말아라! 그것은 그대들이 만들어 놓은 업보다. 이제 와서 웬 사랑 타령인가. 힘없으니까 배신한다는 생각 자체가 재앙이다. 부부간 50년 이상 살았으면 이젠 권리도 나누어 줄 줄 알아야 하지 않을까. 세상 거저는 없다.

사랑을 주지 않는다고 아우성이다. 사랑은 준 만큼 되돌아온다는 사실을 모르나 보다. 아니다. 자신만 희생하고 사랑했다고 믿는다. 받은 만큼 주어야 하는 사랑, 확실한 '딜'이었어도 인간은 자신이 더 많이 주었다고 생각한다. 자식에 대한 사랑은 아깝지 않아 많이 주고 있어도 혹 미흡했다고 생각하는 반면, 부모에게는 아까워한 결과 크게 생각하는 것을 보면 알 수 있다.

갑의 입장에서 보면 불편 없이 편안한 삶으로 길들여진 자로서 세상이 참담해지든 말든 그건 그들 몫으로 놔두자. 지금껏 누린 '갑' 대신 '을'이 승리했을 때를 보자. 그들은 태어날 때부터 특혜를 누려왔지만 이번엔 뒤바뀐 역할을 체험하게 된다. 결과적으로 대가를 치러야 공평하다. '을'이 기생충, 능소화 역할을 했다면 결국 남성들도 예전에 자신들이 저지른 것처럼 존재 자체의 회의를 감수해야 하지 않을까.

자신의 가치는 각자의 몫이다. 세상에서 생명을 받은 자로서 노력해서 소유한 가치다. 그동안 누린 '갑'의 입장에서 억울하다고 아우성이다. 누군들 자신의 지위를 도난당하고 살고 싶겠는가. 이 또한 자연이 준 법, 모래시계처럼 시간이 가면 스스로 해결될 것이다. 힘을 잃은 것 자체가 그들이 선택한 몫이고, 도둑질이 아니라 자신들이 내어 준 자리였지만 …….

2. 옆자리에 앉아 식사하는 부부

이 부부는 있는 듯 없는 듯 조용한 미소가 스며있어 좋게 보였다.

관찰자는 식사가 끝나기를 기다려 이야기를 이끌어낸다. 어깨가 올라간 것이 내시를 연상시키지만 그것은 어깨뿐이다. 남자는 키가 크다. 늘 커플룩을 입고 제일 먼저 아침 식사를 하러 나온다. 늘 같은 자리에 앉아 있다. 여자는 남편의 반도 못 되는 작은 키다. 그녀도 왕년에는 키가 컸을 것이다. 허리가 굽은 것을 보고 짐작할 수 있다.

남편이 활짝 웃으면 옥수수처럼 가지런한 이가 보여서 기분이 좋다. 여자 등에 커다란 수술 자국(사우나에서 보게 됨)이 있는 것으로 봐서 수술로 인해 키가 줄었을 것 같다.

식탁 매너에 대해 살펴보자. 늘 접시에 종이 냅킨까지 받친다. 서양에서는 전통적 귀족으로 가문에서 자란 귀족과 그렇지 않은 사람의 구별은 식탁 예절을 보면 안다고 한다. 몸에 밴 습관, 자연스러움일 것이다. 식탁 예절은 잘 모르지만 관찰자로서 여러 팀을 보면 특별한 것 같아 신경 써서 보지 않아도 눈에 띈다.

어떤 행동이 귀족처럼 보이는가? 귀족인 체 코스프레 하려고 해도 그건 안 되는 일. 식탁 위에 팔을 올리지 않는 것, 절대 남긴 음식에 연연하지 않는 것, 냅킨을 쓰는 법, 무릎에 있던 냅킨을 쓰고 난 후 식탁에 내려놓을 때까지 관찰자 눈에 뜨인 행동은 냅킨을 접어 접시에 놓고 일어서는 우아한 몸짓, 익숙함. 무엇보다도 물 흐르는 자연스러운 모습이다.

"사모님은 특별해 보여요."

관찰자가 말했다.

"어떤 점이요?"

부부가 오래 함께 하다 보면 닮아간다고 하더니 이들 부부가 그렇게 보인다.

"오누이 같아요⋯."

"70년을 함께 살았더니 모두들 그렇게 이야기해요. 우리 회장님은 성격이 불같아서 느닷없이 화를 내세요. 버럭 소리를 질러도 아무 대꾸도 하지 않고 가타부타 설명할 생각도 없다고."

노부인이 대답했다.

본인이 착해서라기보다 남편이 왜 화를 내는지 이유를 모를 뿐 아니라 질타를 받은 사실도 곧 잊는다고 한다.

"사람 사는 것 모두 같지요."

관찰자인 나는 주로 부부 갈등에 대해 묻게 된다. 인생은 합동으로 살도록 설계되어 있나 보다. 왜냐하면 시작에서 끝남에 이르기까지 시달리는 것은 부부 갈등구조다. 오죽하면 갈등이 싫어서 결혼하지 않는 사람도 있다. 그래도 결혼했으면 견뎌야 한다. 부부 관계는 불협화음으로부터 시작되고 이해 차원에서 보면 된다고 했다. 마지막 바둑돌을 바둑판에 던지듯 인생은 끝내기로 마치면서 결판난다.

'유발 하라리' 작가는 《사피엔스》에서 인간이 생존해온 이유를 설명했다. 더불어 사는 지혜를 터득했고 실천하므로 지구상 모든 동식물을 지배할 능력이 있다고 정의했다. 창세기에서 말하는 신의 은총, 모든 생물을 지배할 권리를 인간에게 주었다고 했다.

침팬지는 우리와 비슷한 지능을 가지고 있지만 인간처럼 상호 존중과 신뢰, 협동심이 없어 인간에게 뒤진 채 살고 있는 것이다. '뭉치면 살고, 흩어지면 죽는다'는 말이 생긴 원인이다.

이 부부도 마찬가지다. 부부 싸움은 왜 하는지 모른다고 한다. 싸우고 나서도 '우리가 싸웠나?' 하는 의문이 들 정도. 물론 의견 충돌이기보다 일방적으로 남편에게 당하는 화풀이 대상이 여자다. 그런데 그가 나에게 왜 화를 냈는지 자체도 잊게 된다고.

노부인이 말한다.

아침 식사를 하려고 나올 때 보면 자신이 잠시 한눈을 판 사이 단추를 두 칸이나 밀려 잠근 셔츠를 떡하니 입고 나온다. 그 모습이 우스워 웃고 만다. 턱을 내밀고 있는 그는 자신이 턱받이를 채우는 어미처럼 단추를 풀고 다시 채우는 동안 어린이가 된다. 계면쩍게 웃는 남편을 보면 얼굴을 쓰다듬는다. 소장으로 예편한 그는 왕년에 군대에서 수만 명을 지휘하던 장군이었다. 이젠 그녀가 지휘관이라도 된 것 같다고 한다. 그를 다독이면서 이 양반을 위해 오래 살아야 한다는 생각이 든다고 … .

일심동체? 말이 안 된다고 하지만 왜 그런 말이 있는지 동감한다면서 부모님 밑에서 있던 시절은 지워지고 내가 태어나 처음부터 지금껏 눈 뜨고 나면 이 남자밖에 보이지 않는다고 한다. 긴 시간, 70년을 함께 살아보면 안다고 했다. 미움도 분노도 아무것도 남지 않았고, 오직 그가 아프면 내 몸도 아프게 되는 그런 사이다. 그리고 그동안 안정된 생활을 하도록 애쓴 남편에 대한 존경과 감사뿐이다.

그러면서 무엇보다도 남편이 점점 착한 아기가 된다고 한다. 그동안 우리 여자들은 남을 보살피는 역할을 평생 했기에 '남편이 아직 나를 필요로 하는구나' 하는 그것 하나면 됐다고 했다. 자신이 스스로 먹는 것과 배설을 책임지고 있는 이상 더 바랄 것이 없다고 한다.

관찰자는 생각한다. 저 부부가 평화와 감사로 노년에 이르기까지 그들이 겪어냈을 갈등의 바위가 조약돌이 된 것은 시간이 해결한 것만은 아닐 터.

'내가 이렇게 살 줄, 나만 참아야 하나, 나는 피해자, 나는 억울해. 왜 나만 희생을 해야 하나' 등등 자신을 버림으로써 얻어진 평화라는 생각을 해 본다.

끊임없이 정진, 상대를 이해하려는 노력으로 한평생을 보냈다는 생각이 든다. 사랑이 보태어진 결과다. 갑자기 노스님의 열반의 경지가 떠오른다. 득도의 경지는 니체가 말하는 '초인의 경지'일 것이다. 생의 마지막을 준비하면서 얻은 귀한 삶. 불교에 귀의한 스님이 한평생을 정진한 후에 얻은 평화가 이런 게 아닐까?

문득 나 자신은 그들에게 어떻게 보일지 궁금해졌다. 나를 돌아보는 계기가 있었다. 엘리베이터에서 만난 여자에게 물었다.

"어디 가세요?"

"댄스동아리에 가는 길이에요."

가까운 문화센터에 일주일에 두 번 모임이 있어 연습한다고 했다. 그녀가 권한다.

"사모님도 해 보세요. 춤을 잘 출 것 같아요."

"전 못 해요."

그녀가 의아해 한다.

나 자신이 그들의 눈에 어떻게 비칠지 생각해 보았다. 본격적으로 의문을 가지게 된 것은 두 번째 질문을 받고 나서다. 서울대 미술학과를 졸업하고 홍익대 조소과 교수를 하고 있는 여자가 내게 물었다.

"춤 잘 춰요?"

"무슨 말이지요?"

관찰자가 되물었다. 그녀가 또박 또박 묻는다.

"춤을 잘 추느냐고요?"

그러고 보니 내가 춤추는 여자 같아 보이나 보다. 나는 모른 척했지만 내가 생각도 못한 일이었다. 그들이 나를 관찰했나 보다.

어릴 때 나는 서양 영화에 나오는 드레스 입고 춤추는 장면을 보고 그런 여인처럼 되고 싶었다. 영국 왕실이나 러시아 영화 중 〈전쟁과 평화〉 등이 로망이었다. 어릴 때 취향이 남아 있어 드레스를 즐겨 입는다. 젊어서부터 내가 직접 만들어 입고 다녔다. 지금도 옷 입는 취향은 변함이 없다. 옷 입는 스타일로 보나 화려한 외모로 보면 춤추는 여자 스타일이다. 그가 그렇게 보는 것도 일리가 있다.

어쩌다 들여다본 콜라텍에서 드레스를 입고 모던댄스를 추는 여자들을 구경한 적이 있다. 저 여자들은 춤추는 것이 좋을 뿐 아니라 저 옷에 대한 갈망으로 춤추는 것을 멈출 수 없겠구나 하는 생각이 들었다. 여자라면 공주가 되고 싶은 갈망이 있을 것이다. 현실에서는 공주 행세를 하고 싶어도 결혼식 이후엔 기회가 없다. 아름다운 드레스를 입을 기회는 없을 것이기 때문이다.

나는 뽕짝을 좋아하지 않는다. 몇 년 전 관광버스에서 대중가요에 맞추어 춤추는 것이 허용되던 시절이 있었다. 모처럼 가사 일에서 벗어난 해방의 기회를 만난 주인공들이 스트레스를 춤추는 것으로 달랬던 것이다.

나는 그들과 섞이지 못했다. 천박해 보여서다. 후에 내가 성서 모임에서 단체장이 되었을 때 관광을 가게 되었다. 그때는 분위기 유지를 위해 솔선수범하려고 먼저 유도하게 되었다. 일행이 즐거워해야 한다는 생각이 들어서다.

하지만 내 자긍심은 춤을 추려면 전통 왈츠, 탱고 같은 인터내셔널한 춤, 클래식한 춤을 추고 싶었다. 그런 거면 모를까 막춤은 사람까지 천박하게 만든다고 생각했던 것이다.

남들의 내면이 겉으로 보이는 것과 마찬가지로 내 원천적인 갈망이 들어 있는 모습이 드러난 일이다. 나 자신을 내보이고 있으면서 남을 관찰한 것이다. 그리고 깨닫는다. 사람의 모습은 아무리 감추려고 해도 내면, 생각이 드러나고 있었던 것이다.

3. 사랑받고 싶어 하는 여인

남편은 삐딱한 걸음걸이 남자다. 그러나 늘 미소를 띤 폼이 착한 남자라기보다는 긍정적인 마음의 소유자일 것 같다. 한 번쯤 죽음을 넘어선, 위기를 넘어선 사람 같다. 다행스럽게도 마음이 비틀리지 않고 웃을 수 있는 은총의 소유자답다.

그의 부인은 그의 집에서 가사 도우미로 있다가 부부로 된 것은 아닌지 의심이 간다(관찰자의 개인적 생각). 늘 머리 위로 두 팔을 올려 하트를 그린다. 이곳은 삼시 세끼 뷔페식이다. 각기 자신이 먹을 만큼 가져다가 조용히 먹는다. 모두들 앉아 우아하게 식사를 하는데도 그녀는 음식이 담긴 접시를 들고 다니며 의자에 앉은 사람에게 인사를 건넨다.

이곳 부대시설인 스파에서 마주친 그녀의 벗은 몸이 예뻤다. 팔등신이라서가 아니라 피부가 고왔다. 가장 아름다운 것은 몸이 말하는 젊음이다. 나이가 있음에도 아직도 젊은 여자 못지않아 보인다. 거기서도 두 팔을 들어 하트를 그린다. 아마도 그 책임은 그녀 남편에게 있지 않을까? 남자는 에너지 고갈로 성자의 경지가 되었고, 여자를 유혹할 남성을 거세당한지도 모른다. 시간이 그를 남성에서 중성으로 거세시켰을 것이다. 유혹의 기미가 사라진 것은 세월 탓일지도….

사랑받고 싶어 한 사람, 연애하고 싶은 사람에 대해서도 성찰해 본다. 보카치오의 소설 《데카메론》에서는 바람을 피운 여자를 심판하는 자리에서 그녀가 아무 잘못이 없다고 말한다. 남편에게 잘하고 집안 살림도 잘하는데 다만 넘쳐나는 에너지를 해결해야 하는데 어떻게 하라는 거냐고 반발한다.

관찰자인 나도 애교 있고 남자를 좋아한다. 그러나 다른 남자가 집적대면 노골적으로 싫다는 몸짓을 한다. 그러면서 혼자일 때는 그냥 받아들일 걸 그랬나? 할 때가 있었다. 물론 에너지가 넘쳐나는 젊을 때 이야기다. 아무나는 안 되고 특정인도 안 된다. 그러면서 막연히 상상 속에서 연애도 하고 사랑도 한다.

남들은 내 속에 그런 마음이 들어 있는 것을 본다. 그들이 보려고 해서 보는 것이 아니라 내 스스로 내보이고 다닌 것이다. 그런 마음이 내재되어 있지만 사람들이 생각하는 것은 사실과는 약간의 차이가 있다. 그들을 보는 나의 눈도 마찬가지이다.

아침 식당에서 조금 친해진 회원에게서 오늘 그 집 남편이 병원 의사라는 것을 알게 되었다. 평소 나는 그가 문화센터 춤 선생인 줄 알았다. 높이 세운 머리, 비쩍 마르고 곧은 체형, 빨간 신발 등이 그렇게 보였다. 그런 주제에 시니컬해 보이고 거만을 떤다고 생각했다. 어쩌다 인사하면 받지 않거나 건성이다. 그런데 그가 의사라니. 의사가 대단해서가 아니라 내가 직업도 잘못 맞췄다는 것에 놀랐다. 어떤 직업이냐가 상관없고 그 사람의 마음만 보이는 것이다. 아직은 깊숙이 보지 못하는 수준인 것이다. 섣불리 남을 판단해서는 안 됨을 깨달은 것이다.

처음부터 귀족이었던 것처럼 겉으론 웃지만 마음속엔 눈을 내리깔고 조용하지만 상대를 비하시키는 족속들이 많다.

반면 에너지가 넘치는 여자는 늘 사랑받길 원하고 있다. 결과는 주인에게 예쁜 짓을 하면 이로울 것이란 사실을 알아차리고 꼬리를 흔드는 주인집 강아지 같다. 주인 눈길을 받기를 바라는 무수리라도 된 것 같은 착각이 든다. 언젠가는 군주의 눈에 띄면 그녀를 끌어 올려 줄 것이란 희망을 갖게 한 그 앞에서 충성스럽게 보여야 하는 궁녀 같다. 그녀의 봄은 언제 올까? 군주는 없다면 헛수고 하고 있는 그녀가 가엾다.

미술관에서 제목이 '과부'라고 붙은 그림은 어김없이 풍만한 나체다. 사랑을 구걸하는 것 같다. 사랑을 하고 싶은 몸의 언어는 벗는 행위로부터인가 보다. 원초적 본능인 알몸을 드러낸 것은 지금 당장 남자를 받아들일 자세를 취하고 있는 거라고 생각했다. 그런 내 생각 자체가 개인적인 관찰이다. 몸의 욕구가 튀어나온 결과라는 설명이다.

몸은 남자가 필요하다고 아우성친다. 그런 몸으로 태어나서 거세당한 채 어떻게 견디고 있을까.

관찰자가 그녀에게 시선이 머문 것은 그녀와 공통점이 있기 때문이다. 그녀를 관찰자 시점, 나름 방식대로 판단한 것이다. 관찰자인 나도 누구에게나 웃는다. 모든 사람에게 착하게 보여 뭘 하게? 홀로 설 수 없으니, 정신적 창녀로서 과정을 지나 여기까지 왔다.

'아! 어쩌면 좋아!'

관찰자도 그녀 같았던 시절이 있었다. 어느 날 내 자신의 거울을 보니 모든 사람에게 비위를 맞추고 있었다. 내가 왜? 이러지? 왜는 왜. 힘이 없으니 튼튼한 나무를 찾아 기대려고 머리를 굴린 결과다. 난 내가 능소화인 줄 몰랐다.

남편과 시집 가족들의 마음에 들려고 애쓰면서 살아왔다. 그 결과 이혼하지 않고 살아낸 것이다. 그가 결혼 조건으로 자신의 부모님께 효도하면 자신은 어떻게 하든 상관없다고 말했다. 나는 무조건 그렇게 하겠다고 했다. 결혼하고 싶어 그런 것이 아니라 친정에서는 늙은 부모에게 무조건 효도하라고 배웠기 때문이다. 구태여 설명하거나 따로 약속하지 않아도 지켜야 하는 일이라고 생각했다.

누구의 부모님이건 따질 필요도 없다. 남편의 말도 있었고, 당연한 것으로 알고 있었다. 그런데 막상 살아보니 무언가 잘못되고 있음이 느껴졌다. 남편은 자신만을 보고 결혼한 여자를 마치 자기 부모의 몸종 같은 존재로 전락시켰다. 그는 자기 어머니의 끝없는 욕심에 진저리를 치며 밖으로 나돌기 시작했다. 결혼은 생각처럼 쉽지 않았다. 내 마음속에서 일어나는 반발⋯.

몸종으로서의 역할만 주어졌다. 그의 말에 순응하느라 애쓰고 있는 자신을 발견했다. 여자의 삼종지교, 어려서는 부모에게, 결혼해서는 남편에게, 늙어서는 아들에게 순종하는 것이라고 했다. 그럼 나는? 자신에게 호의적이지도 않은 남편, 아들, 그리고 딸 기분을 맞추고 있는 자신이 보인다. 그러고 보니 언제부터인지 길들여진 종의 근성으로 며느리, 손자 칭찬을 하고 있다. 아들은 엄마인 나를 보고 웃지 않는다. 다만 자신의 아이, 손자 이야기에 웃는다.

이런 빌어먹을 짓을 왜 하지!

현세대들은 코웃음을 치거나 비웃을 것이다. 자신들이 무능해서 견뎌놓고 마치 희생정신으로 포장하고 자식들 때문이라고 들먹인다고 할지도 모른다. 한쪽의 희생만을 이해할 수 없을 것이다. 하지만 무조건적인 희생이 아니다. 서로 상대가 무엇을 하던, 개의치 않는 처신? 상대를 이해하면서 살다 보면 저절로 되는 득도의 경지에 도달한 것 같다는 생각이 든다.

불교계의 원로 스님들, 그들의 업적을 기릴 때 하는 말이 있다. 평생을 구도의 길을 걸으신 스님이 마침내 열반에 드시고 조용히 눈을 감았다고 한다. 진리를 위해 정진하는 삶도 중요하지만 그것에 덧붙인다면 나이가 들어 오욕을 벗게 되는 '노쇠한 육신 때문'이 아닐까 하는 생각이 든다.

관찰자의 어머니는 여자가 결혼하면서 갖추어야 할 덕에 대해 말했다. 시집살이, 지금껏 살던 환경을 떠나 다른 세계로 들어서면 많은 오해와 명령, 왕따 등, 꼬리를 잡힐 것이다. 그래도 따지지 말고 시어른 스스로 깨닫게 되기까지 기다리면 된다고. 맞는 말이다. 귀머거리, 장님, 벙어리 3년을 겪고 나서 그 집 사람의 일원으로 자리 잡는다. 곧 성공한 삶으로 이어지고 양반 가문의 위치에서 의무와 권리가 생기고 살아남는다고 한다.

상대와 잘잘못을 따지는 것은 허용되지 않는 일이다. 누가 옳고 누가 틀린 것인지 인식시키려는 행동이 건방지다는 것이다. 패자는 승자의 말을 무조건 받아들여야 하기 때문이다.

시어머니는 며느리가 아들과 사이좋게 지내는 모습을 싫어했다. 툭하면 '촌년이 아전 서방질한다고'라는 말을 자주 사용했다. 처음엔 무슨 뜻인지 모르고 단순히 며느리를 길들이려고 그런다고 생각했다. 후에 국어사전을 찾아보니 '촌년이 아전 서방질을 하면 날 새는 줄 모른다'라고 되어 있었다. 촌년은 상대도 촌년다운 레벨이라야 한다는 것 자체가 인간 이하다. 양반집 가문에 들어온 촌년이 꼴값을 하면서 가지가지 한다. 제 처지도 모르고 아무나 뛰어들어 가문을 망친다고 생각한다.

촌년은 연애를 해도 아니꼽게 보이고 양반은 능력으로 보이는 것일까?

관찰자가 살아오면서 터득한 것은 '갑'인 어른들의 입장에서 생각하는 방법이다. 그들은 잘못을 인정하기 싫어한다. '을'은 을로서 존재해야 하며, 절대 '갑'을 이기면 '을'은 곧 대가를 치러야 하고 응징을 당한다. 힘을 가진 자의 무소불위 권력에 도전하면 '을'로서는 설 자리마저 잃게 되고, 그러므로 '을'은 비참하게 도태될 것이기 때문이다.

'갑'은 대화하자고 한다. 대화로 풀자고 한다. 그런데 '갑'과의 대화에서 잘잘못을 따지게 되는 대화란 애초부터 있을 수 없고 있어서도 안 된다. '갑'에게 네 잘못을 인정하라고 다그치는 것과 같다. 이보다 어리석은 짓이 어디 있겠는가? 그렇게 되면 갑의 자존심을 상하게 한다. 결과는 뻔한 일 … . 힘을 가진 자가 힘을 사용하면 회사에서는 물론이고 부부간의 갈등은 끊임없을 것이다. 갑의 괴롭힘을 견딜 수 없으면 을이 떠나야 한다. 절이 싫으면 중이 떠나야 한다는 말이 있듯이 … .

1950~60년대 성인이 된 여자의 삶, 그들이 살아남는 길은 능소화처럼 화려하게 외모를 꾸미거나, 노동에 일생을 희생함으로써 갑과 공존하는 것이었다. 즉 평화는 약자의 희생으로 이루어진 셈이다.

성경은 이렇게 말하고 있다. '우리가 필요한 것은 미래에 행복하게 해 줄 것이란 믿음이다(필립비 2장 5~7절).'

4. 성공한 남자들

접시를 엎을 것 같은 남자와 지팡이를 짚는 남자가 관찰자의 눈에 띄었다. 첫 번째 남자는 홀아비인 줄 알았다. 그 후 만나 본 부인은 준수한 외모여서 부부로 보이지 않았다. 하고 있는 몰골이 부인에게 방치되었거나 무관심 상태인 것 같다. 그러나 이곳에 온 것을 보니 세속적으로 성공한 셈이다. 젊을 때 성실하고 운이 좋았나 보다.

그가 음식 접시에 밥과 반찬을 들고 웃으며 부인에게 다가간다. 옆에 앉은 그녀는 앉아서 웃으며 인사를 받는다.

중국인 묘기를 보면 이마에 양손에, 또는 콧잔등에 막대 끝에 접시를 올려놓고 돌린다. 마지막 묘기 끝내기 동작에 접어들고, 흔들림이 서서히 가라앉는 모양새다. 이제 접시돌리기 묘기를 멈추어야 한다.

남자가 한 손에 든 접시는 금방이라도 엎어질 것 같아 보고 있는 내가 불안하다. 덜덜덜 떨리는 접시를 용케도 아직 놓치지 않는다. 흔들리는 그의 접시돌리기를 불안하게 바라보자 옆에 있던 남자 회원이 웃으며 말한다.

"저래 보여도 절대로 엎어지지 않아요."

웃어주니 자신을 좋아하는 줄 아는 모양이다. 묘기를 마친 남자는 의기양양한 표정으로 주위를 둘러본다. 영양가 없는 곳에 기웃거리는 수캐 꼴, 가지가지 한다.

이곳에서도 돈은 쥔 자가 '갑'이다. 새삼스러울 것도 없다. 부부를 보면 누가 주도권을 쥐고 있는지 알게 된다. 두 번째 남자는 풍으로 한쪽이 마비된 남자였는데, 반신불수로 지팡이에 의지해 걸었다. 그를 엘리베이터 안에서 만났다. 어눌한 말투로 말을 붙인다.

"모옷버어든 사아람이 인데에 언제 왔소?"

"40층으로 3일 되었습니다."

"난 의사요."

자신의 말로는 의사란다. 아프지 않았을 땐 성질깨나 있었을 것처럼 보인다. 지금 이 와중에서도 몸에 건방이 흐른다. 옆에 있는 부인은 전업주부란다.

"이 사아라암요? 평생 백수요."

부인은 겸손과 교양이 흐른다.

남편의 투병 과정을 어떻게 극복했을까? 우연히 관찰자는 남편을 배웅하는 부인의 모습을 보게 되었다. 관찰자는 궁금했다. 남편이 지팡이를 짚고 나서는 모습을 보고 무얼 생각했을까?

문을 빼꼼 열고 내다봤다. 광폭한 군주 앞에 길들여진 여자, 교양과 여성스러움을 갖추어야 살아남았을까. 그녀는 남편에게 90도 절을 하고 들어갔다.

자신에게 다가오는 운명을 미워하지 않고 사랑할 때 비로소 창조적 인간으로 거듭날 수 있다. 세상 모든 것, 성공하고, 큰일을 이루어 내고, 돈을 많이 벌고, 쾌락을 마음껏 누리고, 지식을 쌓고, 권력을 잡아봤어도 행복하지 않고 허무하다. 헛되고 헛될 뿐이다. 죽음은 이 모든 것을 평준화시킨다.

현재의 순간을 기쁘게 살아가는 것, 순간순간 진지하게 사는 것이 정답이라는 것을 미리 천국을 본 사람만이 알고 있었다. 어떤 삶이 바람직한가. 마지막 찡그린 얼굴을 펴고 웃음을 짓는 사람이 지혜 있는 사람이다.

인생에서 만나는 운명을 사랑하라. 그리고 현재의 순간을 사랑하라.

소
울
메
이
트

그녀가 실버타운 펜트하우스에 안착한 것은 3년 전이었다. 그동안 살아온 집들을 뒤돌아보니 사는 장소가 어디든 간에 집마다 추억이 서려 있다. 그 추억 속에는 집뿐 아니라 함께했던 이웃과 사랑을 주고받던 사람도 있다. 흘러간 영화 같은 삶을 떠올려본다.

그곳은 50층 건물인데 그녀는 49층에 살았다. 전면이 통유리창으로 되어 있어 앞은 한강이 내려다보였고 뒤편은 남산이 보였다. 인생에서 절정, 꼭짓점에 도달한 셈이다. 가장 열악한 사글세 단칸방에서 시작해서 조금씩 좋은 곳을 찾아 헤맨 끝에 이곳까지 두루 거쳐 왔다. 이곳이 마지막 정착지가 될 것 같다고 여겼다. 나이가 들어 살아갈 날이 많이 남아 있지 않다고 생각해서다.

이젠 좋은 집에 대한 욕심이나 집착을 버렸다. 80년 살아온 인생을 마칠 곳이라고 생각했다. 절망이 아니라 더 이상 희망이 필요 없는 곳. 욕심을 쫓아 앞으로 내달리다가 종착역에 도착한 셈이다. 절정을 지나면 내리막에 접어든다. 받아들이기 힘들지만 그건 자연의 법칙이다.

몸이 쇠약해져서 기본적인 의식주를 해결하기 힘들게 되었을 때 이곳으로 오자고 한 사람은 남편이었다. 건물 2층에 식당이 있어서 식사가 해결되고 집안 청소는 이틀에 한 번씩 청소 아줌마가 해준다고 했다. 무엇보다도 24시간 대기하는 간호사가 있어 든든했다. 다른 시설도 잘 갖춰져 있어 타인의 도움으로 일상적인 삶을 이어갈 수 있는 곳이었다. 5층엔 도서관이 있다는 것도 마음에 들었다.

이곳에 처음 이사 왔을 때 모든 게 낯설었다. 첫날 식당에 들렀을 때 첫 번째로 말을 걸어온 남자가 있었다. 중절모에 코트를 입은 남자였다. 이사 온 다음날 아침 남편과 함께 식당으로 내려갔다. 그는 내가 남편과 식사하고 있는데 다가오더니 친절하게 말을 걸어왔다.

"새로 이사 오신 분이죠."

그의 친절에 한결 마음이 놓였고 마치 환영 인사를 받은 것처럼 생각되었다. 그가 그곳에서의 생활에 적응하게 해줄 연결고리가 되리란 예감이 왔다. 그와는 같은 동에 살았다.

펜트하우스에 사는 사람들, 왕년을 말하려면 입에 단내가 나도록 자랑해도 모자랄 사람들이 모인 곳이었다. 그들은 비록 나이가 많지만 한때 모두 나라에서 한 요직을 담당한 사람들이었고, 마지막 남은 자존심은 왕년 현직에 있을 때 잘 나가던 일을 말하고 싶어 했다. 물론 사람 사는 곳이 그러하듯 졸부들도 있지만 그들도 이른바 성공한 인생이라 불릴 만했다.

김 교수는 편안하고 겸손한 사람이다. 로비에서 마주치면 내게 눈

인사를 하고 5층 도서관에서 만나면 친절한 눈빛으로 나를 본다. 책을 좋아하는 사람이라는 생각에 우선 호감이 간다. 처음부터 지식인처럼 고귀해 보였던 것은 책과 함께 살아온 사람이라 그런 것 같다.

동질감이 생긴다. 책을 통해 생각을 공유하게 되는 사람이다. 서로를 알아보는 기회가 주어진다.

아침 식사를 끝내고 곧바로 도서관에 올라가 보니 그가 벌써 와 있었다. 몇 시간이고 서서 책을 읽는 사람이 그다.

"왜 책을 서서 보세요?"

"앉아서 책을 보면 졸려서요. 학생들을 가르치던 습관이 있어서 서서 책을 읽어도 그렇게 불편하지 않아요."

책이라는 공통분모로 쉽게 마음이 통했다. 그는 남편에게도 친절해서 서로 거리낌이 없었다. 아침 식사를 마치고 나면 커피를 마시면서 그녀는 책 이야기나 사랑에 관한 '와이당'(야한 얘기) 이나 '우스개' 농담을 하기도 했다. 그녀는 늘 어떤 모임이든 간에 자신이 좌석에 앉아 있으면 주변을 재미있게 하려는 버릇이 있다. 그 역할을 대부분 담당하고 있다.

그런 점을 딸이 꼬집어 말한다.

"엄마는 왜 그러세요?"

질색하고 충고하는 딸을 보며 고개를 끄덕인다. 그러고 보니 지금껏 그녀가 해온 행동이다.

"엄마는 왜? 굳이 남을 웃기려고 해요?"

"분위기를 재미있게 하려고 ⋯ ."

"그런 천박한 말을 왜 엄마가 담당해야 하는데? 난 그 이유를 모르겠어.”

딸은 엄마가 진지하고 고상하게 늙어 가기를 원했다. 그러나 습관
인지 그래야 할 것 같은 사명감 때문에 쉽게 고쳐지지 않는다. 아니,
고칠 마음이 없다. 나름대로 상대의 마음을 여는 데 필요함을 알기 때
문이다.

내가 남편과 식사할 때면 그는 식판을 들고 테이블에 다가와 남편
옆자리에 서슴없이 앉아 식사했다. 그녀는 남편이 일찍 출근하고 혼
자서 식사할 때면 그의 옆자리도 피했다. 쓸데없이 잡음이 생기는 것
을 원하지 않기 때문이다. 그가 남자이므로…. 누가 내 생각을 알았
다면 웃을지도 모를 일이다. 그는 나보다 12년 연하였다.

어느 날 그가 커피 한잔하자고 제의했다. 그도 나에 대해 호기심이
생긴 모양이다. 서로 자신을 설명한다. 서울 A대학에서 강의를 하고
있는데 가끔 일본 교토 대학으로 출강을 나가서 학생들을 가르친다고
한다. 그러면서 아침 식사시간에 보이지 않으면 일본에 간 것으로 알
면 된다고 한다.

“그런데 전공이?”

“사회복지학입니다.”

“아아, 네.”

나는 고개를 갸웃했다. 이곳은 A대학교 재단에서 설립한 시설이라
는 생각이 스쳤다. 그가 급히 말을 막는다.

“이곳과는 연관이 없어요.”

내 표정에서 그가 전공하는 학문 때문에 이곳에 입주할 때 특혜가

있었을지 모른다는 생각을 읽었는지 급하게 선을 그었다. 그러고 보면 그는 표정만으로 상대의 심중을 알아채는 눈치가 빠른 사람이다.

나에 대해서는 별로 설명할 필요가 없었다. 도서관에 내가 쓴 책이 진열되어 있기 때문에 그가 대강 읽었을 것이다. 서로 자신의 정보를 교환하는 사이 같은 가톨릭 신자라는 것을 알았다. 그는 자신의 본명이 '미카엘'이라고 했다.

"저는 수산나인데요."

그곳에 신자모임이 있다는 것도 한 달에 한 번씩 모임이 있다는 것도 그를 통해서 알았다. 남편과 나를 그곳 모임에 안내했다. 그가 독실한 가톨릭 신자였기 때문에 더욱 친밀감이 생겼다. 그녀는 그곳에 많은 신자들이 있다는 사실에 놀랐다. 이곳 사람들, 즉 부자들도 열심히 기도 생활을 한다는 사실에 또 한 번 놀랐다.

남자의 아내는 교양이 있고 냉철해 보이는 미인이다. 엘리베이터 안에서 마주쳤다. 어떻게 알았는지 그의 아내가 나에게 말을 걸어왔다. 소문에 의하면 그는 병약한 아내를 지극정성으로 돌보는 순애보적인 남편이라고 했다. 그의 아내는 연약해 보이지만 남편의 사랑 덕인지 밝아 보였다.

"우리 미카엘 씨가 작가님을 많이 좋아해요."

"네?"

아마도 그녀 남편이 나에 대한 이야기를 많이 한 모양이었다. 내가 소설가이고 대화하는 내용도 일반 사람들과 다르기 때문일 것이다. 번쩍 정신을 차리고 살아야겠다는 생각이 들었다. 행동을 조금 잘못했다가는 소문의 주인공이 될 수도 있겠다 싶었다.

딸이 찾아왔을 때 이곳 사람들은 모두 친절해서 아침에 만나면 "좋은 하루 되세요" 하고 인사를 한다고 말했더니 딸이 웃었다.

"엄마. 그건 친절이라기보다 '교양 있는 척' 하는 거예요."

어찌되었건 모르는 사람들에게 웃으며 인사하는 것은 나쁘지 않았다. 교양은 필요했다.

그도 교양이 있어 누구에게나 친절해서 사람들이 모두 그를 좋아한다. 그러나 남자에게 질척대는 것으로 보이는 것은 딱 질색이다. 자존감 문제이기도 했다. 그보다 나와 연결하기는 무리인 나이 차이다. 그렇긴 해도 내가 여자라는 생각 때문에 찜찜하다. 사람들 시선에 노출되는 장소에서 자존감을 지켜야 하기 때문이다.

나와 그는 그곳 사람들 중에서 특별히 많은 시간을 공유하게 되었다. 가톨릭 교우회에서도 우리 부부에게 많은 도움을 줬다. 어느 날 그는 성가책을 기부하면 좋겠다고 남편에게 권했다. 그것은 남편을 배려해서 제안했던 것이다.

자신의 본명 축일에 몇십만 원씩 기부하느니 교우회에 성가책을 사서 선물하면 좋겠다고 해서 기쁘게 받아들였다. 그리고 굳이 성가책 앞표지에 안 베드로와 이 수산나 이름을 써서 얼굴을 빛나게 했다.

그곳에서는 누구나 그 정도 기부는 할 수 있는 일이다. 우리 부부를 위해서 생색을 내도록 해준 것이다. 물론 생색이 필요한 것은 아니지만 새로 들어온 교우로서 예의를 갖추게 되어서 다행이라 여겼다.

여름에 남편이 갑자기 아프게 되었을 때 김 교수는 안타까워했다. 쾌유를 빌어주는 미사를 드려 주었다. 미사 헌금도 자신이 직접 지불하면서 …. 그 후 남편의 병실 방문은 물론이고, 성모병원 호스피스 병동에 있을 때에도 자주 방문했다. 아픈 환자를 위한 기도를 했고 남편이 임종하자 천주교식 장례예절을 할 수 있도록 주선해 주었다. 나는 남편을 서울에서 가까운 용인 천주교 묘지에 안장했다.

남편이 떠난 후에 내가 식당에서 혼자 식사할 때면 김 교수는 옆 테이블에 앉으면서 엄지손가락을 치켜세웠다. 나는 힘을 내라는 행동임을 알았지만 손가락 하나가 혼자된 자신을 가리키는 것 같아서 슬펐다. 어느 날 그가 문자를 보내왔다. 쓸쓸할 것을 생각해서 자주 만나서 차라도 마시자고 나를 위로하는 내용이었다. 그의 친절한 제의에 고마웠다. 그러나 거절해야 했다.

언젠가 서양 소설에서 읽은 장면 하나가 생각났기 때문이다. 남편이 없어지자 그동안 모임을 가졌던 부부들이 그녀를 회피하기 시작한다. 혼자가 된 여자가 자신들 남편에게 질척거릴까 봐 고민하고, 남편들은 마누라들의 괜한 질투로 구설수에 휘말리게 될까 봐 우려하는 장면이 나온다.

"남편이 없는 사람은 한 모임에서 누구를 만나는 일은 삼가야 된다고 해요."

그는 깜짝 놀라면서 그런 말은 처음 듣는다고 했다.

그의 말을 듣고서 좀 부끄러웠다. 그쪽은 전혀 여자로 생각하지 않는데 오버하는 것은 아닌가 하고. 그러나 '오얏나무 밑에서 갓끈을 매지 말라'는 속담도 있으니 혼자가 된 그녀는 매사에 조심했다.

갑자기 혼자가 된 사람에 대한 주변 시선은 위험할 수 있다. 만약에 그의 아내가 내 생각을 알아챘다면 겉으로는 코웃음을 지었을 것이다. 그가 남자라서 불편하다고, 껄끄럽게 생각하는 것을 안다면 비웃었을 지도 모른다.

'감히 당신이 나와 비교해!', '당신처럼 나이 먹은 사람과 견줄 상대 라는 것에 몹시 자존심 상한다'고 했을 것이다.

그녀의 자존심을 알기 때문이다.

가톨릭 모임에서 개신교를 다닌다는 전직 교수인 여자가 책을 냈고 그것을 나누어 준 적이 있었다. 그녀는 남편이 세상을 떠나자 공황장 애가 왔는데, 남편은 천주교식으로 대세를 받고 돌아가셨다는 이야기 를 하면서 천주교와 연관이 있었다고 말했다. 지금 자신은 개신교에 서 활동한다는 말도 덧붙였다. 그때 어떤 교우가 웃으면서 말했다.

"그렇다면 이제라도 가톨릭으로 오세요."

그 말을 들은 미카엘의 아내는 언성을 높였다.

"무슨 말을 그렇게 해요, 절대 그런 말 하지 마세요."

이유인즉 왜 굳이 가톨릭으로 오라고 강요하느냐는 것이었다. 그러 면서 자존심이 상한다고 했다. 나는 깜짝 놀랐다. 남편이 가톨릭에서 대세를 받고 돌아가셨다고 하니 하는 말이고, 교회가 아니라 절에 나 가는 사람에게도 전도는 할 수 있다. 그럼에도 큰 소리로 자존심 상한 다고 말하는 그녀의 마음을 이해할 수는 있었지만 그렇게까지 예민하 게 반응하면서 화를 낼 일은 아니었다.

펜트하우스는 나이 먹은 사람들이 편안하고 쾌적하게 살 수 있는 곳, 아직 스스로 의식주를 해결할 만한 건강이 있는 사람들이 선택하는 최상의 곳이다. 소문을 듣고 구경하러 멀리서 찾아오는 사람도 있고, 이곳을 모두 부러워했다.

그럼에도 나는 이곳이 싫어졌다. 외롭고 힘든 날이면 남편이 생각났다. 밤이면 남편 꿈을 꾼다. 이곳, 남편의 체취가 묻어 있는 곳이 싫어서 떠나고 싶었고, 나는 딸이 분양받은 신축 아파트가 있어 그곳으로 이사를 가게 되었다. 영동대교만 건너면 되는 청담동이다. 한강만 건너면 도달하는 가까운 거리지만 그와 물리적으로 떨어지게 된 것이다.

그의 아내는 내가 이곳을 떠나는 것이 서운하다고 했다. 그녀가 웃는 모습을 보니 안심되었다. 절대 그를 남자로 보지 않았고 그도 나를 여자로 보지 않았다고 믿는다. 하지만 생물학적으로 남자와 여자라는 사실까지 부인할 수 없는 일이다. 그냥 동성이라면 친구 사이가 되어도 좋겠다는 생각을 했을 뿐이다.

내가 청담동으로 이사 간다고 했더니 김 교수는 섭섭하다면서 송별회를 해 주겠다고 했다. 장소는 문자로 보내주겠다고 했다. 잠시 후 문자가 왔다. '9월 8일 1시 와인바.' 나는 기대감으로 설렜다. 이곳에서 3년 반을 살았고 그동안 소설을 4편 썼고 성당 모임 사람들에게 출간한 책을 나누어 주기도 했다. 비교적 잘 살았구나! 하는 안도감이 들었다.

와인바에는 아무도 없었다.

김 교수가 혼자 나와 있었다.

"전부 약속이 있다고 하네요."

그가 미안해 하면서 하는 말이다.

평소 내 책을 여러 번 그냥 받으면서 밥을 사겠다는 사람들이었는데. 그러나 모두 이유가 있었고, 나온 사람은 그 혼자였다. 약속 장소에 혼자 나온 그를 쳐다봤다.

"우리 집사람은 몸이 불편해서."

그렇더라도 아주 못 걷는 것도 아닌데, 컨디션이 안 좋아 못 오겠단다.

"네 괜찮아요."

쓸쓸했지만, 섭섭함이 겉으로 드러날까 봐 표정을 밝게 바꾸면서 웃었다. 그의 아내가 나를 싫어했을 것 같은 생각이 들었다.

떠나기 이틀 전날, 우리 부부 옆자리에서 밥을 먹던 부부가 나와서 점심을 샀다. 그 남편과 부인은 정이 많은 사람인 것이다. 같은 교인도 아니었고 종종 옆 테이블에 앉아서 식사하는 사이였다.

그 부부가 나를 안쓰러워했다. 나는 응석을 부리듯 내가 남편을 얼마나 사랑했는지 그 부부에게 이야기했다.

"남편이 너무나 보고 싶어요. 60년을 함께 살았어요. 내 인생에 남편 말고는 아무도 없었지요."

"그렇지요. 왜 안 그렇겠어요."

그 부부가 안쓰러운 표정으로 나를 바라본다.

"안타깝게도 쓰다듬을 손은 있는데 손이 갈 곳이 없네요. 내 손이 가없어요."

그 부부에게 그녀는 지금 남편과 밥을 먹을 수 있고 손으로 만질 수 있는 짝이 있다는 사실이 얼마나 행복한 일인지 그동안 몰랐다고 고백했다. 그리고 한마디 덧붙였다.

"세상은 그대로인데 제 마음이 변하더라구요. 온 세상을 품고 가도 모자랄 인생이라는 생각이 자꾸만 들어요. 주변 사람들 모두를 따뜻한 시선으로 바라보고, 내가 훗날 이 세상을 두고 떠날 때 후회 없이 훌훌 갈 수 있도록 세상을 담아 두자는 생각이 들어서요."

이웃 부부는 눈물을 글썽이며 같이 슬퍼했다. 떠나는 것이 서운하다고 송별회를 해주었다.

"언제고 외로울 때면 이곳에 오세요. 같이 밥이라도 먹자고요."

그 인사는 여운을 남겼다.

그 이웃은 내가 책을 주었을 때 고맙다는 편지와 함께 과일바구니를 선물했다. 사람의 심성은 종교가 영향을 미치는 것은 아닌가 보다. 타고난 착함이었다. 순간적인 감사의 마음이 생긴다. 그들이 '행복하게 살아갔으면 …' 하고 빌어본다.

받은 사랑만큼 그 부부가 편안하기를 바라고, 남에게 베풀면 받은 만큼 따뜻함을 되돌려 주고 싶어지는 것이 사람의 마음이다.

펜트하우스를 떠나기 하루 전, 미카엘을 엘리베이터에서 만났을 때 강의가 있어 일본을 가야 한다고 했다. 떠날 때 못 보게 되었다며 서운한 표정으로 내게 말했다.

"혼자 가서 괜찮겠어요? 여기서는 아는 사람도 많고 익숙한데 걱정입니다. 식사는 어떻게 하지요? 이곳은 식당에서 사람도 만나고 식사도 해결하는데 혼자 밥해 먹고 사는 일이 만만치 않을 텐데요?"

"그런 것은 상관이 없어요."

나는 웃었다.

"그동안 경험으로 보면 한번 떠난 사람은 결국 못 보게 되더라고요."

"여기 자주 오게 될 것 같아요. 은행도 들르고."

엘리베이터가 닫히면서 애절해 보이는 그의 눈을 봤다. 그 눈이 가끔 내 가슴에서 소리를 내고 있었다.

다음 날 오전 그곳을 떠나 강남 청담동에 위치한 신축 아파트로 이사했다. 언제나 이웃과 친하게 살지 않아도 심심한 줄 몰랐고 책과 친하고 혼자 노는 법을 안다고 생각했다. 그런데 이사를 하고 보니 그의 말이 사실이었다. 옆에 있는 사람과 눈인사를 하고 미소로 답을 하고 지나는 이웃도 없이 그야말로 혼자다. 매일 식사하는 것도 쉬운 일은 아니다. 심심하다. 심심하다는 것은 남는 시간이 많다는 것이고 시간이 많다는 것은 외롭다는 것이다.

다소 안정을 찾게 되었을 때 그에게 문자가 왔다.

"일본에 잘 다녀왔어요. 가시는 것을 못 봐서 마음에 걸립니다. 이제 좀 안정이 되셨는지요?"

고맙다는 문자를 보냈다. 곧 전화가 왔다.

"이 선생님 주제넘은 생각이지만 자신이 가진 것은 꼭 움켜쥐세요. 주변에서 자식에게 다 주고 고생하는 사람을 여럿 봤어요."

나를 걱정해 주는 마음이 고마웠다. 그리고 그가 당부했다.

"가끔 만나서 차 한 잔 하시지요."

두서너 달이 지나갔다. 그리고 여러 가지 소소한 일들이 있었다. 신종 코로나 바이러스 감염증(코로나 19) 확산으로 밖에 나가지 않고 아파트에서 혼자 책을 읽으면서 지냈다.

그가 커피 한 잔하자고 했던 생각이 나서 전화를 하려다 멈칫했다. 그의 부인이 생각나기도 했지만 망설여진다. 내가 그를 남자로 생각하고 만나고 싶어 한 것도 아니다. 그저 친절함에 감사한 마음뿐이었다. 별것도 아닌데. 대수롭지 않게 생각하려고 했다.

그런데 그게 아니란 생각이 머리에 스쳐간다. 펜트하우스에 있을 때 나이 많은 여자들 이야기를 들었다. 할아버지를 두고 쟁탈전이 벌어진 사건이었다. 젊은 사람이 들으면 '어머' 하고 웃을 일이지만 그들은 특히 사랑에 대해 민감하다. 남편 이외에 새로운 사랑을 해보지 않아서인지는 몰라도 특히 옆에 있는 친구들의 로맨스를 참지 못한다. 고등학교 때처럼 풍기 문란이라는 말로 나무라고 흉을 본다. 그들은 자신이 지금 질투하고 있다는 것을 모른다.

케이스 1

펜트하우스에는 나와 같은 고등학교를 나온 사람들도 많았다. K여고 동창모임 회원은 모두 80 또는 70대 후반쯤 된 사람들이다. 배울 만큼 배우고 사회에서 경제적으로 여유를 가지고 소위 말하는 상류층에 산 사람들이다. 그런데 얼마 전 여고 동창 사이에 삼각관계로 시기질투로 인격을 상실한 사람이 생겼다. 사장단이나 젊은 임원에게 자신의 친구가 지금 연애 중이라고 일러바친다. 사장단 사람들은 어이가 없어한다.

"회원님. 그래서요?"

"여기서 내쫓아야지요."

주위의 시선이 불편하고 이곳 분위기를 망친다는 이유를 들어 퇴실시켰으면 한다고 건의한 것이다.

"우리는 회원님을 나가라고 할 권한은 없는데요."

"그럼 누구에게 말해야 내보낼 수 있지요?"

"시니어타운 실무진에게 말해 보세요."

할머니는 달려가서 그 두 연애질하는 사람들을 내보내라고 했던 것이다. 사장은 '그 싱글 회원들끼리 연애하면 좋은 일이 아니냐고?' 하고 싶은 말이 목구멍으로 올라오는 것을 참았다고 한다. 그리곤 웃겨 죽겠다고 웃는다. 이유인즉 싱글인 여고 동창 두 여자가 늙은 홀아비를 두고 서로 쟁탈전을 벌이면서 헐뜯고 싸운다는 것이다. 혼자 된 지 오래된 여자들이었다.

회원 중 한 여자가 남자와 데이트한다는 소문이 돌았는데 그들이 손 잡고 가는 것을 봤다는 것이다. 그 말을 들은 한 친구가 분노했다. 한 공동체에서 남녀가 연애한다는 것은 있을 수 없는 일이라고 했다. 풍기문란으로 공동체의 질서를 무너뜨린다고.

그 늙은 여자와 남자의 연애가 창피한 것이 아니라 그 남자에게 선택받지 못한 여자가 질투와 시기로 심술을 부리는 것을 주위에서 다 아는데, 질서 운운하면서 내쫓으라고 말하는 것이다.

인생을 거의 다 산 사람들이다. 늙어서 연애한다는 사실도 젊은이들은 선뜻 이해가 되지 않을 것이다. 늙은이들끼리 연애도 하면서 여생을 즐기면 될 것을, 질투하는 일이 더 웃기는 일이 아닌가. 그 알량한 자존심도 버리고 질서를 말하는 옹색함 치졸함이라니.

그런 현상은 도덕적인 교육, 남자들이 심어 놓은 삼강오륜의 교육 탓이다. 불쌍한 할머니들, 세상 젊은이들 사이에 웃음거리가 된 줄도 모르고 혼자 고고한 척한다.

나이가 그렇게 많은 데도 여자 남자를 이야기 하면서 그 나이에 질투라니! 기가 막힌다. 젊은이들이 알면 옆의 여자가 연애하는 것을 두고 못 보는 노추를 비아냥거릴 것이다. 젊은이들은 아직 가 보지 않은 길이기 때문이다.

아파트에 들른 딸에게 김 교수에게 들었던 얘기를 했다.

"이 선생님, 가진 것을 꼭 쥐고 있어야 해요. 그러면서 나중에 자식에게 버림받은 사람을 여럿 봤다고 하더라. 어쨌든 고마운 사람이다."

딸 들으라고 말한 것이다.

"한 번쯤 보고 싶은데 전화하기 싫어."

"엄마는 왜 그러세요? 보고 싶으면 전화하세요."

딸이 웃었다.

"엄마는 아직 자신을 여자라고 생각하나 봐요."

"그런가? 내가 나이가 더 많은 늙은이라는 게 마음에 걸려서. 혹시 그의 아내가 질척인다고 생각할지도 모르겠고 ….."

"엄마, 이렇게 생각해 봐. 그쪽에서 오히려 섭섭해 할지도 모르지. 전혀 여자라고 생각한 적도 없는데."

"허긴. 그러네."

딸이 그렇게 말했어도 나는 전화 안 하기로 마음먹었다. '내가 미쳤다고. 전화해서 가만히 앉아서 자존심을 구길 필요는 없다.' 내 쪽에서 어떻게 생각하든 타인의 시선이 문제가 될 수도 있기 때문이다. 남자라는 관념은 지우고 다만 문학에 대해 통한다는 생각을 했지만 그것은 내 생각이고 여자들 눈에는 어떻게 비춰질까. 질투하거나 비웃을지도 모른다.

살면서 주변에 문학과 연결 지어진 사람을 만나기는 어렵다. 그녀는 단편소설 초고를 김 교수에게 보여준 적이 있었다. 원고를 읽고 난 후 그가 코멘트를 했다.

"왜 남자주인공이 둘인데 한 사람에게는 '씨' 자를 붙이고 다른 사람에게는 이름을 그대로 사용했어요?" 하고 물었다. 호칭에 일관성이 없다는 말이었다. 그러고 보니 그랬다.

"아. 그러네요."

"그리고 주제넘은 말이지만 끝 장면은 눈이 내리는 것으로 하면 어떻겠어요?"

"실연을 당한 주인공 마음을 나타내는 데는 눈은 적당치 않아요. 낭만적인 장면으로 하고 싶지만, 눈은 풍요로워 보이니까요."

"아 그렇겠군요." 그는 웃었다.

"실연당한 남자의 심정 … 헛헛한 마음을 표현하는 데는 황량한 겨울 들판이 어울려요."

그는 자신이 의견을 낸 것을 대견해 했고, 그녀는 이 정도의 소통도 즐겁다고 생각했다.

케이스 2

K여고 모임에서 한 회원이 말했다. 자신의 친구가 스캔들로 고민한다는 내용이었다.

"어떤 얘긴데?"

주변 할머니들이 귀를 세웠다. 그녀의 이야기는 이랬다. 친구가 이곳으로 이사 온 지 얼마 되지 않았는데 식당에서 본 한 할아버지가 마음에 들었다. 망설이다가 용기를 냈다. 접근해서 차 한 잔 하자고 말했다. 친구에게 그 얘기를 들었을 때, 그 친구는 한 번 차를 마시긴 했지만 그것이 전부라고 강조했다고 한다.

친구는 서로 혼자 노년을 늙어가는 처지이니 연애라기보다는 가끔 만나서 친구로 지내고 싶었다고 한다.

그런데 다른 친구가 연애라도 하는 줄 알고 자신의 흉을 보고 다녔다는 것이다. 친구는 그런 게 아니라고 했는데도 믿지 않고 뒷담화를 하니 억울하다면서 하소연했다.

가장 친한 친구가 여러 사람에게 소문을 내서 화가 나서 기가 막힌다고 했다.

아이들이 알면 곤란할 문제고, 무엇보다도 다른 뜻이 없었는데 연애라도 하는 것으로 치부하니 억울하다고, 차를 마신 뒤에는 그 할아버지에게 먼저 연락한 적이 없다고 호소했다.

이야기를 듣는 사람들은 친구를 성토했다.

"그래서 어떻게 되었는데?"

사람들이 물었다.

친구는 뒷담화를 하는 친구가 먼저 그 할아버지한테 접근했는데 남자에게 선택되지 못한 게 억울해서 소문을 내고 다니는 거라고 했다.

그때 이야기를 듣던 사람까지도 정말이냐고 물으며 네가 먼저 말을 걸었다고 들었다 하니 네가 내 친구가 맞냐며 쏘아붙이더라는 것이다. 위로를 받으려고 한 말인데 상대에게서 들은 말을 믿고 있으니 너무 화가 난다고 했다.

설령 내가 먼저 말을 걸었다 해도 무슨 상관이냐며, 젊은 애들을 보면 여자가 먼저 만나자고 해도 상관없는 일 아니냐고 말했다 한다. 남는 시간을 주체 못하고 지내느니 남자친구를 만들어 대화라도 나누고 싶었던 거라고.

모임에 앉아 있는 할머니들이 모두 쓸데없는 짓을 했다고 비난했다. 그런 년은 제명시켜야 한다는 말도 들렸다. 나이가 많이 들면서 이성에 관한 이야기는 금기이고 인격을 떨어뜨린다고 생각했다.

"그런데 누가 먼저 할아버지에게 전화를 했는데?"

누군가 불쑥 물었다.

"내가."

이야기를 하던 그녀의 입에서 순간적으로 헛말이 나왔다.

그 말을 듣는 순간 사람들은 어이가 없었다. 할아버지에게 먼저 작업을 건 사람도, 친구의 소문을 퍼뜨린 것도 그녀였다. 남자가 쑥스러워할까 봐 용기를 냈는데, 자신의 연락을 무시하고 친구와 할아버지가 잘 지내는 걸 보고 화가 났나 보다. 자신이 할아버지에게 작업을 걸었던 소문이 퍼질까 봐 먼저 선수를 쳐서 친구에게 덮어씌웠는지도 모른다.

질투와 인간의 이중성. 체면이 중요한 그들의 진심이 무엇인지 모르겠다. 어쩌다 진심을 털어놓는 것을 보면 겉과 속이 다르긴 했다. 사람들은 오직 남편과 집밖에 모르고 산 세월이 억울하다고 말하기도 한다. 속으론 요즘 자유롭게 사는 젊은이들이 부러우면서도 늙은이들이 시기 질투로 서로를 헐뜯는다.

자식 앞에서나 같은 늙은이들끼리도 마찬가지다. 이성에는 관심이 없고, 오욕을 초월한, 고고하게 자존감을 지키고 사는 것이 멋진 인생이라고 믿는다. 외로움에 절어 있는 늙은 여자들 스스로 외로움에 갇혀 살고 있다.

많이 배우고 좋은 학교를 나온 할머니들이지만 젊었을 때는 사회가 원하는 대로 봉건적인 사상에 젖어 살았고, 나이가 들어서는 자식들이나 타인들 눈치를 보면서 살아왔다. 타인이 자신을 어떻게 보느냐에 신경을 쓰다 보니 젊은 사람들이 부럽다가도 자신에겐 엄격하다. 남을 위한 삶을 선택해야 덜 불안하다.

하지만 홀로 노년을 보내면서 이제라도 이성 친구를 사귀면서 지내면 좋을 것을…. 딱한 일이다. 이성 친구가 생기면 홀로 지내는 것보단 덜 지루할 텐데.

그랬어도 나도 생각과 다르게 주변에 신경이 쓰인다. 그곳 모임에 가면서 모른 척하는 것도 바람직하지 않긴 마찬가지일 것이다. 상대가 그저 안면이 있는 아는 사람, 아무 관계도 아닌데 나 스스로 꺼림칙하게 생각하는 것도 문제일 것 같아서 그에게 문자를 넣었다.

"그곳 모임에 가게 되었는데, 좀 일찍 1층 '폴바셋'에서 뵈면 좋겠네요."

잠시 후 문자가 도착했다.

"지금 강릉에서 강의 중입니다. 나중에 시간을 조율하겠어요."

그리고 몇 주가 흘렀다. 텔레비전을 켜면 코로나19에 대한 뉴스가 쏟아져 나오고 있다. 곧 끝날 줄 알았던 팬데믹은 겨울이 되면서 더욱 기승을 부렸고, 백신이 나와도 기세가 꺾이지 않았다. 코로나로 누구도 만날 수 없는 처지가 되었다. 한 해가 끝나고 새로운 한 해가 시작되었다.

그에게서 문자가 왔다.

"새해 건강하세요. 1월 중 집으로 초대할게요. 커피를 대접하겠습니다."

그녀는 내일이면 남편의 기일이어서 우울했다. 요즘 코로나로 인해 커피 마실 공간도 없는데 굳이 그 집에까지 가서 커피를 마실 일은 없었다. 그의 아내를 보고 싶은 마음은 더더욱 없었다.

그에게 문자를 보냈다.

"코로나를 이겨내고 안심하고 살 수 있는 때가 빨리 왔으면 좋겠어요. 미카엘 씨가 제 남편에게 베풀어 주신 은혜는 무한합니다. 제게는 펜트하우스에 두고 온 추억입니다."

문장이 맞지 않지만 추억 앞에 붙일 수식어가 불편했다.

며칠 후 그로부터 남편의 기일을 기억하고 성당에 가서 죽은 영혼을 위해 기도했다는 문자가 왔다. 너무나 고마운 사람이었다. 선한 기운이 느껴지는 사람이다. 그를 처음 봤던 순간에도 중절모에 코트를 입은 모습이 신부님 같은 정신이 맑은 사람의 향기를 뿜고 있었다.

한 조각 아름다운 추억에 그치는 일이다. 그곳에서 한 사람 겸손한 사람을 알게 되었다고.

변함없이 여러 사람에게 친절한 그가 이 어지러운 세상에서 오래도록 존재할 수 있는 것은 그가 뿜어내는 선한 에너지 때문이라고 생각한다. 죽음을 어떻게 맞아야 할 것인지보다는, 남은 인생이 너무 긴 노년을 어떻게 늙어야 할지가 더 중요해진 요즘, 노년의 삶을 주제로 한 이야기에 관심이 간다.

그녀는 넷플릭스에서 영화를 검색했다. Our Souls at Night(밤에 우리 영혼은). 딸이 노년들의 러브스토리라며 엄마에게 맞을 거라면서 추천해 준 것이다. 우리 함께 잘래요? 그의 문을 두드린 그녀. 홀로 된 두 사람은 그렇게 침대만 공유하며 정신적인 교감을 나눈다. 어느덧 외로움이 사그라든 자리, 로맨스가 찾아든다.

영화에서 주인공은 80대 늙은 사람이다. 로버트 레드포드와 제인 폰다, 세계 여성과 남성들이 환호하고 열광한 배우들이다. 어느 날 늙은 여자 제인이 옆집 남자 로버트를 찾아가 함께 밤을 보내자고 제의한다.

"가끔 나하고 자러 우리 집에 와 줄 수 있어요? 섹스는 아니고요."

"뭐라고요? 무슨 뜻인지?"

"나란히 누워 밤을 보내는 거 말이에요. 우린 둘 다 혼자잖아요. 밤이 가장 힘들잖아요."

로버트는 호기심과 경계심이 섞인 눈빛으로 제인을 바라본다.

"일종의 프러포즈 같은 건가요?"

로버트는 망설이다가 대답한다.

"한번 생각해 보겠어요."

제인은 먼저 제의한 것이 마음에 걸렸는지 이렇게 말한다.

"원하지 않으면 못 들은 것으로 해요."

제인이 돌아간 후 로버트는 방 한쪽에 놓인 침대를 바라보는데 자꾸 옆집여자의 제안이 마음에 남는다. 섹스 없이 함께 잠을 자자는 것, 어둠 속에서 대화하고, 함께 누워 있음으로써 밤이면 더욱 생생하게 다가오는 외로움을 달래보자고. 놀랍고 오해받기 십상인 제안이지만 남자는 여자의 제안을 받아들인다. 두 사람은 서로 어색해 하며 같이 하룻밤을 보낸다. 두 사람은 등을 뒤로 하고 잠을 자고 아침에 헤어진다.

로버트가 제인의 집에 찾아가는 일을 반복하는 사이 동네 주민들에게 소문이 퍼진다. 로버트가 밖에 나가면 친구나 노인들이 낄낄거리며 물었다.

"요즘 좋은 일이 있나 봐?"

"허리는 어때?"

"나도 자네같이 힘이 있다면 좋을 텐데 … ."

"누구는 날마다 여자 집을 찾아갈 수 있는 힘이 있어 좋겠네."

로버트는 비아냥거리는 사람들을 볼 때마다 억울하고 기분이 나쁘다. 그는 불쾌해 하면서 자리에서 일어났다. 그날 제인에게 고민을 털어놓는다.

제인도 늘 함께했던 친구와 동네 마트에 가자고 했지만 거절당한다.

"해먹일 놈도 없는데 장을 봐서 뭘 하려고?"

"아냐, 진작 말하려고 했어."

"괜찮아. 다 알고 있어."

"뭘 안단 말이야? 우린 아무 상관없는 친구 사이라고."

"친구라고 했니? 아껴 두었다가 뭘 하려구. 남자의 그것을 어디에 쓰려고?"

두 사람은 소문의 주인공이 되었다.

제인이 로버트에게 말한다.

"어차피 모두 알 일인데 신경 쓰지 말아요."

로버트가 제인에게 여행을 가자고 제안했다. 두 사람은 여행지에서 파티에 참석해 춤을 추고 그제야 둘은 옷을 벗고 연인이 된다. 비바람 부는 어느 날 방안으로 바람이 거세게 밀려들어오면서 커튼이 펄럭거린다. 그리고 비가 내리기 시작한다.

"창문을 닫는 게 좋겠어요."

로버트가 말했다.

"꼭 닫지 마세요. 냄새가 예쁘잖아요. 지금 가장 예뻐요."

제인은 바람 부는 밤에 내리는 빗줄기 냄새도 예쁘다고 하면서 말한다.

제인이 말한다.

"애쓰지 말아요. 섹스는 하지 않아도 된다고요."

"애쓰는 게 아니에요."

로버트가 그녀를 끌어안는다.

"서두르지 말아요."

제인이 속삭인다. 그들은 그제야 처음으로 사랑을 나눈다.

그 후 제인의 아들이 와서 손자를 위해서 함께 살자고 한다. 제인은 아들의 제안을 받고 망설이다가 받아들인다. 이사한 후 어느 정도 정리가 되자 그제야 로버트 생각이 난다.

제인을 그리워하며 혼자 누워 있는 로버트에게 전화가 걸려온다. 두 사람은 전화로 서로 안부와 이야기를 나눈다. 친구가 된다.

"이렇게 전화하는 것도 괜찮은 것 같군요."

영화가 끝나자 미국 작가 '켄트 하루프'의 소설을 영화화한 것이라는 엔딩자막이 지나간다.

그녀는 창문을 열었다. 바람이 불어와서 커튼이 펄럭였다. 커튼을 잡고 한강을 내려다보았다. 강물에 비친 불빛이 흔들리고 있었다.

이제 젊을 때처럼 굳이 이성을 탐하지 않아도 되는 나이다. 노년의 외로움을 견디면서 자식들이 원하는 삶을 살 것인가. 어떻게 인생을 마무리하는 것이 올바로 사는 것일까. 마지막 남은 외로운 인생에 빛으로 색칠을 할까. 조금 남은 삶에 질시를 감수할 필요가 있을까. 주변의 질시를 감수하면서 남자친구를 만들어야 할까. 무엇이 더 소중한 인생일까.

외로움과 과거의 상처를 치유해 주고 빈자리를 채워 줄 누군가를 기다리는 일이 가능할까. 불가능한 일은 원하지 말고 로맨틱하기만 한 사랑을 상상하거나 기대치를 높이지 말자. 진정한 소울메이트는 성숙한 사랑과 용기를 줄 수 있는 사람이다. 감정을 공유하고 상대방을 통제하지 않으면서 사랑을 줄 수 있는 사람을 원한다.

그는 몸이 허약한 아내를 지극정성으로 돌보는 21세기적 사람이다. 그의 요리실력 또한 상당한 수준이라는 말이 들린다. 그것은 아픈 아내를 위해서일지도 모른다는 생각이 든다. 그가 유독 나에게 남편의 부재를 걱정한 것도 어쩌면 자신도 혼자가 될지도 모른다는 위기감에서 오는 것인지도 모른다.

그의 겸손이 펜트하우스 사람들의 존경의 대상이 되었다. 사회는 개인의 능력을 인정했다. 그가 정년이 한참 지난 후에도 직장에 남아 있는 것을 보니 인품 덕이라고 생각했다. 그의 존재는 돋보였다. 특히 가부장적인 사람들이 많은 그곳에서 ….

어느 날 그의 소식이 전해졌다. 갑자기 그의 아내가 죽었다고 했다. 너무나 놀랄 일이다. 평소 아프다고 했지만 아직은 젊은 나이다. 부인을 먼저 보낸 사람에게 애도기간이 얼마나 걸릴지 모른다. 사람에 따라 다르겠지만. 선량한 사람이니까 오랜 시간이 필요할지 아니면 슬픔이 너무 커서 곧바로 누군가의 위로가 필요할지 모른다.

그녀는 백일쯤 지나서 그와 만났다. 서로 아픔을 나누면 좋을 것 같아서다. 반가워할 줄 알았다. 내 생각과는 달리 그 공허한 모습을 보는 순간 다리가 풀린다. 마른 체구를 가진 사람인데 이젠 병든 사람처럼 보였다.

죽은 아내에 대한 연민으로 그녀의 환상에서 벗어나지 못해 타인이 들어갈 자리가 없었다. 동병상련의 위로도 소용없었다. 갑자기 혼자가 된다는 것은 그로서는 상상하지 못한 사건일 것이다.

시간이 흘러 일상이 될 때까지 기다려야 한다. 그가 상실의 슬픔으로 주체하지 못한 상태를 받아들이기엔 많은 시간이 필요해 보인다. 그녀는 태양을 바라보았다. 그리고 생각했다. 그대로 머물러 안주하지 말자.

"오늘 아침 바람이 부네요. 잔물결이 혼자 반짝입니다. 어느 쪽으로 흐르는지 알 수 없어요."

"그쪽에서 본 강물은 어때요?"

"오늘은 미세먼지가 없어서 남산 탑이 선명하게 보이네요."

서로 상처를 어루만져 주는 사이가 아니어도 좋다. 오늘 아침은 먹었는지 일상을 이야기할 수 있는 상대로서 충분하다. 영화에서처럼 잠들기 전 대화를 주고받는 사이, 마음의 공유가 필요하고 그것으로 자신들의 존재를 느끼는 그런 사이의 소울메이트면 충분하다.

상대의 짝이 떠난 자리에 빈 공간, 사람에 대한 그리움 등을 되짚어 보면서 감정을 주고받는 날이 오기를 기다려 보자. 설사 그가 안 온다고 해도 상관없다.

월
플
라
워
*

내가 왜 갑자기 춤바람이 났는지 설명하자면 길다.

남편이 긴 투병생활을 하다가 떠났다. 61세에 혼자되었다.

"남편의 빈 자리를 무엇으로 메꿀지 난감해."

슬픈 표정으로 내가 말했다.

절친이 위로를 한다.

"하루 종일 누워서 지낸다고 열녀문 세워 주는 것두 아닌데. 우울증 걸려. 그러다가 따라 죽으려구 그러니?"

"지금 같아선 만사 귀찮고 허무해서 그러고 싶은 심정이야."

"넌 왜 네 생각만 하니? 지금은 3년상이 아니라 100일이면 애도기간 도 끝이야. 빨리 홀홀 털어버리고 일어나야지. '산사람은 살아야 하는 거란다'는 어른들의 말이 있어. 그래야 자식들도 편안할 것 아니니?"

그래야 '자식들이 편안하지?'라는 말이 자꾸만 머리에 맴돌았다.

＊ 파티에서 남자의 선택을 받지 못하고 벽에 기대어 서 있는 여자.

그러지 않아도 딸은 밖으로 나가 운동을 하란다. 그런데 혼자서는 하기 싫었다. 그동안 남편 뒷바라지 하느라고 취미생활은 엄두도 못 내고 살았는데, 이제 와서 같이 놀 친구가 어디 있겠나.

친구의 우정도 저축해 놓은 것이 없는데, 이제 와서 어떻게 할 수도 없다. 미리미리 친목을 쌓았어야지 친구가 필요하다고 금방 구해지는 것도 아니다. 아무 데도 갈 데가 없었다. 하지만 어디로든 가야 했다.

삶이란 길들일 시간이 필요한 것이다. 그제야 어린 왕자와 여우의 비유를 알 것 같았다. 시간과 정성을 들여야 함께 의지할 친구가 생긴다는 것을 알고 있다. 모든 것은 자신이 정성과 시간을 할애하여야 좋은 결과를 가져온다는 것도 … .

친구가 유혹한다.

그러니 이제부터라도 고상한 척하지 말고 함께 놀자고 한다. 고상한 척한 것이 아니고 그저 시간이 없었을 뿐이다. 앞으로 100세 시대라는데 그 긴 시간을 메꾸려면 같은 취미를 가진 친구와 어울려야 한다. 그래서 마음을 굳게 다지고 친구와 친해 두려고 애쓰는 중이다.

"춤을 배워 봐. 운동도 되고 좋아."

"네가 가르쳐 주면 안 돼? 잘하는 것 같은데."

"그게 그렇게 단순하지가 않아."

친구가 말했다. 자신은 가르치는 것은 못 하니 학원에 가서 기초만 배워오면 리드를 해서 움직이게 해주겠다고. 차일피일 미루다가 서점에서 댄스 기본 교본을 샀다. 일직선으로 그려진 발, 발 모양이다. 거실 마루에 백묵으로 그림을 그려봤다. 교본대로 실천해 보아 익숙해지면 친구를 따라 현장에 나설 참이다.

혼자서 댄스의 기본 스텝을 익히고 나서 현장으로 가면 될 것 같았다.

예전에 친정엄마가 말했다. 남의 머릿속에 있는 글도 빼내 배우는데, 몸으로 하는 것이야 연습하면 된다고. 그녀는 늘 모든 것, 즉 배우는 것은 하려고만 하면 된다고 생각해 왔다. 여자는 왼쪽 발부터 카운트된다고 쓰여 있다. 그 왼쪽은 빈 윤곽만 그려져 있는 발이다. 빈쪽은 한 박자 걸었다고 치고 그대로 서 있어야 하고, 그다음 속이 꽉 찬 발 그림은 움직이는 표시다.

그러니까 왼쪽 발은 쉬고 오른쪽 발이 앞으로 나가면서 두 박자가 되는 셈이다. 셋, 넷, 다섯, 여섯에 쉬고 왼쪽 발을 오른쪽 발에 붙인다. 그 다음 붙인 발을 먼저 뒤로 빼고 앞으로 걷던 것과 같이 뒤로 걷다가 오른쪽에 왼발을 붙이면 한 단계 앞뒤 스텝이 완성이란다.

교본에 있는 그림을 따라 앞뒤로만 왔다 갔다 해보니 그것 가지고는 어려울 것 같다. 그 다음 단계, 턴을 하려니 발이 엉킨다. 혼자서 터득하겠다는 발상 자체가 오만이었다. 책과 싸움하다가 도저히 안 되겠다는 생각이 들었다. 영 감이 잡히지 않는다. 재미도 없다.

머리에서 혼선이 온다. 할 수 없이 댄스 학원을 알아봐 달라고 친구에게 부탁했다. 친구는 입술을 비틀며 말했다.

"제 아무리 천재도 혼자서는 안 되는 게 춤이야. 네가 잘난 체할 때부터 알아봤어!"

나는 친구가 권한 춤 선생을 싫다고 했고 우선 교본대로 해보겠다고 말했다. 개인에게 잘못 배우면 오히려 춤을 망친다는 소릴 들어서다. 그랬더니 친구가 나에게 오금을 박는 것이다.

"알았다. 개인 선생님은 나중에 하고 우선 학원부터 등록해."

1. 댄스학원 등록

며칠 후 콜라텍 근처에 있는 학원에 등록했다. 한 달 20일 가르치는데 40만 원이라고 한다. 아이들에게는 많은 학원비를 지출하며 공부를 시켜도 그렇게 아깝지 않았는데 좀 아까운 생각이 든다. 그래도 열심히 해서 한 타임만 잘하면 된다는 생각으로 열심히 숙제를 해가기로 했다.

교본의 첫 페이지에 있는 앞뒤, 일자로 걷는 것은 알 것 같다. 그런데 턴 하는 것은 아무리 연습해도 헷갈린다. 춤 선생이 팔을 들면 여자는 무조건 빙그르 돌아야 한다. 그런데 도는 것에 신경을 쓰다 보면 기본 스텝을 놓친다. 남자가 팔을 들건 말건 기본 스텝으로 돌아야 한다.

그런데 어떤 발로 어느 쪽으로 돌아야 하는지 몰라서 허둥댄다. 춤 선생은 강조한다. 한 박자 쉬고 오른발부터 돌아서 6박자에 딱 제자리에 멈추란다.

"왜 기본이 있는 줄 알아요? 앞뒤로 걷는 것과 같은 방법이라고 말하지 않았어요" 한다.

그런데 그 기본이 앞뒤로 걷는 것은 겨우 됐는데 선생이 손을 들어 오른쪽으로 돌린다. 그러면 잠시 쉬었다가 오른발부터 걸으면 되는데 허둥허둥거리게 되고 갑자기 난해한 박자로 둔갑해 버린다. 머릿속이 뒤죽박죽이다.

춤 선생은 몇 번을 가르치다가 내일 집에서 더 연습해 오라며 손을 놓고 가버린다. 그리곤 다른 수강생과 여봐란듯이 멋지게 춤을 추며 돌아간다. 마치 자신의 춤 실력을 과시하면서 시범을 보인다.

'난 이런 사람이야!'

나는 구석자리에서 혼자 연습하다가 뭔가 기분이 상해 집으로 와 버린다.

집으로 오면서 생각해 본다. 아니, 학생이 못하면 자꾸 같은 스텝을 해서 될 때까지 가르쳐 줘야지 두어 번 하고는 혼자 연습해 보라고 그냥 놔두는 선생이 어딨어! 나쁜 놈.

될 때까지 가르쳐 줘야지.

'돈을 냈으면 돈값을 해야지!'

다음날 친구에게 하소연을 했다.

그 친구가 말한다.

"치마 밑에 바람이 든 여자들을 상대해서 먹고사는 놈들이야. 그들은 여자들이 주는 촌지에 익숙하고, 그것도 의례히 관행이 되었어. 그로 인해 그들은 촌지가 받고 싶은 거야."

"뭐라구?"

"학원은 수강료를 받고 춤 선생은 월급도 없으니 학생들 뜯어 먹고 살아야지."

"어이가 없네."

"그래도 목마른 놈이 우물 판다고 배우려는 사람이 많으니 어쩔 수 없어."

고등학교 동창생 중 일찌감치 그곳 생활에 익숙한 친구가 있었는데 그녀가 말했다.

"남편이 50도 안 되어서 죽었을 때 내 심정이 어땠겠니. 다행히 아이들이 대학생들이고 곧 자립해서 잔손은 덜 갔지만 지독히 외로웠어. 그래서 선택한 것이 춤이야. 하루 종일 그곳에서 살다시피 했어. 집에 오면 남편 생각에 죽을 것 같았거든. 그러다가 차츰 춤 세계에 빠져들면서 시간이 가니까 견디기가 좀 수월해지더라. 그래도 아주 잊히지는 않아 보고 싶을 때가 많았어."

그녀는 여러 가지 에피소드를 말한다.

"어느 날은 남편보다 더 늙고 추한 놈이 만나자고 해서 기다리고 있었어. 부킹이 다가와서 꽤 괜찮아 보이는 파트너를 구해 주는데도 거절하고 무조건 기다렸지.

그런데 무료하게 기다리다가 그냥 일어서서 나오려고 하는데 그제야 나타나는 거야. 반가워서 일어서서 아는 체를 하려다가 멈칫했어.

그 옆에 젊고 예쁜 여자를 데리고 춤을 추는 거야. 나 안 보이는 곳에서 놀고 있었나 봐. 나는 다른 사람이 춤을 청해도 거절하고 기다리고 있었는데. 그놈, 싸가지 없는 놈이 약속해 놓고도 젊은 여자와 놀고 있었어. 아마도 나와 그녀 사이에 좀 더 젊은 쪽을 선택했나 봐. 죽일 놈 같으니."

"그런 못된 놈을 만나려고 죽치고 앉아 기다린 내가 한심하고 처량해서 죽고 싶었어. 그렇게 당하고 집에 와서 남편 사진을 보고 울면서 원망을 했어."

친구는 한숨을 쉬었다.

"왜! 왜! 먼저 가서 나를 이렇게 비참하게 만드는 거야.

어떤 거지같은 놈이 지가 잘났다고 나와 약속해 놓고 조금 젊은 년하고 놀면서 나를 멸시했어. 당신만 있었으면 내가 왜 그곳에 가서 천하게 그런 놈을 기다리겠어! 이 사람 저 사람과 손을 잡고 춤을 추는 것이 좋겠냐구! 물론 당신만 생각하고 집에 있어도 되지만 외로워서 못 살 것 같거든."

친구의 말을 들으니 공감이 되었다. 왜 인간은 사회적 동물인가를 실감하고 있다. 말할 상대가 없으면 스스로가 식물인간이나 다름없게 느껴진다. 인간은 어울려 지내야 하는 유전자가 있어 서로 돕고 지내야 한다. 더러는 배신을 당하더라도 집단에 속해 살아간다.

그런데 인간은 왜 사회적 동물이면서도 배신을 하는 걸까? 인간은 이기주의적 유전자를 가지고 태어난 것이라고 말한 작가가 있었다. 그렇다면 살기 위해서 이기적이어야 하는가? 아니면 어쩔 수 없이 생명을 연장해야 할 유전자로 인해 자신에게 유리하게 본능대로 움직이고도 잘못을 인정하지 않는 것인지 모르겠다.

나에게 춤을 권한 친구도 자신의 경험담을 말했다.

"초보 때는 순진해서 남자들이 하는 말을 곧이곧대로 들었지. '내일 여기서 기다리면 그때 잘 가르쳐 주겠다'는 사람이 있어서 아침도 우유 한 잔으로 때우고 온갖 모양을 내고 일찍 가서 그 남자를 기다렸어."

그녀는 잠시 말을 멈추었다가 다시 이었다.

"우두커니 앉아 있는 것이 안 되었는지 부킹이 와서 어떤 남자를 소개하더군. 그래도 나는 고개를 저었어. 그가 온다고 했는데 다른 사람과 놀면 안 될 것 같아서였지. 한 시간 무료하게 기다렸으면 의무는 다한 셈인데 미련스럽게 무작정 기다리고 있었어."

부킹은 알았을 것이다. 저 바보 같은 여자는 아무리 기다려도 오지 않을 놈을 기다리는 것을. 그런데 그놈은 왜 약속을 했지? 일단 약속을 해놓고 나서 오고 싶으면 오고 제멋대로인 사람이었던 모양이다.

그녀는 점점 분노로 얼굴이 빨개졌다. 그러나 누굴 원망하랴. 그냥 일어서 나오는데 그래도 미련이 남아서 혹시 급한 일이 있겠거니 이해를 하면서 주위를 둘러봤으나 역시 없었다고 한다.

친구는 그 후로도 의리를 지켜서 이익 본 것은 없다고 말했다. 특히 그곳에서는 아까운 시간을 허비한 것이다. 그것도 타인에 의해서. 오지 않을 것이면 연락이라도 하던지.

'죽일 놈 같으니. 지가 만나자고 해놓고 무례한 놈!'

친구가 한숨을 쉬며 말한다.

"어쨌든 주어진 운명이니 받아들이긴 해야 하는데 갈 길이 막연해. 누구든 그런 과정을 겪어야 한다니 참아야지. 처음 배울 땐 오히려 스트레스지만 어쩌겠어. 이 세상에 하루아침에 숙달되는 일은 없다니까."

나는 고개를 끄덕였다.

"노후에 허리가 꼬부라지지 않게 관리하고 관절을 무사히 보존하려면 견뎌야지. 명이 짧아 먼저 간 사람은 사람이고, 산 사람은 건강을 유지하면서 살 필요가 있어. 각자 자신의 생명을 지켜야 하니까."

친구 말에 동감을 한다.

"요즘 백세시대라고 무조건 운동을 하라고 권하잖아. 그것도 무리가 가지 않는 운동이 최고라는 것, 매스컴에서도 노년기 운동으로는 격렬하지 않은 춤이 최고라고. 지금은 치사한 점도 많고 때려치우고 싶겠지만 견뎌 봐. 나중에 나한테 고맙다고 할 날이 올 테니."

댄스 학원 동기인 어떤 여자는 나보다 더 배짱이 없었다. 조금만 틀려도 얼굴이 빨개지고 미안해서 쩔쩔맸다. 나보다 서너 살 어린 그녀가 말했다. 조금 발짝이 떨어지게 리드하는 사람을 만나면 고마워서 밥이라도 사고 싶었다고. 그리고 누가 만나자고 해서 가는 날은 걱정이 없단다.

"형님. 옛날에 월급타서 쌀독에 그득 차게 담아 놓으면 흐뭇해서 걱정이 없는 것 같았잖아요. 그때 같은 기분이 들어요. 든든해서."

여자는 혼자 가면 의자에 앉아 막연히 기다리고 있으면 오늘은 어떤 사람이 와서 손을 내밀어 줄까. 걱정되고 그대로 아무도 손을 내밀지 않아 그대로 앉아 있게 되면 어쩌지? 하는 걱정 때문에 불안하다고 했다. 심장이 약한지 창피함을 못 참는지 하여튼 배짱이 없었다.

그녀는 춤을 포기하고 헬스장으로 가버리고 말았다. 얼마 후 그녀를 만났는데 세상 편하고 좋단다. 잘했어. 자기가 하고 싶은 대로 적성에 맞는 대로 사는 거지.

나는 다시는 가지 않으리라 맹세했다가도 친구가 부킹을 책임진다고 부르면 다시 나간다.

다른 친구가 수영을 배우자고 했다. 그런데 늘 머리 손질해야 하는 그런 번거로움은 싫었다.

댄스를 권한 친구 말은 어영부영하다가는 80이 닥친다고 한다. 벌써 6학년인데 지금 시작이 그래도 낫지 않을까? 70이 되기 전에 부랴부랴 도전해 보기로 한다. 아직은 끝장날 8학년은 아니다. 8학년이 되면 그땐 끝이야. 지금이 그나마 적기야. 젊은이들이 들으면 7학년이나 8학년이나 뭐가 다른데 할지 모른다. 하지만 다르다. 7은 도전해도 되는 때고, 8은 그냥 죽을 날만 기다리게 되는 나이이니 천지 차이다.

2. 필드 도전

친구 따라 청량리로

열흘 후 친구와 함께 청량리에 있는 콜라텍으로 갔다.

남자가 손을 내게 내밀자 얼떨결에 잡기는 했으니 머릿속이 새하얗게 되어버려 한 발자국도 움직일 수 없다. 아니 머릿속이 새하얗게 된 것이 아니라 까맣게 된 것 같다. 앞뒤 걷기만 열심히 연습했는데, 도무지 한 걸음도 걸을 수 없다. 돌 지난 아이도 걸음마를 떼는데 왜 발짝이 안 떨어지지? 이상했으나 겨우 춤 선생에 의해 앞으로 나갈 수 있었다.

교습 선생은 웃으면서 '아무 생각 말고 그저 눈 딱 감고 앞으로 나오세요. 그 다음은 제가 이끄는 대로 따라오면 됩니다'라고 한다. 능숙한 몸짓으로 이끄는 그 남자 손끝에 의해 딸려가니 저절로 스텝이라는 것이 된 셈이다. 만보기를 차고 춤 선생을 따라 출렁인 것이 40분 수업이 끝나고 보니 8천 보였다. 아! 힘 안들이고 익숙해지면 만보 걷기는 식은 죽 먹기겠구나 쾌재를 불렀다. 즐기면서 만보를 거뜬히 해냈다니! 내 적성에 맞는 것이다. 40분 수업을 끝내고 친구와 식당에서 점심을 먹었다.

아침부터 아니 그 전날부터 걱정도 되고 해서 밥도 제대로 먹지 못했으니 뒤늦게 피로가 몰려 왔다. 친구는 그렇게 한 타임만 하면 좀 나아질 거라고 했다. 그리고 완벽하게 배우는 길은 없으니 놀면서 시간이 지나면 익숙하게 된다고 했다. 곧 이곳이 놀이터가 되면 자연히 배워진다나?

시작이 반이라는 말은 춤 세계에선 틀린 말이다. 첩첩산중이다. 열심히 배우고 연습하다 보면 언젠가는 베테랑이 될 수도 있겠지만 몇번의 모욕을 당하면 금방 집어치워 버리고 싶어진다. 그런데 왜 집어치우지 못하는가? 하고 묻는다면 할 말이 없다. 스텝이 꼬이지 않는 날은 제법 즐거웠다.

그럭저럭 친구 따라 강남 간다고 그곳 세계가 눈에 들어오고 그곳밖에 갈 곳이 없음을 체감한다.

오전에 교습을 하고 오후에 친구가 오면 더러는 친구가 사람을 소개해 준다. 그 사람이 세 곡 정도 잡아주면 춤 연습은 끝난다. 그리고 친구의 남자친구와 함께 옆에 있는 식당에서 생선찌개와 밥 그리고 소주를 마신다. 그리고 집으로 돌아오면 지루하던 하루가 쉽게 지나간다.

이틀 후 친구와 함께 콜라텍으로 향했다. 친구는 오랜 과부생활로 이곳의 선수다. 애인도 있다. 친구는 파트너를 만나서 춤추러 나가고 나는 의자에 앉아 있었다.

저기 저 사람이 내게 다가온다. 혹시 나를 지목하고 올까. 나를 지목하려나 고개를 빼고 있는데 슬쩍 비웃는 얼굴로 쳐다보고는 옆 여자에게 손을 내민다. 의자에 앉아 있던 남자가 내 앞에 오면 혹시 손을 내밀어 춤을 청하지 않을까 훑어보고 있는데 그냥 지나간다.

내 옆에 앉은 여자는 한참을 그대로 앉아 있다가 남자가 돌아서려는 찰나 일어선다. 마지못해 응한다는 태도도. 얼마나 자신이 있으면 저렇게 거드름을 피워도 되나? 나는 경박스럽게도 남자가 손을 내밀면 기다렸다는 듯이 발딱 일어난다. 그래 놓고 나 자신이 천박하다는 생각이 든다. 왜 다른 사람들은 느긋한데 나만 초조할까.

의자에 한 시간째 앉아 있었다. 여러 가지 생각이 오간다. 이곳에서도 소외되고 보니 치사하다는 생각이 든다.

그러나 혼자 기약도 없이 앉아 있다 보면 '에이 더러워서' 그냥 일어서서 갈까. 아니면 이왕 왔으니 한 곡이라도 춤을 추고 갈까? 갈등에 시달리면서 시간을 축낸 꼴이다.

왜 남자들이 나를 선택하지 않는지 모르겠다. 나름 그들보다 더 예쁘게 차려입고 갔는데도 홀로 앉아 남자가 다가오기만 기다린다.

친구 보기가 창피해서 죽을 지경이다. 파트너와 신나게 돌아가는 친구가 부럽기도 하고, 한편 자신이 초라해 보일 것 같아 슬프다. 친구 커플은 차라리 내가 안 보는 데 가서 저희끼리 놀면 될 것이다. 그런데 무슨 억하심정으로 잘 추지도 못해서 계속 거절만 당하는 내 눈앞에서 놀고 있는지 야속하다.

친구와 그녀 파트너는 여봐란듯이 즐기고 있다.

'저년 꼴을 보기 싫어서라도 다신 오지 않아야 한다.'

그러나 친구가 없으면 이런 곳에 혼자서는 발을 들여놓지도 못한다.

시간만 낭비하고 참고 앉았다가 막 일어서려고 하자 그제야 친구가 걸음도 제대로 걷지 못할 것 같은 파파 할아버지를 데려와서 손을 잡아주고는 홀 안으로 흘러들어갔다. 창피하지만 그래도 이곳까지 온 터에 자존심 따위가 무슨 필요가 있을까. 나는 억지로 일어나서 그 할아버지가 이끄는 대로 발짝을 뗀다. 의외로 잘하는 사람이다. 예전에 춤 교습소를 하던 사람이라고 한다. 그래도 좀 더 멋진 사람과 추고 싶다는 마음이 드는 건 어쩔 수가 없다.

한 번쯤 수준이 맞는 멋진 남자와 춤을 췄다고 해서 내 위상이 올라가는 것도 아니다. 아무도 보는 사람도 없는데 그래도 일회용이라도 못생긴 사람과 파트너가 되어 춤을 추면 창피스럽다. 내 남편도 아닌데도 말이다.

이 모든 것이 배워나가는 과정이라고 한다. 이런 수모를 겪고 난 후 그런대로 스텝이 돌아가서 남자들이 놓치지 않고 계속 잡고 놀면 그런대로 포기하고 싶은 마음이 가라앉는다.

더러는 초보에게 접근해서 가르쳐 주면서 레슨을 권유하는 남자들도 있다. 여기 있는 춤 선생들은 다 가짜이고 자신은 춤 대회에도 나간 챔피언 출신이라고 자랑한다. 무허가 춤 선생인 것 같다.

내가 아무 대응이 없자 기본 세 곡을 겨우 마치고 손을 놓고 가버린다. '그래 오늘은 운이 좋지 않은 날이다'라고 체념하고 집으로 온다. 기분 나쁘다. 별것도 아닌 인간에게 당한 것 같아 속이 상한다. 왜 나는 예쁘게 차려입고 나갔는데 남자들은 나를 버려두는지 모르겠다.

어느 날이었다. 잔뜩 치장을 하고 나갔는데 아무도 잡지를 않아 그대로 오고 만 날이 있었다. 옆 사람들은 다 불려 나가는데 나만 의자에 붙박이로 앉은 채였다. 버려진 꽃이 되어 실망하고 돌아오는 길이었다. 너무나 이상해서 다른 여자에게 물은 적이 있다.

그녀 말이 부자처럼 보이면서 촌지를 안 주면 절대 부킹을 해주지 않고 옆 사람만 부킹해서 꼭 돈을 주고라도 하게 만든다고, 계속 제쳐 놓으면 참지 못하고 돈을 주게 되어 있다고 한다. 그러면서 부킹들의 공통된 수법이라고 한다. 그냥 수수하게 하고 다니면 그런대로 순진해 보여 더러 잡아주는 남자들이 있는데 여사님은 그렇지 않아 더욱 고생이라는 것이다.

그럭저럭 6개월이 지나도 별다른 진전이 없다. 그래도 처음보다는 공포증이 많이 사라졌다. 친구는 파트너가 있어 둘이서 열심히 잘 돌아간다. 그러나 나는 계속 친구만 바라보고 있을 수는 없다. 친구라면서 나는 의자에 죽치고 앉아 있는데 제 춤 파트너 한 번 양보해 주면 좀 좋아. 그냥 허탕치고 나오기도 쑥스럽고 부끄럽다. 하지만 그 친구는 죽어도 파트너는 빌려줄 수 없단다. 그곳에서는 춤 파트너는 빌려주는 것이 아니란다. 마치 남편 빌려주지 못하는 것같이.

파트너를 친구에게 양보했다가 뺏긴 여자가 많다는 것이다. 둘이 몰래 약속을 하고 놀아나다가 배신을 당하는 예는 부지기수란다. 그래서 안 된다고. 난 친구의 파트너를 가로 챌 정도로 의리 없지도 않고, 친구의 파트너가 탐이 나도록 근사한 것도 아닌데 의심하는 친구가 야비하게 느껴졌다.

친구 대신 내가 술을 사는 데도 절대 안 된다고 한다. 아마도 무지무지 많이 사랑하나 보다 하고 이해한다. 술만 사는 것이 억울하지 않느냐고 할지도 모르겠지만 그들이 없으면 그곳에 발을 들여놓지 못하니 별수 없다. 그래도 친구가 옆에 있으면 의지가 되니까.

그곳에 드나드는 남자들은 나와 달리 걱정할 필요가 없다. 몇 달 출입하면 여자들의 동향을 파악해서 저 여자는 초보니까 몇 번 잡아주면 밥과 술을 사겠지? 하는 계산이 들어맞고, 너무 지루하면 잘하는 파트너를 잡아 신나게 놀다 가면 된다는 것이다. 그때그때 필요에 따라 이용하고 있다는 것이다.

나는 예쁘게 차려입고 의자에 앉는다. 누군가 와서 나를 이끌고 나가 세 곡이라도 잡아 주기를 바란다. 지나가는 남자가 혹시라도 내게 손을 내밀어 주기를 바라면서 간절한 눈이 된다. 차라리 보지 않으려고 해도 거절하는 줄 알고 그냥 지나칠 것 같아 앞에 지나는 남자를 훑어본다.

'나를 데려가 주세요?'

팔려나가길 기다리는 창녀가 된 기분이다. 친구는 저도 나처럼 초보시절이 있었을 텐데. 개의치 않고 있다.

심지어는 친구라는 년이 내 마음이 어떤지도 모르고 나를 조롱한다. 마치 제 남자친구 자랑을 하는 것 같다. 친구의 파트너는 연하의 남자다. 게다가 친구보다 잘 생겼다. 그래서인지 친구는 내 앞에서 파트너와 애정 행각을 벌인다. 파트너가 안고 돌리기도 하고 뽀뽀도 하자 나를 보고 웃는다.

가뜩이나 주눅이 들어 않아 있는데 예의도 없이 희희낙락이다. 춤은 못 춰도 된다. 저것들 없는 곳으로 가야 한다. 굳은 결심을 한다. 안 봐야지.

친구는 학교 때 공부도 가정환경도 나와 비길 수 없이 열악했다. 지금 이곳에서는 그녀가 승자다. 콜라텍에서는 춤 잘 추는 사람이 갑이고 골프장에서는 핸디로 우월이 결정된다. 이곳에서 친구는 내 앞에서 갑질을 하면서 복수를, 쾌감을 즐기고 있는지도 모른다.

월 플라워

서양 영화에서 보면 딸이 처음으로 사교계에 나설 때가 되면 치장시켜서 무도회에 내보낸다. 아가씨들은 화려하게 꾸미고 나와 자기가 좋아하는 높은 지위를 가진 집안 남자가 자신에게 춤을 청하길 기다린다. 서로 모여 킬킬대고 저기 남작 아들이 멋이 있다든가. 아니면 소식통에 의해 이제 군대에서 휴가 온 백작의 동생이 저 사람이라는 둥 선망을 가지고 두리번거린다.

마침 원하는 청년이 와서 손을 내밀고 홀로 미끄러져 나간다. 그들은 언제 춤을 배워서 사교계에 나오자마자 미끄러지듯 왈츠를 추고 빙글빙글 도는 마주르카를 추며 돌아가는지 이해가 안 된다.

그중에서도 아무도 손을 내밀지 않아 벽에 기대선 채 짝을 기다리고 있는 아가씨가 있다. 아무리 치장을 했어도 아무도 눈길도 주지 않으니 난처하다. 그러면 옆에 있던 늙은 여자 중에서 누군가가 남자들에게 혼자 벽에 기대선 채 있는 여자, '월 플라워'에게 한 번쯤 춤을 청하라고 권한다. 늙은 할아버지뻘 되는 아저씨가 와서 손을 내밀고 한 곡 청한다. 마지못해 겨우 두어 번 추고 들어 와 다시 벽에 기댄 채 서 있는 '월 플라워'가 된다.

벽에 핀 꽃이라고 하지만 여기선 나는 의자에 앉은 꽃, '체어 플라워'인 셈이다. 남자들이 보기에 그들의 우월감을 부추길 수 있다. 여자들이 죽 둘러앉아 자신이 잡아주기를 기다리는 눈길과 마주쳐도 쭉 둘러보고 점검해 나간다. 노예시장에서 노예의 몸값을 흥정하는 것 같았다. 이곳에선 여자는 빨리 팔리기를 기다리고, 남자는 그런 즐거움을 만끽하면서 여자를 골라잡는다.

남자들이 우월감을 갖는 곳, 춤깨나 춘다는 남자들의 즐거움 중 하나일지도 모른다. 만약에 선택권이 있어 우월감을 가졌던 남자라도 제 여동생이 그곳에 앉아 있다면 죽여 버리고 싶을 것이다. 거기서 남자를 구걸하고 있다니!

더러는 카바레에 가서 의자에 앉아 있는 여자들을 보고 춤 배우기를 포기했다는 사람도 있다. 노골적으로 남자를 찾아 기다리는 창녀 같은 여자들을 보면서 …. 진저리를 친 것이다.

사교춤은 처음부터 서양 문화로 들어왔지만 가장 전근대적인 보수적인 곳이다. 남자가 원하지 않고는 결코 일어나서 춤출 수 없다. 완전히 남자의 선택권에 의해서만 이루어진다. 남녀 모두 거절당하면 쑥스럽기는 마찬가지다. 남자라도 보통 용기가 없으면 손 내밀기도 어려워한다. 그래서 생긴 것이 부킹 제도다.

필요하면 생기는 것이 세상 이치다. 그것은 남자들에게도 절실한 문제다. 편하게 자존심 상하지 않고 상대를 찾는 일종의 거간꾼인 셈이다. 남자와 여자를 연결해 주는 직업이 있는 것이다.

'월 플라워'가 되기 싫어서 부킹에게 줄 촌지를 준비한다. 눈치가 없어 촌지를 주지 못하는 것이 아니라 어떻게 전달할지 모른다. 고지식해서? 아니면 순진해서? 여자들의 옷은 주머니가 없는 경우가 많다. 그래서 주고 싶어도 못 준다.

그래도 어떻게 전달할지 전전긍긍 고민하다 보니 겨우 촌지를 가지고 들어올 수 있었다. 지금 서 있는 나에게 춤 잘 추는 남자를 데려오면 그 부킹에게 촌지를 주리라 결심한다. 궁여지책으로 부킹에게 촌지를 건넨다. 그러면 그곳에 상주하는 전문 선생을 끌어다가 준다. 멀리서 보니 그는 나를 힐끗 보더니 싫다고 고개를 흔든다. 그러면 부킹이 사정한다. 간신히 끌려온 젊은 선생은 무표정한 얼굴로 기본 스텝을 밟는다. 마지막 부분에서 휙 하고 새로운 스텝을 밟고 놔 버린다.

돈을 주고도 구걸하는 입장이다. 이제 다 늙은 나이에 왜 이곳에서 천대를 받는가? 그래도 내게는 목표가 있다. 기어이 배워서 노후를 즐겁게 보내리라. 이 과정을 지나면 나도 잘할 때가 있겠지 스스로 위안을 하면서.

시간이 지나면서 그곳 환경이 눈에 들어온다. 촌지를 전하면서 자신감이 생긴 것이다. 지금껏 친구가 있어야 그곳에 갈 수 있었다. 하지만 이젠 친구가 없어도 갈 수 있어야 한다. 용기를 내서 홀로서야 한다.

시골 노인 같은 남자가 다가와 춤을 청한다. 손을 잡기도 싫다 하지만 과정이야 어떻든 배우는 것이라 참는다. 모두들 처음에는 다정하다. 차츰 광폭해진다. 그들의 기대에 미치지 못하니까. 때로는 지청구를 들으면서 이걸 해야 하나 회의에 빠져들기도 한다. 이 치사한 과정을 지나야 한다고? 그 수모를 받으며 견딘 친구들은 지금 이곳에서 날고 있다.

조금 출 줄 아는 남자는 그 자리에서 교습을 시작한다. 하나, 둘, 그리고 호통을 친다. 잘난 척한다. 잘난 척하는 데는 이유가 있다. 자기자랑이 하늘을 찌른다. 자기처럼 정통으로 춤을 가르치는 사람은 없단다. 왕년에 대회에서 상을 받기도 했단다. 그러니 어쩌라고?

자기를 만난 것은 큰 행운이라고까지 잰다. 주가를 최대한 높여서 교습비 이외에 촌지를 받고 싶다는 언질을 주는 것이다. 난 처음엔 왜 야단을 치는지 몰랐다. 가르치기 싫으면 그만 두면 될 것을.

여자의 자존심을 건드리고 주변 사람들에게 보란 듯이 큰 소리로 하나, 둘, 그렇지! 하면서 계속 교습이다. 초보인 나는 창피해서 죽을 지경이다. 가르쳐 주고 싶으면 남들이 모르게 한쪽 편에서 될 때까지 연습을 시키면 될 것을.

난 속으로 생각한다. 네 놈이 아무리 대회 출신이라고 하더라도 이번 타임만 끝나면 손을 놓을 작정이다. 결심을 굳힌다. 마지막 교습이 끝날 때쯤 되면 친절하게 새로운 스텝을 가르쳐 준다. 신기술이라면서 여기서 이런 스텝을 밟는 사람은 없는데 특별히 나한테만 가르쳐 주는 거라고 한다. 난 처음엔 그런 줄 알았다. 나중에 보니 밀당을 하면서 나를 붙잡으려는 수작이었다. 그러나 나는 큰 소리로 잘난 체하던 일이 떠올라서 아무리 추파를 던져도 사양한다.

이 다음엔 내가 익숙해져도 서툰 남자가 한 번만 잡아달라고 부탁한다면 잡아 주리라. 처음 시작할 때를 생각해서 착하게 굴 생각이 든다.

차츰 그곳 사람들의 습성, 노하우를 익혀 나간다. 서툰 나를 유연하게 이끄는 남자가 다가왔다. 얼마나 많은 시간을 춤을 위해 보냈으면 이렇게 잘할까. 머리를 굴린다. 춤 잘 추는 놈을 만났으면 그날의 운세가 좋은 거지 왜 생각이 많을까.

하지만 이 세계에서는 거저 얻어지는 것은 없다는 것을 나는 알고 있다. 잘하는 선수가 이유도 없이 서툰 여자를 끌고 고생할 필요가 없을 것이다.

미끄러지듯 발이 움직인다. 첫 곡이 지르박이다. 그런데도 초보인 나는 선수가 된 느낌이다. 지르박이 끝나고 블루스가 시작되자 이 남자는 나를 가슴으로 당긴다. 그 남자는 자신의 가슴을 움직인다. 일부러 가슴이 뛰게도 할 수 있나? 하는 의심이 들기도 한다. 그냥 가만히 그가 하는 대로 있었다. 그런데 조용히 가슴을 밀착시키더니 아랫도리까지 밀착시킨다. 바로 떼어내기가 좀 미안한 것 같아 그대로 두었더니 나를 보고 빙긋 웃는다. 처음부터 냉정한 표정으로 춤을 추던 남자다. 다시 반복할 기미가 보여 가슴을 손으로 밀어냈다.

그랬더니 음악이 끝나기도 전에 손을 놓고 나가버린다. 자신을 원치 않는다는 것을 알았던 것이다. 그놈은 여자를 시험했던 것이다. 유혹하면 끌려오는지 아니면 헛수고만 할 것인지를 가늠해 본 것이었다.

나는 남자가 하자는 대로 밀착해서 춤을 추는 것이 부끄럽다. 어떤 날은 가당치도 않은 놈이 수작을 걸기에 가슴을 밀었다.

"이곳에 왔을 땐 그 정도는 각오한 일일 텐데 웬 내숭이냐."

녀석은 비웃고 가버렸다. 춤에 익숙해지려면 이 꼴 저 꼴 다 봐야 한단다.

친구가 춤에 대한 잘못된 선입견에 대해 불만을 말한 적이 있다. 춤을 추러 다니는 사람으로서 합리화를 하려 든 셈이다.

선입견을 가진 사람들은 환경이 중요하다고. 등산하는 사람들은 모두 운동을 하려고 왔고 건강한 정신을 가진 순수한 사람들일 것이라고 생각한다는 것이다. 그런데 의외로 등산객들의 연애사건이 많단다. 겪어보지 않았고 통계도 없으니 사실인지는 모른다.

춤은 처음부터 음지로 들어왔고 몸과 몸이 직접 닿을 수 있기 때문에 연애사건이 일어나기 쉽다는 고정 관념을 갖게 마련이다.

그럼으로 해서 이미지가 퇴폐적인 곳으로 생각한다. 그런 관계로 서로 견제하고 의심함으로 오히려 경계심이 커서 상대가 어떤 사람인지 주의를 한다고 한다. 각자 자기가 있는 곳이 안전하다고 하는 것인지 모른다. 연애 자체가 나쁘다는 것인지 아니면 남자들에게 속아 돈을 뜯기는 일을 염려하는 말인지도 알 수 없다.

경제적인 손해는 약점이 있을 때 일어난다. 더러는 약점이 없어도 가족에게 알려지면 망신살이 뻗친다. 미리 바람이 났다고 치부하는 바람에 잘 산 인생을 마지막에 좋지 않은 인상을 남길 수도 있을 것 같다.

자신 있게 춤을 추려면 아무래도 많이 춰 봐야 한다. 경험도 다양하게 해 봐야 한다. 오랜만에 만난 지인한테 요즘 어떻게 지내느냐는 질문을 받았을 때 "그냥 지낸다"보다는 당당히 "댄스에 미쳐 있다"라고 할 정도는 되어야 한다. 불이 붙었을 때 감행해야 내 것으로 만들 수 있는 것이다. 기회가 왔을 때 제대로 빠져야 한다.

드디어 독립하려고 찾아간 곳은 조금 젊은 사람들이 있는 곳이다. 이곳에서도 월 플라워 신세긴 마찬가지다. 그러나 여유가 생겼다. 이제야 주변이 보인다.

차츰 이곳 환경에 익숙해져 갔다. 관찰자로서 춤추는 사람들을 살펴본다. 누구와 짝을 이루고 있는지 아니면 저들은 오래된 연인일 것 같다는 등등. 춤추는 여자들도 각양각색이다.

룸바, 라틴댄스, 왈츠 등을 추는 젊은 여자들은 마치 서양 영화 궁중 무도회처럼 비즈가 번쩍이는 드레스를 입고 춤을 춘다. 정통 라틴댄스 아니면 인터내셔널 왈츠 블루스 같았다. 그들을 보니 이곳에 발을 들여놓은 이상 천재지변이 없는 한 발을 뺄 수 없을 것이란 생각이 든다.

어깨가 드러나는 화려한 드레스를 입는 것은 많은 여자들의 꿈이다. 거기에 더해 멋진 파트너와 경쾌한 스텝이 착착 맞아떨어지면서 돌아가는 것을 보면 나이가 들었어도 나도 그러고 싶은 충동이 든다.

서양 영화에서 옛날 궁중 장면이 나오면 의례껏 춤 장면이 나온다. 그럴 때면 나 혼자 빙그레 웃었다. 좋겠다. 나도 저런 시절이 있었다면 하고. 영화에서 보는 것만으로도 예쁘다. 그런데 우리나라 풍속은 왜 그런 게 없지? 마냥 서양 문화가 좋아 보였다.

214

하물며 젊음이 있는 여자, 그중에도 몸매와 춤에 재능이 있다면 금상첨화다. 이곳에서도 선망의 대상인데 그들은 얼마나 즐겁겠는가. 앞으로도 영원히 춤 세계에서 탈출하기는 어렵겠다는 생각이다.

그런데 늙게 되면 그것도 보기 좋지는 않을 텐데 그땐 어쩌지? 웬 걱정, 그땐 춤 선생을 하다가 건강이 나빠지면 그땐 어쩔 수 없이 은퇴하게 될 테지. 그러면 곧 죽을 운명이 되겠지.

별걱정을 다 한다. 우리는 언제나 현재만 보니까. 개인 간에는 세대교체가 이루어지고 있지만 춤의 세계는 영원해 보인다. 그곳에 오는 사람들은 늘 젊은 사람들로 채워지는 현재이니까.

이 세상에 영원한 것은 없다. 그래도 춤추는 사람들은 나이를 덜 먹는다고 한다. 즐거울 때가 많으니까.

감시와 배려

관찰자로서 여유가 생긴다. 남자는 70대 여자는 60대 중반쯤 되는 파트너였다. 그들의 춤은 좀 이상했다. 힘도 안들이고 남자는 여자의 손을 높이 들고 슬슬 걷기만 하고 여자는 제자리에서 열 번이고 스무 번이고 돌기만 한다. 도통을 했거나 나이에 맞게 춤의 경지에 오른 사람처럼 보인다. 그런데 더 이상한 것은 남자는 슬슬 걷는 것도 힘이 드는지 딱 한 곡 춤을 추고는 자리에 돌아가서 앉는다.

춤을 혼자 출 수는 없다. 젊은이들이 모이는 클럽에서는 음악에 맞춰 혼자 춤을 추는 것이 가능한 일이지만 이곳에서는 바람직하지 않다. 잠깐 연습이면 몰라도.

남자는 자리에 돌아가고 여자는 파트너가 없어 콜라텍에 와서 여자 손 한번 못 잡아보고 허탕을 치고 그냥 나가야 하는 남자에게 춤을 청하거나 그냥 앉아서 부킹이 다가오기를 기다린다.

일진, 그날의 운세에 따라 수급이 맞지 않아 남자가 남아돌거나 여자가 남는 경우가 생긴다. 여자에 비해서 남자가 많을 때는 춤추러 왔다가 한 번도 못 추고 그냥 앉아 있다가 갈 판에 그래도 한 번은 추고 가게 하려고 부킹은 남자에게 이 여자를 붙여준다. 한 번 허탕을 치면 그 사람은 이곳에 오지 않을 테니까. 변변한 여자도 없는 재수 없는 곳에 왜 오겠는가. 손님을 잡아 두려는 작전이다.

그럴 때는 그 여자와 같이 온 남자는 앉아서 파트너가 다른 남자와 추는 춤을 지켜보고 있다. 본인은 몸이 불편해서 못 추고 여자에겐 다른 남자와 춤을 추라고 배려한다. 즉, 빌려 준다. 배려 차원이라면 남자는 이곳에 나오지를 말든지 꼭 앉아서 지켜봐야 할까. 나쁘게 말하면 감시고 좋게 말하면 여자에게 춤출 기회를 주는 셈이다.

남자 쪽에서 보면 이것도 사랑이라면 사랑이다. 그러나 여자 쪽에서는 불편할 것 같다. 사무적으로 경직되어 춤을 추기 때문에 잡힌 남자는 세 곡을 채우고 그냥 물러난다.

임자 있는 여자와, 그것도 그 남자 앞에서 정략적으로 마지못해 추는 춤을 같이 출 필요가 없어 보인다. 처음엔 모르고 부킹이 권해서 춤을 추다가 무언가 께름해지고 뒤늦게 알게 되면 그 남자는 여자 손을 놓고 인사하고 홀을 나가버린다. 그랬어도 업주 쪽에서는 의무를 다한 것이 되고 무도장에 와서 한 번이라도 춤을 췄으니 됐고, 여자는 그나마 운동을 했으니 됐고, 그렇게 서로 감시하고 배려하면서 콜라텍을 드나든다.

파트너 쟁탈전

한 남자를 두고 두 여자가 서로 차지하려는 쟁탈전이 벌어질 것 같다. 그런데 두 여자는 겉으로 평온해 보인다. 나는 둘 중 어느 여자가 저 남자를 차지할까? 궁금해진다. 저 남자는 누굴 선택할까. 내면적으로 두 여자는 서로 자신을 더 좋아한다고 생각할 것 같다.

한 남자에 두 여자건 한 여자에 두 남자건 짝이 맞지 않는 관계에서 공평이란 존재하지 않는다고 믿는다. 그 남자는 한 여자에겐 즐거워서 춤을 추고 다른 여자에겐 의무적으로 상대해 줄 것 같다. 그런데 얼굴과 태도에서는 나타내지 않는다. 평범해 보이지만 대단한 내공이 있어 보인다. 여자들을 속일 수 있을 정도면.

남자라면 누굴 선택할까 생각해 봤다. 한 여자는 당돌해 보인다. 춤도 잘 춘다. 다른 여자는 어수룩해 보이고 춤은 초보를 면한 처지다. 그래도 겸손해 보이고 다소곳해 보인다. 둘 중 남자들은 촌스럽지만 다소곳한 여자를 선택할까? 아니면 당돌해 보이지만 춤이 잘 맞는 여자가 더 좋을까? 수수께끼다.

어느 날 그들이 보이지 않았다. 두 여자가 머리끄덩이라도 잡았을까? 나라면 '과부가 장 돈을 빌려서라도' 그 남자를 내 것으로 만들어 놓을 것이다.

남자를 나누어 가지는 짓은 못 할 것 같다. 그 남자는 그 누구와도 스캔들을 벌이지 않는다고 했다. 그래서인지 여자들은 그와 춤을 추고 싶어, 아니 파트너가 되고 싶어 안달하는 것 같았다.

그 남자는 의젓한 신사 같아 보인다. 평범하면서도 모범생 같아 이곳에 어울리지 않는 듯 했다. 그래서 지금 두 여자가 그 남자를 두고 쟁탈전을 벌이고 있나 보다. 춤도 수준급이니까. 놀기는 좋다. 운동도 헬스클럽 가는 것보다 저렴하게 즐길 수 있으니까.

늘 함께 오는 두 여자. 어수룩하고 초보인 여자와 당돌하고 춤을 잘 추는 여자 두 사람이 차례를 바꾸어가면서 한 남자와 춤을 춘다. 그중 누가 그 남자를 먼저 차지할지 겉으로 보기엔 짐작을 할 수가 없었다. 왜냐하면 남자는 춤을 잘 추는 여자와 즐겁게 웃으며 춤을 추었고 순진해 보이는 여자와는 심각한 표정으로 스텝을 가르치느라 애를 쓰고 있었기 때문이다.

어느 비오는 날 보니 초보인 여자와 그 남자가 우산을 같이 쓰고 모텔 앞을 지나가는 것이 보였다. 그랬어도 두 남녀 이외에 외부사람은 누가 진짜 그 남자의 마음을 사로잡았는지 짐작이 어려웠다. 어느 날 두 여자가 싸움을 했는지 서로 냉랭한 분위기다.

소문에 의하면 춤 잘 추는 여자가 그 남자를 차지했다고 수군거렸다. 그렇다면 내가 본 것은 뭔가? 촌스런 여자가 밀려 났다는 것이다. 그런가? 역시 춤추는 곳에선 춤을 잘 추어야 되는구나 하고 생각했다.

화장실에서 촌스런 여자를 만났다. 그녀가 먼저 인사를 한다.

"왜? 싸웠어요?"

물었다.

"싸운 게 아니고 내가 양보했어요."

여자는 야릇한 미소를 지어 보이며 대답했다. 양보했다지만 진 것이 분명하다. 왜 지고도 웃을까. 의아해 하고 있는데 그녀가 의미심장하게 말했다.

"그 언니는 자기가 승리자인 줄 알지만 난 관심 없어요."

그녀는 화장실을 나서면서 손사래를 치더니 새끼손가락을 들어 보인다.

성 에너지와 춤이 무슨 상관인가? 그런데 호기심이 사라졌다고 한다. 성 에너지가 아예 없다는 것을 확인하고 나면 흥미를 잃게 되는 모양이다. 그 전까지는 언젠가 그 남자와 파트너가 되어 영원히 멋지게 춤을 추게 될 것이라고 믿었는지도 모른다.

멋진 춤은 그야말로 섹스보다 더 짜릿하게 느껴진다고 한다. 예술가들, 요가의 달인, 묘기를 보이는 커플이 있다. 섹스도 요가라고 한다. 체위 변경이 관건이니 그런 말이 나온다. 어떤 체위가 되어도 남녀 성기가 겹칠 수 있는 묘기가 요가에 해당된다. 그러나 섹스 체위뿐 아니라 춤의 세계에서는 더더욱 아름다움을 보여준다. 이들 젊은 커플은 S자로 꼬아서도 서로 얼굴을 보고 미소도 짓고 뽀뽀도 가능하다. 몸으로 온갖 사랑을 표현한다. 전문 교육을 받은 무용수들 같다. 인간의 몸이 필요할 때 겹치게 만드는 것은 역시 몸의 유연성이다.

영화에서처럼 춤을 잘 추는 커플이 내 눈을 끌었다.

젊은 한 쌍은 이곳에서 단연 탑이다. 오죽하면 내가 춤 이름이 무엇이냐고 물었다. 라틴댄스와 모던댄스를 섞어서 연구해 변형시킨 것이라고 한다. 두 사람의 춤은 예술이다. 요가를 전공했거나 현대 무용도 함께 전공한 엘리트들 같았다. 서로 상체를 S자로 돌려 서로 눈을 보며 입맞춤을 한다. 젊음이 너무 아름답다. 그들 연인들의 사랑의 몸짓이 예쁘다. 신이 인간의 몸을 저렇도록 아름답게 만들다니.

그리고 그 아름다움을 더 아름답게 표현하다니. 신이 준 몸으로 예술적으로 승화시킨 예술가들에게 경의를 표하고 싶다. 몸으로 연출하는 모든 것이 아름답게 느껴진다. 신은 위대하다.

이 세계도 재주를 타고나야 한다. 백 년이 가도 그 타령인 사람들이 있다. 춤을 잘 추려면 몸매가 예뻐야 한다. 안짱다리거나 어깨가 굽어 있으면 스텝의 달인이라도 모양새가 우스워서 밉게 보인다. 춤은 사람의 몸으로 빚어내는 몸짓에 예술을 가미시킨 것이다.

바람의 전설

춤이라고 하면 〈바람의 전설〉이라는 영화 생각이 난다.

그중 이야기 한 토막이 내 가슴을 울린다. 카바레라면 제비들과 치마 밑에 바람 든 여자들이 득실거리는 세상, 서로 먹잇감을 찾아 눈을 희번덕거리며 이리떼처럼 몰려있는 곳으로 알려져 있다. 그곳에서 먹잇감을 찾으면 이득이고 잘못 걸리면 돈 잃고 인생 망치는 곳, 그러나 지금은 보편적으로 변하긴 했다.

아직 기억이 나는 사람은 노량진 수산시장에서 멸치 좌판을 벌여서 자식들 공부시키고 무능한 남편을 먹여 살리다가 지루한 인생을 극복하기 일보 직전에 참지 못하고 춤 방에 나왔다는 한 여자 이야기다.

'제비'라는 남자가 말한다.

여자는 맨 처음 내 사업자금으로 백만 원을 가져 왔다. 나는 그 백만 원이 멸치를 몇 마리나 팔아야 나오는지 몰랐다. 물론 나는 그 돈이 적다고 서운해 하지는 않았다. 사업은 사업이니까 나는 딱 그 액수만

큼만 성실했다. 그 다음에 만났을 때, 나의 사랑은 목덜미까지 빨개지면서 봉투를 내밀었는데 집에 와서 꺼내 보니 백오십만 원쯤 됐다. 대부분이 헌 돈이었고 내 사랑이 시장에 앉아 밥을 먹다가 고추장을 떨어뜨린 오천 원짜리까지 있었다. 그때 미안했던 것도 아니다.

마지막으로 그 여자가 내게 가져온 돈은 시장의 가게 권리금으로 받은 돈이었다. 권리금에서 아이들 등록금과 큰딸의 혼수 비용, 자신이 돌아갈 때 탈 지하철 표 값을 뺀 돈이었다.

그 여자는 춤 방에 드나들던 게 들통났다. 남편이 술만 마시면서 며칠을 울더니 이젠 자신이 공사판에라도 나가서 벌겠다. 모든 것을 용서하니 집으로 돌아오라고 했다고 말했다.

여자의 남편이 찾아왔다. 그녀의 남편은 눈물을 흘리면서 간곡하게 부탁했다.

"우리 집사람을 놓아주세요."

남편은 눈물을 흘리면서 애원했다. 제발 놓아달라고.

"그 여자가 당신에게 갖다 주는 돈이 멸치를 몇만 마리를 팔아야 하는 돈인 줄 알아요?"

그 이야기를 들었을 때 진정한 사랑이구나 하는 것을 느꼈다. 다른 남편 같았으면 바람난 계집을 다리몽둥이를 분질러 놓겠다고 죽지 않을 만큼 때렸을 것이다. 아니 죽였을지도 모른다.

대부분의 남편들은 자신을 배신한 것만 생각하고 분노에 떨며 복수심에 불타는 것이 정상이다. 그럼에도 그동안 아내가 고생한 것을 생각하는 착한 남자다.

한편 그렇게 사랑했으면 제비를 찾아갈 것이 아니라 아내를 다독이며 그동안 고생한 것을 몰라주었다고 사과하며 이제부터라도 사랑을 약속해야 하지 않았을까. 제비가 놓아주지 않아서 아내가 떠나지 못한다고 생각하다니!

그 남편은 자기 마누라가 그동안 살아보려고 얼마나 발버둥을 쳤으며, 추우나 더우나 시장 바닥에서 산 세월을 알고 있었을 것이다. 그럼에도 그 아까운 돈을 제비한테 갖다 바칠 때는 그녀도 어쩔 수 없었을 것이며 잃어버린 청춘을 돌려받고 싶었을 것이다. 돈과 바꾼 일시적인 호의를 몰랐을 리가 없다.

'제비'는 이렇게 말했다.

그 남편에게 설득 당한 것이 아니었다. 원래 예정한 대로 결별을 선언하였다. 그 여자에게서 더 이상 나올 게 없어서 헤어지자고 한 것은 아니다. 징징대는 가난한 사람의 돈은 사고가 날 우려가 있다.

나는 한 번도 여자에게 돈을 달라고 억지로 뜯어낸 적은 없었다. (대부분의 남자는 그렇게 말한다. 알아서 가져왔다고.) 그녀는 나 같은 사람은 처음이라면서 자기가 스스로 돈을 가져왔던 것이다.

그냥 주는 돈을 안 받기도 뭣하고 받아두긴 했으나 만족한 액수는 아니었다. 왜냐하면 써도 흔적이 남지 않는 부자라면 모를까 가난한 여자가 억지로 만든 돈을 받기는 거북하다. 그녀가 가지고 온 돈에서 생선비린내가 났다. 잘못하면 일이 크게 벌어질지도 모른다. 처음엔 목돈이었으나 차츰 잔돈까지 들어 있었다.

마지막 헤어지기로 한 약속 장소에 나갔다.

일어서려다 보니 그 여자는 탁자에 떨어진 눈물을 뽀드득 소리 나게 문지르며 그 옆에 새로운 눈물방울을 떨어뜨리고 있었다. 그때 나는 그 집이 하필 싸구려 중국집이라는 게 신경이 쓰였다.

이왕 헤어질 거면 근사한 레스토랑을 이용했으면 덜 미안했을 것이다. 내가 미안했던 건 그거다. 자기 돈으로는 자장면 한 그릇도 사먹을 용기가 없는 사람과의 이별의 장소로 하필 싸구려 식당을 택한 게 미안했던 것이다.

생각해 보면 여자들만 욕할 게 아니다. 치마 밑에 바람 들었다고 욕을 하지만 얼마나 사랑에 굶주렸으면 가짜인 줄 알면서도 남자들의 칭찬과 위안을 받고 싶어 이곳으로 몰려들까.

어찌 보면 여자를 착취한 것은 제비만이 아니었다는 생각이다. 그 남편 역시 여자를 착취한 것이다. 열악한 생활로 쫓기며 살던 여자들은 위로받을 곳이 없어 쉽게 넘어간다. 제비는 사랑이라도 주고 그 대가로 돈을 받았다면, 허구한 날 술 먹고 화풀이 대상으로 때린 남편은 아내를 착취한 것은 아니었을까. 기득권을 내세워 착취를 정당화한 인물이다.

제비나 꽃뱀이나 춤 방을 무대로 사업을 하는 인간의 공통점은, 그 사업으로 한몫을 쥐었다 해도 언젠가는 춤 방으로 돌아온다는 거다. 송충이가 솔잎을 떠나서 살 수 없듯이 춤으로서 흥한 인간은 춤으로 망해서 결국 춤판으로 돌아온다. 영화 속 '제비'도 마찬가지였다.

그곳에서 그는 새파란 젊은 여자에게 당했다. 그가 아무리 왕제비라 한들 왕제비 면허가 있는 것도 아니요, 면허가 있다 한들 사교댄스의 황제가 변두리 여관에서 새파란 애와 재미를 보려다가 새파란 애들한테 잡혔다는 게 알려지면 그 순간부터 그의 인생은 끝장이었다. 말하기 창피했겠지만 그는 애들이 시키는 대로 할 수밖에 없었다.

그는 알몸으로 엎드려뻗쳐 같은, 군대 시절에도 받아 보지 못했을 온갖 기합을 다 받았고, 통장을 압수당했으며 각서를 쓴 다음 수천만 원을 또 뜯겼다. 몽둥이찜질 안 당한 게 그나마 다행이었다. 그 덕분에 저당 잡혔던 집을 아예 넘기게 되었다.

거기서 비싼 세상 공부를 하고 깨닫게 된 진리가 있다. 마음먹고 계획적으로 덤벼들면, 아무리 날고 기는 왕제비라도 초짜 꽃뱀에게 당할 수밖에 없다. 마찬가지로 아무리 천하에 없는 열녀라도 제비가 마음먹고 달려들면 무너지게 되어있다.

다행인지 불행인지 이건 춤판에서의 이야기다. 또 다행인지 불행인지 춤판은 인생의 축소판이다.

콜라텍이나 카바레는 금수저들은 오지 않는다고 한다. 잘못하다가는 잃을 것이 많기 때문이기도 하고 다른 오락이 있어서일 것이다. 흙수저들, 이래도 피곤하고 낙을 붙일 곳이 없는 가난한 사람들, 또는 고생만 하다가 이제 겨우 허리를 편 여자들이 그동안의 고생이 허무해서 오기도 한다.

자신을 예쁘다고, 젊어 보인다고 칭찬하는 말을 듣고 싶어 오기도 한다. 그 약점을 이용하는 것이 제비의 역할이다. 모든 것은 필요에 의해서 생기게 마련이다.

그럭저럭 내가 춤과 접한 지 10년이 가까워온다. 이젠 가던 곳을 갈 수가 없다. 부킹이 나에게 다가와 미안해 하면서 말한다.

"언니. 이젠 아저씨들이 언니를 부킹해 주면 고개를 흔들어요. 나야 그동안 언니에게서 받은 도움도 많아서 부킹을 해드리고 싶어도 그러면 이곳에 안 오겠다니 이해해 줘요. 내가 청량리에 아는 언니가 있는데 거기 가면 그 언니에게 부탁해서 잘 봐달라고 할게요."

"알았어. 그동안 고마웠어. 이젠 안 해도 돼."

"아니에요. 꼭 춤은 추세요. 그래야 건강하고 몸이 오래 버틸 수 있어요."

100세 시대가 도래했다. 기대 수명이 늘어나는 상황에서 가장 중요한 것이 건강하고 행복하게 지내는 것이다. 건강하지 않은 장수는 의미가 없다.

이곳은 80대는 젊은 층이고 90대 노인들이 노는 곳이다. 그들은 젊을 때부터 이곳 출입을 했는지 모두 선수다. 그 자리에 서서 박자만 맞추고 서 있다. 여자도 마찬가지 춤인지 움직임이 적다. 이런 것도 춤인지 잘 모르겠다. 죽기 전까지 춤을 출 수 있다는 춤 선생 말이 이것이었구나 하는 생각이 든다. 이렇게 해서 100살을 사나 보다.

노년에 운동을 하자면 허덕거리며 산을 오르지 않아도 된다. 그리고 무릎에 부담이 가지 않고 움직임이 건강에 좋단다. 더욱이 여자와 남자가 있지 않은가. 그 늙은 할머니도 그들 눈엔 여자니까. 냄새나는 할아버지도 남자긴 하다.

늙은 사람들만 모이는 장소엔 촛불이 여기저기 켜져 있다. 처음엔 왜 굳이 전등도 있는데 웬 촛불하고 의심했다. 그런데 죽은 상갓집 향

피우듯 촛불도 냄새 제거란다.

70에 발걸음을 떼고 70 중반에 걷고 80이 다 되어가니까. 죽음을 맞이할 곳으로 내몰렸다. 춤 세계에서는 요양원 가는 셈이다. 그곳에서라도 리듬만 타더라도 죽지 않으면 몸을 움직이리라. 늦게 춤을 배운 바람에 청춘은 건너뛰고 요양원 생활이 이어진다. 그랬어도 죽음의 세계보다는 이승이 좋다니 숨 쉬고 지낸다.

사
랑,

그
너
머

소
설

1

만해마을 기행(紀行)이 한 편의 소설이 되리라.

  세상없어도, 무슨 일이 있어도 이번엔 소설 한 편은 써야 한다. 굳은 결심을 하고 떠난 길, 강원도 내 설악산에 위치한 만해마을 문인집 필실을 찾아가는 길이다. 터널을 몇 개나 지났는지 기억할 수 없다. 창밖 풍경을 감상하려고 하면 차는 다시 터널 속으로 들어간다. 지금까지 스무 개 넘는 터널을 지나온 것 같다.

  처음엔 하나, 둘, 하고 헤아렸으나 손가락 열 개가 모자란다. 숫자가 너무 많아서 포기해야 할 것 같다. 그냥 터널이 많았다고 기억창고에 저장해 둔다. 가장 긴 터널만 기억한다. 처음엔 내 몸이, 머리가, 가슴이 아팠던 사랑을 이야기 하려고 했다. 지나온 터널 수가 사랑과 무슨 상관인가 하고 실소를 한다.

내 여자, 나를 거쳐 간 여자, 내가 사랑한 여자 이야기를 소설로 남기고 싶다. 무엇을 남기려고 그토록 절실했는지 모른다. 한 여자를 버린 나는 그녀에 대한 죄책감을 벗어날 수가 없다. 끝없이 사랑했다고 잊지 못하고 있다고 … . 그녀 이야기를 작품으로 남기지 않으면 안 될 것 같다. 그 사랑을 증명하는 일이 내 마지막 사명감이다. 시외버스 유리창에 비친 자신의 모습을 바라보며 중얼거렸다.

터널을 빠져나오니 온 세상이 하얗게 변해 있다. 웅장한 산 밑으로 하얀 세상이 펼쳐진다. 소나무들은 눈을 머리에 이고 힘들어하고 있다. 자연이 순식간에 무한대의 백색 공간으로 변한 모습이 신기하다. 불과 몇 킬로미터 사이로 흐린 하늘에서 갑자기 눈의 세계로 변한 것을 보다니.

오전 10시에 집을 나설 때만 해도 지하철을 탈 예정이었다. 가방을 들어봤더니 너무 무겁다. 무거운 가방을 들고 지하철 계단을 오르내리기란 무리일 것 같다. 마트에 들러서 담배 한 보루와 봉지커피 한 통을 샀다. 캐리어의 손잡이를 당겨서 오른손에 잡고 왼손엔 가방을 들고 택시를 탔다.

어젯밤 인터넷으로 검색했던 '만해마을' 위치를 한 번 더 머리에 그려 보았다. 동서울터미널에서 속초행 시외버스를 타고 강원도 인제 원통을 지나 백담사 입구에서 내리면 된다. 3시간 30분 걸린다니 차표를 끊고 대합실에서 기다리는 시간을 감안해서 4시간 걸린다고 가정하면, 오전 11시에 시외버스가 동서울터미널을 출발하면 오후 3시쯤 만해마을에 도착할 것 같다.

만해마을 작가 작업실을 예약하면서 꿈에 부풀었다. 과거를 불러오면 근사한 소설이 되리라 생각했다. 적어도 내 스스로 공간 속에 가두어 놓으면 태작이라도 한 편 쓰겠다고 장담했다. 내가 만해마을에 가는 것은 살아 있을 때, 아직 사랑에 대한 열망이 남아 있을 때 가슴 속에 묻어 둔 사랑을 꺼내 보리라 결심했기 때문이다. 평소 생각만 하고 쓰지 못했던 것은, 나를 가둘 환경이 없어서라고 늘 집필실 없는 탓으로 돌렸다. 나를 어떤 공간에 포승줄로 의자에 묶어 놓아야 소설을 쓰게 될 것 같았다. 그리고 결심했다. 소설을 쓰지 않고는 네 인생은 끝이다. 그렇게 벼르고 가는 길이다. 소설은 내가 만난 여자들, 그들 이야기로 시작할 참이다. 첫사랑 희수를 생각하면 그녀가 했던 말이 떠오른다.

"옛사랑을 못 잊는 것은 환상에 대한 집착일 수 있어요."

희수는 내게 집착했고 나는 희수에게 집착했다. 불후의 명작들이 다 사랑 이야기인 것을 보면 내 연인에 대한 기억에다가 화려하게 화장을 시켜서라도 아름답게 포장하고 싶다. 환상은 점점 커져서 나를 사로잡아 버리고, 소설 속 연인에게 갇혀 헤어나지 못하게 할 참이다.

실체보다 더 아름답게 기억하는 것이 작가의 임무다. 우리들만의 특별했던 사랑은 누구도 경험해 보지 못한 이야기로 시작해서 점점 고조되는 열정을 불어넣어 작품이 될 것이기 때문이다.

나는 동서울터미널에서 백담사 입구까지 가는 차표를 끊었다. 가방은 시외버스 화물칸에 넣었다. 버스가 출발하기를 기다리면서 만해마을에 전화해서 물었다.

"지금 서울에서 시외버스로 출발하려는데 백담사 입구에서 내려서 만해마을까지 가는데 시간이 얼마쯤 걸리는가요?"

"지금 여기는 눈이 엄청 많이 내려요. 백담사 입구에서 이곳까지 걸어오려면 한 시간은 족히 걸릴 걸요. 이런 날은 걸어서 못 와요. 짐까지 있을 텐데 … ."

순간 막막하다.

"그럼 어떡하는 게 좋아요? 백담사 입구까지 차표를 끊었는데요."

"눈이 많이 내리면 설악산 미시령 길이 막혀 버스가 못 다닐 수 있어요. 버스가 못 간다고 하면 원통에 내려서 이곳까지 택시를 타세요."

속초행 시외버스가 12시 정각에 출발했다. 운전석 옆 제일 앞좌석에 앉은 건 좌석번호가 1번이었기 때문이다. 가방은 화물칸에 넣어두었다. 승객은 스무 명 정도인데 3분의 2 이상이 강원도 전방에서 휴가 나왔다가 귀대하는 군인들이다. 정오 라디오 뉴스가 나오고 있다.

'동해안에는 내일 모레까지 50센티의 많은 눈이 내리겠습니다. 대설특보가 내려진 가운데 지금 많은 눈이 내리고 있습니다.'

창밖으로 보니 하늘은 조금 흐려 있지만 눈이 내릴 것 같진 않다.

내가 만해마을 '문인의 집'에 가게 된 것은 윤지 덕분이다. 이곳을 알선해 준 윤지는 독서모임 동료다. 단편소설이라도 한 편 완성해 가야 면목이 설 것 같다. 윤지 씨는 지금 무엇을 하고 있을까. 동료작가인 윤지와 함께 여행을 하게 되리란 기대를 했다. 하지만 그녀가 피치 못할 상황으로 함께 가는 것은 불발된 것이다. 동서울터미널에서 윤지에게 전화를 했다.

"백담사행 출발은 12시라네, 잘 다녀올게."

핸드폰 너머에서 그녀 숨소리가 들려왔다.

"준석 씨 잘 다녀와."

윤지가 무심한 듯 자신의 마음을 내비친다.

"혼자만의 시간을 가지는 것도 괜찮을 거라 생각했는데…, 뭔가 잃어버린 것처럼 허전하네."

만해마을에서 머무는 동안 윤지를 한 번쯤 초청하려고 했는데 우리가 만날 장소로 홍천이 적당할 것 같아 미리 생각해 둔다. 서울과 만해마을 중간지점이다. 그녀와 보이지 않는 끈으로 연결되어 있다는 걸 강하게 느낀다.

버스가 터널로 들어서자 머리 위로 조명등이 지나간다. 눈을 감았다. 이번 여정에서 가장 중요한 건 나 자신과의 싸움이다. 복잡하고 헝클어진 머리를 간단하고 단순하게 정리할 필요가 있다.

시외버스가 1시에 홍천휴게소에 도착했다. 하늘은 흐리고 쌀쌀하다. 눈은 내리지 않는다. 내가 타고 온 '금강고속' 버스 유리창에 잠든 군인 옆에 앉아 있는 군인이 무언가 먹고 있는 모습이 비친다. 집에서 만들어 준 김밥이거나 방금 휴게소에서 산 호두과자일 것이다. 1시 15분에 운전수가 버스에 올랐고 버스는 곧 출발했다. 조금 전 멈추었던 휴게소는 산정상일 것이다.

눈 내리는 장면. 앞을 바라봤다. 언제, 어디에서 나타났을까. 유리창 앞으로 하얀 꽃잎이 날아오고 있다. 눈발이 날리고 있다. 버스가 앞으로 나갈수록 꽃잎이 점점 커지면서 더 많이 달려든다. 왼쪽은 양구, 오른쪽은 원통이란 표지판이 보인다. 다리를 건너자 운전기사는 오른쪽으로 핸들을 꺾었다.

맞은편 건물 위로 '원통버스터미널'이란 표지판이 보인다. 고개를 들어 하늘을 보았다. 산등성이에 백조가 날갯짓을 하며 하늘로 날아오르고 있다. 자세히 보니 풍향계다. 바람은 점점 세지고 을씨년스러운 공기가 심상치 않다.

2

入山하는 者, 너는,
예쁜 당신이 있기에 혼자가 아니다.
예쁜 그대와 재회할 날을 기다리는 너는,
예쁜 그대가 있어서 외롭지 않다.
그대와 너, 우리는,
빛나는 여정인 것을.

함박눈이 내리고 있다. 10분쯤 걸었을까. 하얀 건물이 나타난다. '문인의 집'이란 표지판이 보이는 건물로 들어섰다. 한쪽 어깨로 유리문을 밀고 안으로 들어가자 문인의 집이란 액자가 먼저 눈에 들어온다. 프런트 쪽으로 걸어가면서 나를 보고 일어서는 남자에게 고개를 끄덕였다. 이곳에 왔다는 일종의 신고인 셈이다. 숙소를 배정받았다.

숙소는 4층이었다. 엘리베이터를 타고 4층으로 올라가자 복도의 양쪽으로 방이 늘어서 있고, 굳게 닫힌 문 위에 번호표가 붙어 있었다. 복도 끝에서 세 번째인 413호. 내가 이곳에 있을 동안 묵을 방이다.

점퍼를 벗어 침대 위에 걸쳐 놓고 방안을 둘러본다. 침대, 책상, 옷장, 미니냉장고가 보인다. 책상 위에 전화기가 눈에 들어온다. 세면장을 둘러본다. 옷장과 이불장 사이에 놓인 텔레비전 전원 스위치를 누르자 화면이 깨끗하게 나온다. 방 한가운데 들여놓은 캐리어를 열었다. 노트북을 책상 위에 올려놓았다.

짐을 풀고 베란다로 나갔다. 소나무 위의 흰 눈이 먼저 눈에 들어온다. 소나무의 가느다란 가지에 흰 눈이 염치도 없이 무겁게 누르고 있었다. 곧 부러질지도 모른다는 걱정이 다 생긴다. 윤지가 떠올랐다. 그녀라면 이 순간을 어떻게 표현했을까.

"눈이 아무리 많이 와도 나무가 그렇게 만만치 않아. 그 정도 무게는 이길 자신을 길렀을 걸."

"그렇겠지?"

윤지는 늘 긍정적인 표현을 쓴다.

"그대에게서 내 문학이 시작되었고 이제 여기서 우리가 비상(飛翔)하리라."

나는 혼자 중얼거렸다. 이번 여행은 주술처럼 내 영혼에 달라붙어 있는 그녀를 위한 교향곡인 셈이다.

전기포트에 물을 끓여서 커피를 마시고 나니 오후 6시 정각. 식당으로 내려갔다. 식사는 뷔페식이다. 10여 명의 사람이 창가 자리에서 식사하고 있다. 일하는 인부로 보이는 젊은 남자가 서너 명, 그리고 다른 사람들이 네다섯 명. 작가로 생각되는 사람이 누구일까 둘러봤으나 모두 처음 보는 얼굴이라 감이 잡히질 않는다. 얼굴이나 몸에 작가라고 써 놓지 않은 이상, 작가와 작가 아닌 사람을 구분한다는 게 쉽지 않다. 점심을 먹지 않은 탓인지 식사는 좋았다. 식사를 마치고 4층으로 올라왔을 땐 저녁 6시 40분을 가리키고 있다.

첫날이 지나간다.

"나, 이제 소설 속으로 들어간다. 우리의 사랑 이야기가 시작된다."

책상 앞에 앉아 노트북을 열었다. 마음이 급하다. 그런데 어디서부터 시작해야 할지 모르겠다. 공연히 자판만 바라본다. '멍' 때리기도 머리운동을 많이 한 후에 하는 일인 것 같다. 자판 앞에서 잡념만 들끓는다. 오늘은 그만두고 내일부터 시작하기로 마음먹고 눈을 감았다.

눈을 감으면 가상이 현실인 것처럼 눈앞에서 첫사랑 희수가 장난을 치고 있었다. 내가 그녀를 안고 있다. 팽팽한 탄력이 손끝에 전해진다. 젖가슴은 따뜻하고 말랑거린다. 비단뱀처럼 매끄러운 그녀의 팔다리가 내 온몸을 조이는 듯 감는다. 그녀의 몸속으로 미끄러져 들어가는 느낌이 너무나도 생생하다. 사랑해, 사랑해. 사정하는 순간 빅뱅이 일어나듯 내 몸이 위로 들어 올려진다. 몸이 가벼워진다.

귀에 울먹이는 그녀의 속삭임이 들리는 듯했고, 아! 하는 내 목소리에 놀라 눈을 떴다. 꿈은 배설의 욕망과는 상관없는 것이라고 생각한다. 다만 맨살을 맞댄 채 그녀의 등을 손바닥으로 문지르던 그 느낌이 남아 있는 듯하다. 혼자가 아니라는 그 느낌을 원했던 것일까.

다시 작품 속으로 빠져든다. 지금 내 마음속에 일어나는 반응은 소

236

설을 쓰기 위한 습작에 불과할지도 모른다. 실제 상황과 내가 추구하는 이상주의를 극복하려는 의지다. 실체하는 자연 그대로의 고전적인 묘사를 해왔던 것이 그동안의 노력이었다면 이젠 대상에 반사된 빛이 눈에 부딪힐 때의 순간적인 환상을 포착하려는 요구가 강렬해진다. 하지만 강렬한 현실성과 이상주의 요구를 어떻게 일치시켜야 할까.

다음날 낮엔 눈이 그치고 맑았고 오후엔 다시 눈이 조금씩 내렸다.

둘째 날 저녁 405호에서 연락이 왔다. 술 한잔 하자고. 아무도 아는 사람이 없었는데 불러주니 고마웠다. 직원도 합석했고 작가들이 다 모였다.

40대 후반으로 보이는 직원이 먼저 자신을 소개했다. 서로 인사는 했지만 그의 직책은 기억해 낼 수 없다. 속초에서 출퇴근한다고 했다.

어제부터 내리는 눈이 화제였다.

"몇 해 전 문학계에 있는 분이 아들 결혼식을 설악동에서 치렀는데, 결혼식장에 신부가 나타나지 않아서 난리가 났었어요."

젊은 작가 A가 이야기를 꺼냈다.

"그래서 결혼식은 어떻게 되었나요?"

내 근심어린 표정을 보고 그가 말을 이었다.

"신부 집이 강원도 속초 위에 위치한 고성인데 눈에 막혀서 설악동에 나타나지 못했어요. 신부가 없는데 어떡하겠어요. 그날 신부가 없는 결혼식을 하객들끼리 술 마시며 축하했답니다."

"그럼 어떻게 되는 거죠? 신부가 나타나지 않았으니 결혼식을 다시 해야 하나요?"

안경 쓴 B가 물었다.

"하객들에게 다시 결혼한다고 연락하기도 뭣할 텐데."

"그 후 어떻게 했는지는 잘 모르겠어요."

A가 웃었다.

"신부가 이틀 후 나타났대요. 아마도 그날 합방으로 결혼식을 마무리하지 않았겠어요. 지금 잘 살고 있다는 소문으로 보아."

각각이 자유롭게 제멋대로 상상하게 만든다. 하객이 돌아간 다음 뒤늦게 신부가 나타나고 둘만이 결혼식을 했을 거란 생각, 화가 난 신랑이 곧바로 여관으로 데려갔을지도 모른다. 듣는 사람이 각기 생각대로 해피엔딩으로 마무리한다.

"그게 언제 일입니까?"

누군가 물었다.

"3년 전이에요."

A가 대답했다.

잠시 후 안경 쓴 작가 B가 설악동 이야기를 꺼냈다.

"젊었을 때 애인과 설악동에 놀러 갔었어요. 그런데 눈에 갇혀서 나올 수 없는 상황이 된 거에요. 어쩌겠어요. 둘이서 아침부터 저녁까지 서로 껴안고 그곳에 머물렀어요. 눈 속에 파묻혀 있는데 달빛이 너무나 아름다웠어요."

"창문을 열고 달빛을 바라보는데 웬 사람들이 지붕 위에 있더라고요. 온 식구가 출동해서 지붕 위에서 눈을 치우고 있는 거예요. 눈 때문에 집이 무너질 수도 있거든요. 달빛을 받으며 지붕 위에 올라가서 눈 치우는 사람들 생각을 하면 지금도 우스워요. 마치 우크라이나가 배경이었던 뮤지컬 〈지붕 위의 바이올린〉의 한 장면 같다니까요."

나는 윤지와 함께 서울 광화문에 위치한 세종문화회관에서 〈지붕 위의 바이올린〉 뮤지컬을 보았다. 1964년 미국 브로드웨이 초연 후 최장 공연을 했던 대형 뮤지컬이다. 그리고 1974년 영화로 개봉되어 많은 사람이 기억하는 이 작품은 우크라이나 출신으로 미국으로 망명한 유대인 극작가 겸 소설가 숄렘 알레이헴 작가가 쓴 소설 《테비에와 그의 딸들》이 원작이다.

1905년 러시아 혁명 초기, 작은 유대인 마을에 사는 '테비에'가 주인공으로, 가난·핍박의 역경에도 전통을 지키면서 살아가는 유대인 가족 이야기다.

그곳 유대인 마을은 아버지와 어머니, 아들과 딸들이 태어나고 생활하고 자란 곳이다. 교회, 푸줏간, 시장에서 마을 사람들이 만나고 일상을 보내는 그 마을은 중매쟁이, 거지, 랍비 등 고국이 없는 사람들의 삶의 터전이다.

바이올린은 생존에 대한 은유이고 미래에 대한 상징이다. 아무리 어렵고 힘들어도 음악이 희망을 만들어줄 것으로 믿는다. 유대인 마을에 해가 뜨고 지고 지붕 위에서 한 남자가 바이올린을 연주한다. 지붕 위에서 바이올린을 연주하는 이유는 고향을 사랑하고 그곳에서 함께 살아가는 이웃을 사랑했기 때문이다.

〈지붕 위의 바이올린〉은 작품의 시작과 함께 그 연주자가 은유하는 것이 무엇인지 친절하게 알려준다. 지붕 위에서 바이올린을 켜는 연주자. 지붕 위처럼 위태로운, 당장 언제라도 쫓겨날지 모르는 현실 속에서 주저앉거나 추락하지 않고 자신의 연주를 계속할 수 있게 해주는 비밀. 즉, 자신이 누구인지를 잊지 않고 자긍심을 지키면서 살아갈 수 있는 비밀이 무엇이냐, 그건 바로 '전통'이고 사랑이다.

작품을 이끌어나가는 음악과 춤은 소박하지만 위엄 있고 건강하면서도 애수를 띠고 있다. 이 작품에서 대표곡 〈선라이즈, 선셋〉만큼이나 유명한 것이 남성군무인 결혼식 축하연의 보틀댄스이다. 남자들이 모자 위에 병을 올려놓고 기예를 부리듯이 추는 이 춤은 작가가 한 남성이 술에 취한 척하면서 머리 위에 술병을 얹고 춤을 춰서 흥을 돋우는 것을 보고 아이디어를 얻었다고 한다.

B는 애인과 함께 설악동 눈 속에 갇혀서 달빛 아래 눈 내린 경치가 아름다웠다고 했다. 아름답다고? 그는 애인과 같이 있어서 아름답다고 느꼈을 것이다. 나는 군대에 있을 때 밤새 지붕 위에 쌓인 눈을 치우던 생각을 떠올렸다. 그때 지긋지긋하게 느꼈던 생각을 하면 지금도 몸이 떨린다. 인간은 같은 장면을 보고 처한 상황에 따라 극과 극의 감정에 직면한다. 눈이 낭만적이라는 등식은 이루어지지 않는다. 낭만적이라니? 어림도 없다. 그러나 옆에 사랑하는 여자가 있었다면 아마도 달라졌을 것이다.

"둘이 껴안고 밤을 새웠다."

이를 좀 더 구체적으로 묘사해 보면 어떨까, 그녀가 입고 있는 옷은 어떤 색깔이었을까, 식사는 어떻게 해결했을까, 함께 술을 마셨을까, 영원히 함께할 것을 맹세했을까, 그때의 감정은 어땠을까. 그 후 그들은 어떻게 되었을까, 등등 궁금한 것이 많아진다.

　몸 이면에 정신을 감추고 있듯이 몸도 표면과 실체의 깊이를 갖고 있다. 한 인간을 실체화하려면 먹이고, 옷 입히고, 행동하고, 생각하고, 글 속에서라도 한 인간을 제대로 묘사해서 살리려면 많은 노력이 필요할 것이다.

　나는 첫사랑 희수를 떠올리며 생각했다. 달빛이 아름답고 세상이 아름다울 수 있는 것은 사랑하는 사람과 함께 있기 때문일 거라고. 세계에서 고립되어도 연인과 있으면 온 세계가 가득 차고 나에게 무관심한 군중 속에 있어도 외롭지 않을 것이다.

　옆에서 B의 말이 들려온다.

　"그때 본 달빛이 얼마나 아름답던지. 3일 만에 눈 속을 빠져나왔는데 걸으니까 다리가 휘청휘청하더라고."

　그의 말에 일행은 웃음을 터트렸다.

　"휘청거리게 된 이유가 달빛 때문만은 아닐 것 같은데요."

　그는 대답 대신에 씩 웃어보였다.

　물론 B가 말한 달빛이 얼마만큼 아름다웠는지는 그가 아니면 모른다. 내가 본 내 별들이 더 아름다울 거라는 생각이 든다. 그렇다면 내 별이 더 아름답다는 것을 무엇으로 어떻게 표현하지? 나는 그들의 대화에 끼어들려다 그만두었다.

　그날 밤 나는 내 방으로 돌아와서 노트북을 켰다. 그리고 첫 장면을 희수와 함께 바라보던 별빛에 대해서부터 시작해 보려고 했다. 대학교 1학년 때 희수와 함께 경기도 가평에서 여름 농촌봉사를 할 때였다. 고된 노동 끝에 우린 강가에서 밤을 보냈다. 일행이 모두 잠든 밤에 나와 희수는 숙소를 빠져나와 밤하늘을 바라보면서 별들의 잔치를 보았다. 그때 본 빛나는 별들이 내 가슴속에 반짝이고 있었다. 어두운 밤인데도 그녀 눈에 별이 들어 있었다는 기억이 남아 있다.

나는 내 머리를 풀가동해 그 장면을 묘사해 볼 작정이다. 강렬한 듯했는데 내 손은 움직이지 않고 그냥 그 자리에 머물러 있다. 자판 위에서 손이 움직이지 않는다. 언어란 얼마나 열악한가. 언어로 표현하는 순간 그 아름다운 별은 빛을 잃는다. 그윽한 검푸른 하늘에 은은히 빛나던 별빛, 그 고급스럽고 깊은 맛을 표현하기엔 역부족이다. 그때 내 사랑의 감정을 어떻게 원고지에 옮길 수 있을까.

노트북을 끄고 골프를 처음 배웠을 때를 떠올려 보았다. 초보시절에 물만 보면 이상하게도 그곳으로 공이 날아갔다. 마음을 다잡고 새로운 마음으로 다시 공을 쳤다. 새 공으로 잘 치고 싶었는데 이번에도 해저드에 빠트리고 만다. 애석한 마음으로 공이 날아간 호수 속을 들여다보니 하얀 공들이 밤하늘의 별들처럼 호수 안에 가득했던 기억이 난다.

누군가의 실패한 수많은 공들이 호수 안에서 잠자고 있었다. 결국 나도 해저드에 공을 선사함으로 물속에 별을 추가하고 말았다. 하늘 높이 떠 있는 별들은 누군가의 희망이어야 한다.

인간과 자연의 원초적인 만남인 지각의 체험이다. 작가인 나만이 지각의 실체를 원고지에 붙여 놓을 수 있다. 체험하지 않은 사람의 눈에 보이지 않는 것에 작가는 상상을 부여하여 자기가 본 것에 투영시킨다. 사람들의 지각을 움직여 공동의 언어를 만들어야 살아남는 작품이 될 것이다. 보이는 것과 작품에 묘사되는 것이 하나로 겹쳐져야 한다. 아! 어렵다. 내일 다시 도전해 보리라.

3

눈을 뜨자마자 침대 위에서 벽에 걸린 벽시계를 쳐다보았다. 아침 7시를 가리키고 있다. 커튼을 열어보니 사방이 하얀 눈이다. 여전히 눈이 내리고 있다. 창문을 열고 베란다에 나가면서 눈을 비빈다. 새벽 3시에 잠들어서 7시에 깨었으니 4시간을 잔 것이다. 손가락을 세우고 베란다에 쌓여 있는 눈 속으로 팔을 집어넣었더니 손목까지 들어간다. 베란다에 20센티 넘는 눈이 쌓인 것이다.

침대 위에 누워 잠시 눈을 감고 있다가 눈을 떠보니 7시 20분이다. 세면장에서 양치질을 하면서 거울을 보니 이곳에 처음 왔을 때보다 수척해진 내 얼굴이 보인다. 담배를 많이 피우고 커피를 많이 마신 탓인가? 잠을 설친 탓일까? 희수를 생각하면서 혼자서 운동을 많이 한 탓인가?

낮 12시. 식당으로 내려가니 아무도 보이지 않았다. 제일 먼저 도착한 것이다. 메뉴는 돼지고기 두루치기와 미역국이다. 창가에 자리를 잡고 앉으니 아침식사 때보다 많은 사람이 나타난다. 옆방 412호 안경 쓴 천 작가도 보인다. 40대인 그는 문학계에서 주목하는 아이콘이다. 그가 씩 웃으며 옆에 앉았는데 잠을 자지 않았는지 얼굴이 부스스해 보인다.

점심식사를 하고 밖으로 나오니 눈이 그쳤다. 점심식사를 마치고 박 선생이 걷자고 해서 세 명이 나온 것이다. 20분쯤 걷다가 오른쪽에 보이는 작은 다리를 건넜다. 아무도 가 보지 않은 설원이 펼쳐진다. 길은 눈 속에 파묻혀서 어디가 어딘지 알 수 없다. 사방이 눈밭이다. 가로등을 따라서 걸었다. 가로등이 없었다면 그곳이 길이란 걸 몰랐을 것이다.

앞서가던 박 선생이 하얀 눈밭으로 성큼 발을 들여놓는다. 박 선생은 이곳이 처음이 아니다. 이곳 만해마을 지리에 밝다. 설원에 들어서자 발이 푹신하게 눈 속으로 빠져든다. 일행은 감탄하는 표정을 지으면서 말없이 걸었다. 각자 눈을 밟는 순간의 표현도 촉감도 다르겠지, 물론 묘사도 다를 것이다. 나는 이곳에서 아무도 가 보지 않은 길을 걸으면서 눈과의 대화를 이어가리라 결심한다.

박 선생은 르포 작가인데 쾌활하고 붙임성이 있다. 나보다 세상에 대해서 더 많이 알고 있는 듯했다. 그는 만주일대 연해주에 여러 번 다녀왔다고 했다.

"겨울에 시베리아 횡단열차를 타면 설원이 멋있어요. 하얼빈에서 만주로 오는 도중에 커다란 늪이 있는데, 늪을 지나치는데 40분이나 걸려요."

그의 말에 나는 감탄하지 않는다. 비슷한 경험이 없어 공감 능력이 작동하지 않는 것이다. 영화 〈닥터 지바고〉에서 설원을 달리는 열차를 본 것 정도다. 진정으로 감탄하지 못하는 원인은 영화에서 본 간접적인 경험과 스스로 겪은 경험이 천지 차이이기 때문이다.

일행은 눈 속에서 솟아오른 가로등을 따라 걷고 있다.

"만해마을 하면 먼저 흰 눈이 생각나요."

내가 말하자 박이 대답한다.

"여름이면 별이죠."

옆에서 물소리가 들려온다. 세 사람이 걸어가는 눈밭 좌우로 계곡이다. 백담사 계곡에서 흘러내려오는 물이다.

아무도 걷지 않은 눈밭을 30분 걸었을까. 그 자리에 서서 뒤를 돌아보았다. 솔밭에 눈꽃이 날리고 있다. 다시 눈꽃이 날리자 나무가 보이지 않는다. 솔밭 전체가 뽀얗게 변하고 있다.

만해마을에 도착하여 일주일이 지났다. 첫째 날은 늦게 일어나서 8시 시작인 아침식사를 못 먹었고, 둘째 날은 아침식사를 했으나 낮에 피곤했는데, 이제는 적응이 된다. 침대 위에서 눈 뜬 것이 7시 50분. 어제는 밤 12시까지 텔레비전만 보다가 잠이 들었다.

식당에 내려가니 8시 10분. 아침 식단은 쇠고기 국에 고등어조림, 두부조림이다. 젓가락으로 고등어조림을 집어 드는데 맞은편에 앉은 조 시인이 입을 열었다. 그녀는 등산을 좋아한다고 한다.

"나, 오늘 백담사 올라갔다 오려고 해요."

"예? 이런 눈길에요? 위험할 텐데요."

이런 날 혼자서 등산이라니 엉뚱하다.

"시간이 얼마나 걸리는데요?"

"두 시간 쯤 걸릴 것 같아요."

"예?"

두 시간이나 걸린다니 더 이상 할 말이 없다. 산길은 눈에 덮여 보이지도 않는다. 이런 눈길에 왕복이면 몇 시간 걸릴까? 아무리 산을 좋아한다지만, 더구나 여자 혼자서?

"가다가 못 가면 내려오죠. 지난번엔 혼자 올라가다가 산에서 멧돼지를 만났어요. 한두 마리가 아니고 떼로 나타난 것 있죠."

설악산에 멧돼지가 나타난다고 해서 이상할 것 없다. 내가 놀란 건 멧돼지 출현이 아니라 폭설로 전국이 난리이고 텔레비전에서도 입산금지라고 하는데 설악산에 혼자 올라가겠다는 그녀의 무모함이고 그녀의 용기였다.

식당에서 나오는데 먼저 나온 조 시인이 백담사에 전화로 올라가도 되는지 물어보고 있다. 산으로 올라간다는 말이 없는 것 보니, 백담사에서 위험하니 올라오지 말라고 한 것이 분명했다. 그녀는 이곳 지리를 잘 알고 있는 듯하다.

"이곳 만해마을에 몇 번 왔었느냐?"고 내가 물어보니 지난달에 처음 왔다고 했다. 나도 이곳에 한 달 있으면 저렇게 될까. 무모함인가. 여기에서 같이 시간을 보내다 보면 그녀의 정체를 알게 되겠지. 그녀도 서로를 알아가는 과정이라고 여기며 내 그런 행동을 간파하고 있겠지만.

4

문인의 집 413호. 복도 끝에서 세 번째가 내 방이다. 창가로 햇살이 비쳐들고 있다. 방금 끓인 커피를 마시며 베란다 창문을 열었다. 계곡에 눈이 쌓여 있다. 소나무 위에 있던 눈은 보이지 않는다. 날씨가 푹한 탓이다. 컴퓨터를 켜고 USB를 꽂았다. 이제부터 작업이다.

246

책상 앞에 앉았다. 바닥에는 원고들이 그대로 흩어져 있다. 이를 행동으로 묘사하려면 어떻게 할까 하고 고민하다가 담배를 찾는다. 첫사랑 희수를 생각하며 썼던 습작노트를 열어보았다.

눈이 내리고 있었다. 준석은 주차장에 차를 세우고 사무실로 향했다. 순간 눈길에 미끄러워 넘어졌다. 땅을 짚었던 손으로 무릎에 묻은 눈을 툭툭 털어냈다. 3월도 중순이 지났는데 웬 눈인가. 춘설은 서설(瑞雪)이라고 했다. 봄에 눈이 많이 내리면 그해 농사가 풍년이 든다고도 했다. 좋은 뜻이지. 사람들 표정도 밝아 보인다. 그럼에도 준석은 즐거운 기분이 아니다.

희수 가족이 미국으로 이민을 간다고 했다. 떠난다는 말에 이러지도 저러지도 못하고 있다. 어린이처럼 감정적으로만 생각할 수 없었다. 이젠 성인이 되었으니 자신의 거취는 알아서 챙겨야 한다. 속수무책이라는 말을 실감한다.

"준석 씨가 가지 말라고 하면 가지 않을게."

준석은 희수에게 아무 말도 하지 못했다. 아니 할 수가 없었다. 마음은 '가지 마'라고 하고 싶다. 하지만 지금으로서는 할 말이 없다. 대책 없이 잡을 수는 없지 않은가? 그녀도 알고 있다. 현실에서 그가 할 수 있는 일은 없다는 걸. 그때 희수를 잡았으면 지금 상황이 어떻게 달라졌을까? 애달픈 마음을 억제하고 희수는 가족과 함께 미국으로 떠났고, 그는 해병대에 지원 입대했다. 대학교 2학년 때였다. 자포자기였는지 사회에 대한 오기였는지 모른다. 무조건 그 자신을 학대하고 싶었다.

창밖을 내다보니 아침에 내린 눈으로 길이 질척인다. 나는 산책을 하려다 그만두고 구내식당으로 향한다. 구내식당에서 카레 냄새가 난다. 식욕을 자극한다.

점심을 먹고 자판기 커피를 빼 들고 사무실로 향한다. 딴 생각을 하다 문턱에 걸려 넘어진다. 감색바지에 커피를 쏟았다. 혀를 차며 종이컵을 휴지통 속으로 던진다. 날아간 종이컵이 휴지통에 맞고 밖에 떨어진다. 허리를 굽혀 집어서 휴지통 속에 집어넣는다. 사소한 일에 신경이 거슬린다.

대학교 입학 후 첫 미팅 때였다. 파트너를 구하지 못해 쩔쩔매던 나는 하숙집 딸을 꼬여서 미팅에 참석했다. 그녀가 마음에 들지 않았으나 혼자 갈 수 없어 부탁해서 참석한 자리였다. 그런데 내 친구 파트너로 온 여학생과 통성명을 하다가 깜짝 놀랐다. 세상에 이렇게 아름다운 여자를 본 적이 없었다. 친구는 사촌 여동생이라고 했다.

그녀의 이름은 조희수. 처음 그녀를 본 순간 정신이 번쩍 드는 것 같았다. '눈이 부시다'라는 말을 자연이 아닌 사람에게서 발견하는 순간이었다. 그녀의 눈을 똑바로 쳐다볼 수가 없었다. 촉촉한 눈빛, 부드러우면서도 화사하다는 느낌을 주는 얼굴이었다.

소나기 후 뜬 무지개 같다고 설명할까. 그 빛을 어떻게 묘사해야 그녀와 어울리는 표현일까. 도대체 이런 느낌은 무엇이며 어디서 오는 것일까. 나는 순식간에 그녀에게 빨려 들어갔다.

그날 그녀에게 넋이 빠져 있어서 친구가 옆에서 부르는 소리에도 제대로 대답하지 못하는 실수를 하기도 했다. 실수는 그것뿐이 아니었다. 같이 간 하숙집 딸인 누나에게도 큰 실수를 했다. 사정사정해서 모시다시피 데리고 간 하숙집 딸을 의식하지 못했기 때문이다. 허둥거리느라 그 누나가 언제 갔는지, 인사는 물론이고 함께 있었는지조차도 기억할 수 없었다. 그 후 그 하숙집 누나는 나를 보면 외면하곤 했다.

다음 토요일 정오. 충무로 대한극장 옆에 있는 커피숍에서 그녀를 만나기로 약속했다. 둘이서 학교 도서관으로 갔다. 소나무 숲으로 둘러싸여서 조용한 곳이다. 소나무 숲을 지나면 은행나무 숲이 있었다. 두 사람은 나란히 앉았다. 내려다보이는 호수를 보기 위해서지만 같은 자리에 앉아서 같은 곳을 바라보는 것이 더 즐거웠다. 아니 그보다도 그녀의 체취를 느끼고 싶었다는 말이 맞을 것이다.

점심을 먹고 방으로 올라왔다. 베란다에서 담배를 피우고 있는데 건물 지붕에 쌓였던 눈이 녹아서 물이 뚝뚝 떨어지고 있다. 방으로 들어와서 커피를 마시며 컴퓨터 작업을 하는데 벨이 울렸다. 서울에 있는 윤지였다.

"준석 씨 그곳에서 지내기는 어때?"

"응, 좋아."

"바다 얘기 이메일 보냈어."

윤지의 목소릴 들으니 반갑다.

"이메일보다 윤지 씨가 직접 왔으면 좋았을 텐데."

"막 까불고 있어?"

윤지가 웃는 소리가 들렸다.

"보고 싶다는 말인데."

내가 이곳으로 오도록 적극적으로 권한 사람이 윤지였다. '보고 싶다'는 말을 듣고 그녀의 속마음이 어땠을지 생각한다. 전화를 끊으면서 윤지가 했던 말을 다시 떠올려본다.

"눈 내리는 날, 네가 그곳에 간 건 행운이고 축복이야."

나는 눈 쌓인 산을 바라보면서 혼자 대답한다.

"맞아. 널 만난 것부터 내겐 행운이고 축복이야. 예쁜 윤지, 우리 생애에서 치열해 보자. 소설과 사랑에서!"

엄윤지, 그녀도 소설을 쓰고자 하는 처지이니 내가 옛 연인을 불러온들 상관하지 않겠지? 나는 다시 첫사랑 희수를 생각하며 썼던 습작 노트를 열었다.

사랑의 계절.

희수와 준석은 은행나무숲이 있는 호숫가로 산책을 갔다. 은행나무숲은 사람들이 별로 다니지 않아 두 사람을 위한 호젓한 장소처럼 생각되었다. 노란 단풍잎이 발목까지 쌓여 있어서 걸을 때마다 푹신푹신했다. 희수가 준석을 보고 웃었다. 순간 그녀가 기우뚱거렸다. 은행나무 잎이 습기로 미끄러웠던 것이다.

준석은 희수를 잡아주었다. 이 여자를 안고 쓰러져 버릴까? 그녀를 안고 넘어지는 생각만으로 행복했다. 준석의 음모를 모르는 채 희수가 고개를 숙였다.

"고마워요. 넘어질 뻔했어요."

"넘어지면 좋았을 걸 하하…."

"넘어지는 것이 그렇게 재미있어요?"

희수가 얼굴을 찡그리며 말했다.

준석은 찡그리는 희수를 보며 영화에서처럼 서로 껴안고 뒹굴면 좋겠다는 생각이 들었다. 그렇게 되면 노란 은행나무 단풍잎 속에 파묻힐 것 같았다. 노란 은행잎 이불을 뒤집어쓰고 함께 누워버린다면 얼마나 좋을까?

그렇다고 자신이 상상한 음모를 말할 수는 없었다.

"영화 한 편 찍고 싶다는 생각을 했거든요."

"네에?"

싱거운 사람도 있다는 듯 준석을 바라보며 이마를 찡그렸다.

잎을 떨군 나뭇가지 사이로 푸른 하늘이 입가로 와 닿을 것처럼 짱짱했다. 준석은 희수를 보고 웃었고, 희수도 덩달아 웃었다. 행복한 감정도 전이되고 웃음도 따라 전이되었다. 두 사람은 크게 웃을 일도 없는데 웃었고 웃을 줄만 아는 사람들처럼 웃음이 헤퍼졌다.

희수가 눈을 가늘게 만들며 말했다.

"그대로 멈춰라! 놀이를 하고 싶네요."

"마법에 걸려서 영영 풀리지 말았으면 …."

"아! 그것도 조금만 더 깊이 생각하면 무서운 일이야. '영원히'라는 단어는."

희수는 준석에게 말했다.

준석은 그녀가 말한 '영원히'라는 단어를 떠올렸다. 보르헤스의 《죽지 않는 인간》을 읽었기 때문이다. 행복한 순간이 멈추어 버린다면 좋을 것이다. 하지만 고통스런 순간이 영원히 계속된다면 무섭다. 무서운 정도가 아니라 영원한 지옥이고, 공포 그 자체이다. 그저 지금 이대로가 좋다. 인간의 열망대로 이루어지게 했다면 인간의 세계는 무너졌겠지. 인간에게 '영원히'라는 것은 자신을 수없이 복사하는 자식 만들기다. 하지만 다른 차원에서 보면 같은 인간으로 복사한 것처럼 보여도 다른 개체인 것을.

5

오후에 식당에 내려가니 모두들 창가에 앉아 저녁식사를 하고 있다. 경치가 잘 보이는 창가 자리가 정해져 있는 것도 아니고 누가 시킨 것도 아닌데 저절로 그렇게 앉게 된다. 직원들은 우리를 부러운 눈으로 바라보며 모두들 잘 대해 준다. 직원들이 볼 때 '척'하는 패거리로 비칠까 봐 조심스럽다. 다음 주부턴 이곳 직원들과도 격의 없이 지내도록 노력할 필요가 있겠다는 생각이다.

창가 자리에 처음 보는 얼굴이 앉아서 식사를 하고 있다. 나중에 알고 보니 그의 이력이 특이했다. 40대 초반으로 한의사 일을 그만두고 출판사를 운영하는 아동문학가였다. 그는 자신의 정체를 본인 입으로 드러내지 않았다. 그러나 대화하면 은연중 그의 정체가 드러나기 마련이다.

412호 천 작가는 아직도 보이질 않는다. 어제부터 보이지 않는데 저녁 식사하러 오지 않아서 '어떻게 된 거냐'고 옆자리에 있는 박 선생에게 물었더니, 잘 모른다고 가볍게 대답하곤 더 이상 관심을 보이지 않는다. 다혈질이고 다른 사람들과 친화력이 있는 박 선생마저 그렇게 무관심할 줄 미처 몰랐다.

여기 모인 작가들은 독특하다. 개성이 뚜렷하고 발상이 독창적이다. 그러면서 상대방에게 마음을 열지 않는다. 천 작가는 서울에 갔을 것이다. 밤에 옆방에 불이 켜지는지 아닌지 보면 알 것이다. 상당히 매력 있고 재미있는 친구다. 그는 독불장군인가? 엘리트주의자인가? 독선자인가? 아니면 천재인가?

밤 11시. 베란다에 나가니 바람이 세차다. 담배를 물고 412호 유리창을 보니 불빛이 꺼져 있다.

계곡을 따라 물 흘러가는 소리가 들려온다. 낮에는 물 흘러가는 소리를 듣지 못했다. 계곡을 타고 지나가는 바람 소리일 것이다. 베란다 문을 닫고 컴퓨터 앞으로 걸어가는데 뭔가 발에 걸려서 방바닥 위에 엎어진다. 방바닥에 깔린 원고 위에 놓아둔 물이 담긴 종이컵이었다. 식당에서 가져온 종이컵인데 물을 절반 채우고 담뱃불을 끌 때 사용하던 것이다. 원고지 위에 엎질러진 담배꽁초와 물을 닦아내고 원고지를 한 장 한 장 펼쳐서 방바닥에 깔았다. 나는 사소함에서 교훈을 얻는다. 덤벙대지 말라고, 발밑을 조심하라고.

밤 12시가 넘었다. 이제 잘 시간이다. 첫사랑 희수를 꿈속에서 만나고 싶다. 나는 커피를 한잔 마시면 잠이 잘 온다. 커피포트의 스위치를 올린다. 커피를 들고 베란다로 나간다. 이날은 다른 날과 달리 커피를 마셔도 잠이 오지 않는다. 결국 나는 잠을 포기하고 컴퓨터를 켰다. 희수와의 추억을 떠올리다보니 글로 남겨야 할 것 같았다.

희수를 만난 지 6개월이 지나고 우리는 처음 여행을 떠났다. 준석은 갖가지 상상과 들뜸으로 잠을 설쳤다. 새벽부터 서둘러 터미널에 도착했다. 그녀를 위해 준비할 것이 있을 것 같았다. 카메라 손질을 미리 해두는 것도 잊지 않았고, 혹시 잊은 것이 있으면 미리 터미널에서라도 준비해 두는 것이 좋을 것 같았다.

새벽시장을 다녀온 꽃 장사 아주머니가 붉은 물통에 담긴 장미 다발을 손질하고 있었다. 조심스럽게 다가가 장미꽃 한 송이를 샀다. 여행에서 많이 사는 것도 불편할 것 같아서였다. 좀 부끄러웠다. 여행 가방 뒤로 꽃을 숨기고 그녀를 기다렸다.

방금 샤워장에서 나온 여자처럼 싱그러운 모습을 한 그녀가 나타났다. 감색 반코트에 무채색 구름무늬 머플러가 목 앞뒤로 흘러내렸다. 커다란 눈에 팔랑거리는 생머리를 뒤로 젖혀 보였다. 촉촉한 눈빛의 그녀는 나를 보자 가지런한 이를 드러내며 환하게 웃었다. 그날따라 희수가 그렇게 아름다워 보일 수가 없었다. 내가 이렇게 예쁜 여자의 남자라니! 준석은 그녀가 자랑스러웠다. 머루알처럼 까만 눈동자가 기쁨으로 물들어서 그녀의 눈은 더욱 반짝였다.

그때 그 눈을, 사람들은 내가 느낀 그대로 '머루알'이라는 표현에 공감할까. 화장기 없는 맨 눈, 잘 익은 머루알을 본 사람만이 알 것이다. 어쨌든 나만의 언어로 묘사할 수밖에 없다.

준석은 쑥스러운 표정을 짓고 꽃을 내밀었다.

"어머나! 뜻밖이에요."

희수는 장미꽃을 코에 대고 눈을 감으면서 냄새를 맡았다. 그리고 베이

지색 커다란 가방에 장미를 꽂고는 그에게 가방을 들어 보였다. 준석은 그런 모습이 귀여워서 저절로 웃음이 나왔다. 작은 것에 있는 행복이 이런 것이구나 하는 생각이 들었다. 목적지로 가면서 희수는 내내 종달새처럼 지저귀고 있었다.

가을 바다가 태양 빛으로 붉게 물들어가고 있었다. 사람들은 보이지 않는다. 하얀 파도가 맹렬한 기세로 달려들다가 두 사람 앞에서 스르르 사그라진다. 바닷바람이 희수의 머리카락으로 준석의 얼굴을 때리고 있었다.

준석은 뒤에서 헝클어진 희수의 머리카락을 두 손으로 부드럽게 쓸어내렸다. 희수가 천천히 돌아섰다. 준석도 따라 돌아섰다. 그리고는 둘은 서로 손을 잡고 해안에 있는 소나무 숲을 향해 걸었다. 바람이 등을 떠밀어 주었다.

소나무 숲 사이를 천천히 걸었다. 준석은 담배를 입에 물면서 성냥갑을 그녀에게 건네주었다. 왼손으로 바람을 막으면서 성냥불을 켰지만 자꾸 꺼졌다. 준석이 점퍼를 벗어 머리위로 깊숙이 눌러쓰고 그녀를 불러들였다. 그녀 손이 담배를 물고 있는 준석의 입술로 다가온다. 그 작은 텐트 속에 둘의 숨결이 출렁이고 아무것도 보이지 않았다.

온 우주와 시간이 정지되고 있었다. 자신들의 부피도 없어져 버렸다. 점퍼 속 어둠은 둘만의 공간을 지속시켜 주었다. 커다랗게 뛰는 두 사람의 가슴만 있을 뿐이었다. 준석의 가슴 뛰는 소리가 파도소리보다 더 커지고 있었다.

준석의 입술이 희수의 입술에 닿았다. 입맞춤은 커다란 지각변동을 일으

켰다. 지구는 움직이지 않았으며 오직 둘만이 존재하고 있었다. 두 사람이 합쳐짐으로 생긴 에너지는 준석에게서 희수에게로, 발끝에서 머리로, 다시 머리에서 발끝으로 곤두박질치고 있었다.

소나무 숲에서 두 사람은 하나의 나무가 되어 있었다. 두 그루로 존재하면서도 하나인 연리지(連理枝)가 된 것이다. 같은 땅을 딛고 서서 뿌리는 서로 다르지만 두 나무의 가지들이 합체되어서 수액을 서로 주고받으며 함께 사는 나무, 준석은 희수로 인해 자신의 삶이 새로운 의미로 다가오게 되리라는 것을 느끼고 있었다.

준석은 희수의 머리에서 바다냄새를 맡으며 그렇게, 얼마동안 서 있었는지 기억이 나지 않았다. 바다에는 어둠이 밀려왔고 바다 바람은 거세어졌다. 바닥에 떨어진 점퍼를 주워 희수에게 입혀주며 준석은 희수의 얼굴을 보며 웃었다.

정지된 시간이 천천히 다시 움직이기 시작했다. 갇힌 시간에서 해제될 즈음 준석은 희수와 함께 걸었다. 추위를 막아줄 수 있는 곳, 그곳이 그들의 낙원일 것이었다. 두 사람은 불빛을 찾아서 그들만의 새로운 세계를 찾아가고 있었다. 모텔 직원은 특별히 주문하지 않아도 바다가 보이는 방으로 안내했다. 해는 이미 자취를 감춘 뒤였다.

처음 희수와 여행을 계획할 때 준석은 바다 속으로 장엄하게 투신하는 일몰을 보아 두리라 작정을 했었다. 눈 속에는 아름답게 지는 태양을 잡아두고 두 사람의 추억과 함께 두고두고 기억하리라. 그러나 두 사람은 결국 일몰을 보지 못했다. 소나무 숲 속에서 서로의 아름다움에 취해 태양이 혼자 바다 속으로 투신하도록 내버려 둔 것이다.

준석은 희수에게 말없이 다가갔다. 그녀의 침묵을 깨고 싶지 않았다. 등 뒤에 서서 같은 하늘을 바라보고 있을 뿐이었다. 준석은 그녀의 어깨에 손을 얹고 다독거렸다. 다시금 가슴이 뛰는 소리가 그의 귀를 때렸다. 동시에 그의 에너지는 넘쳐나고 있었다. 그때 희수가 손가락으로 하늘을 가리키며 입을 열었다.

"하얀 달이네."

그녀가 가리키는 하늘을 보았다. 그녀의 말처럼 달이 하얗게 떠 있었다. 준석은 두 손으로 그녀 어깨를 잡고 천천히 돌려세웠다.

"어떻게 하지? 우리 … ."

희수는 아무 말도 하지 않았다. 그도 말이 필요한 것은 아니었다. 얼마나 오랫동안 그렇게 서로의 눈을 들여다보고 있었을까.

상대의 숨소리, 살갗이 부딪치는 미세한 떨림, 그 떨림만이 자신이 살아 있다는 것을 느낄 수 있게 했다. 자신이 어디에 있는지 알 수 없고, 또 알 필요도 없었다. 자신들의 존재감이 없어져 버렸다. 존재감의 소멸과 함께 열정은 점점 치솟고 있었다. 신이 준 찬란한 젊음이 시작되고 있었다. 사랑하지 않고는 견딜 수 없는 젊음이었다.

낮은음자리처럼 맑은 저음으로 변했고, 몸 부딪치는 소리의 침입으로 방안 공기가 소용돌이쳤다. 두 젊음은 서로를 없애버리기라도 할 듯이 스며들었다. 그러다가도 잠시 멈추었다. 약속이나 한 듯이 둘이 동시에 외쳤다.

"Don't Move!"

잠시 서로의 몸의 감촉을 새겨두고 싶었다.

"오빠, 지금 이 순간을 잊지 않게 해 두고 싶어요."

희수가 말했다.

"오빠?"

준석의 말에 희수가 예쁘게 웃었다. 그동안 '준석 씨'에서 '오빠'로 바뀌었다.

열정을 발산하고 난 후의 달콤한 휴식시간이었다. 준석은 담배를 피워 물고 긴 숨을 토했다. 그리고 옆에 누워 있는 그녀의 머리를 쓰다듬으며 생각에 잠겼다. 지금 희수에게 무엇이든지 주고 싶다. 그런데 어떻게, 무엇을 주어야 하는가?

사랑은 소유인가? 소유한 사랑은 진부한가? 모든 본능은 에로스인가? 세상에서 가장 아름다운 것만을 원하는 사랑, 가장 귀중하다고 생각하는 사랑이 에로스적이라고 한다면, 지금 자신이 하고 있는 사랑이 가장 바람직한 것 아닌가? 신이 맨 먼저 대지와 에로스가 생겨나게 했다면…. 준석은 희수에게 아름다운 것만 보게 해주고 싶고, 착한 모습만 보여주고 싶었다. 그리하여 자신들로 하여금 아름다운 세상을 만들었으면 더욱 좋을 것 같았다.

지금 희수에게 있어 어떤 사랑이 그녀를 위한 최선인지 그는 알 수가 없었다. 그녀를 사랑하고 싶다? 솔직히 그녀를 갖고 싶다는 말이 맞다. 귀중한 보물처럼 아끼고 싶다. 진정한 사랑이 주어야 하는 것, 그렇다면 지금 희수에게 무엇을 주어야하는가? 무엇을? 희수는 내게서 무엇을 원할까?

아직 멈추면 안 된다. 너에게로 가야 한다. 희수, 너는 소중해….

나는 계속해서 자판을 두드렸다.

6

눈을 감으면 희수 얼굴이 떠오른다. 그리움이 밀려오며 가슴이 자꾸만 아파온다. 그런데도 막막하다. 그녀가 어딘가에 살아 있고, 그 주소지를 안다고 해도 나는 어떻게 하리란 계획도 각오도 없다. 지금 목울대로 차오르는 이 통증, 그녀의 고통을 한 번도 막아주지 못했고, 지금도 어쩌지 못하고 있다. 그러나 나의 몸 한 부분을 희수에게 뚝 떼어주고 싶다. 그녀가 살 수만 있다면 그렇게 하고 싶다.

내 첫사랑 이야기를 쓰겠다고 마음먹은 것은 처음으로 겪은 신비한 체험이기 때문이다. 그녀가 남긴 흔적, 아니 그녀가 내게 역사의 한 장면을 장식한 날이다. 그냥 흘려보내기에 너무나 아깝다.

소설 쓰는 이유를 정의해 보면 소설은 자신의 삶을 뒤돌아보게 되는 자기 인식이다. 오이디푸스, 햄릿을 보더라도 그 끔찍한 줄거리가 인간에게 왜 필요한가. 무서운 운명도 바로 나의 운명일 수 있다. 그때 나라면 어떻게 대처할 수 있을까 하는 공포나 연민의 눈으로 바라본다. 우리는 많은 예술이나 문학작품에서 삶의 지혜를 얻을 수 있다.

내가 이곳에 온 목적을 아무에게도 말하지 않았다. '사랑'에 관한 소설 한 편을 완성하기 위해서다. 각자 누구나 사랑을 한다. 그러나 내 사랑을 특별하다고 표현하려면 보이지 않는 나만의 사랑을 말해야 한다. 누구나 부러워할 사랑을 한 번쯤 꿈꾸기 마련이다. 나 역시 사랑을 꿈꾸며 동경했다. 그런데 동경이 지나쳤던 것일까?

나는 왜 사랑 이야기에 집착하는가. 예술의 목적은 사람들에게 감각적 쾌감을 주는 것이란 생각에서다. 특히 소설은 목적이 진리가 아니라 사랑이 주는 즐거움이란 생각이다. 철학에서도 사랑에 대한 미학이 주는 의미가 많은 자리를 차지하고 있지 않는가.

나는 대학교 1학년 때 만났던 희수의 여린 얼굴을 다시 떠올렸다. 그녀를 통해서라면 내 상상을 충분히 발휘할 수 있을 것 같았다. 스페인 작가 세르반테스가 소설 《돈키호테》에서 만들어 놓은 세계는 상상 속에 존재하는 환상의 세계였고, 그것은 세르반테스가 지향하는 세계이기도 하다.

17세기 스페인 라만차 마을에 살고 있는 한 남자는 스스로를 '돈키호테'라고 칭하고 하인과 함께 모험을 떠난다. 돈키호테는 하인 산초에게 둘시네 공주를 찾아가 자신의 편지를 전해 달라고 한다. 둘시네 공주란 돈키호테가 잠시도 잊은 적이 없는 환상 속의 공주였다.

나도 세르반테스처럼 내 안에 '둘시네 공주'를 설정해 놓는 것도 나쁘지 않을 것이다. 실체에다 상상을 덧붙여 내가 원하는 연인을 만들어 놓고 소설을 시작한다.

사랑에 대한 이야기를 쓰자면, 내가 써야 할 이야기가 하나 더 있다. 한 남자의 이야기이다. 서초동 국립도서관에서 알게 된 남자였는데 어느 날, 남자는 자기 이야기를 들어달라고 내게 부탁했다. 사랑에 대한 얘기였다. 이야기를 마친 남자는 자기 이야기를 써 달라고 간곡히 부탁했다. 6년 동안의 이야기였는데 형식은 소설이든 자서전이든 알아서 쓰라고 했다.

여자와의 첫 만남은 '이메일'로 시작됐다고 했다. 남자에게 들은 이야기를 잊어버리기 전에 끝마쳐야 한다. 물론 이야기를 들을 때마다 수첩에 휘갈겨 적은 게 있지만 지금은 아무런 도움이 되지 못한다. 내가 적은 것이었지만 무슨 글자인지 알아볼 수가 없다. 속기로, 그것도 암호 형식으로 축약시켜 놓은 것이어서 아무도 알아볼 수가 없다. 이럴 때 상징과 기호는 아무런 쓸모가 없다. 그걸 해독하기란 거의 불가능하다. 무시해 버리고 처음부터 새로 시작하는 게 좋을 것 같다. 나는 기억을 더듬어 써 내려가기로 했다.

요즘은 밀리언셀러를 자랑한 천 작가처럼 나도 노력만 하면 저 위치에 설 수 있겠다는 생각이 든다. 꿈같지만. 최상의 기량을 갖추고 정말 최선을 다한다면.

침대에 누워서 유리창으로 들어오는 달빛을 바라보고 있다가, 일어나 베란다로 나갔다. 계곡 물소리인지 바람소리인지 모를 '쏴쏴 졸졸' 말로 표현하기 애매한 소리가 베토벤의 〈월광〉처럼 들렸다.

자서전을 부탁한 그 남자 이야기는 감이 잡히지 않는다. 결국 내 이야기를 쓰는 수밖에 없다.

7

"여기 모인 작가들은 공통점이 있네요. 모두가 문학창작과를 나오지 않았다는 것."

르포 작가인 박 선생이 말했다. 그 말이 맞았다. 여기 모인 작가들의 공통점은 문창과를 나오지 않았다는 것이다. 박 선생은 파란만장한 삶을 살았다. 그의 삶은 한 편의 드라마였다. 처음 만났을 때 어떤 이야길 하던 도중에 그가 불쑥 말했다.

"저는 초등학교밖에 나오지 않았어요."

그러면서 검정고시 출신이라고 했다. 학교를 다니고 싶은데 가정 형편이 어려워서 독학으로 중학교 검정고시와 고등학교 검정고시를 통과했고, 대학교는 입학하지 않고 K대학교에서 청강으로 3년간 공부했다고 한다. 대단한 사람이다. 그는 글을 쓸 때는 몸을 의자에 묶어 놓고, 며칠이고 밤을 새워 글을 쓴다고 했다. 그의 결기가 부러웠다.

박 선생은 북한에 다녀온 죄로 7년간 감옥에 있었다고 했다. 북한은 일본, 중국을 거쳐서 들어갔다. 들어간 목적은 글을 쓰는 데 필요한 자료를 얻기 위해서였다. 감옥에 있으면서 700여 명 죄수들의 항소장을 써 주었다. 북한에서 돌아올 때 일본에서 한국으로 돌아오지 않고 영국으로 망명하려고 생각했었다고 한다.

그는 정의롭게, 부끄럽지 않게 살려고 노력한다고 했다. 그는 조직의 감투나 직책을 싫어했다. 글쓰기에 바쁜데 어쩔 수 없이 '작가회의' 사무국장을 잠깐 했다고 한다.

박 선생이 이북이야기를 소설로 썼는지는 모른다. 아직 내 주변에서 이북이야기로 베스트셀러에 올랐다는 소식은 듣지 못했다.

아무리 북한을 다녀왔지만 글쓰기는 겉핥기식의 아우트라인으로 전개될 것 같았다. 박 선생은 영원히 벗어날 수 없는 세계, 자유가 있는지도 모를 대부분의 이북 사람들의 고통을 모를 것이다. 언제고 피신할 곳이 있는 사람과 없는 사람의 차이는 희망과 절망이라는 단어만 존재할 것 같다.

일시적으로 고통의 세계에 들어간 외부사람들의 고통을 묘사해 봤자 공감은 가당치 않다. 탈출할 기회도 의지도 없이 절망에 빠진 사람을 어떻게 안단 말인가. 구경꾼에 불과한 작가는 언제고 탈출할 수 있는 차선책이 있을 것이고, 현지 북한 노동자들은 새로운 세계에 대한 동경도, 꿈도 없을지도 모른다. 살아보지 못했으므로 가상의 세계나 영화 속 이야기에 불과할 것이기 때문이다. 아무리 천재라도 자신의 불안했던 상황은 묘사할 수 있겠지만 그들의 내면세계에는 접근하지 못할 것이다. 그런데 내 생각은 틀렸다. 후에 알고 보니 그는 유명한 작가였다.

천 작가는 아는 문인들이 많다. 그만큼 작품이 뛰어나고 재능이 있다는 말이다. 발상이 신선하고 똑똑하다. 그의 작품이 프랑스어로 번역되어서 프랑스 다녀온 얘기 등을 들으면 놀랍다. 그리고 많은 걸 알고 있다. 분명히 배우고 따라야 할 점이 있다. 인생의 아이러니를 간파하는 타고난 재주가 있다.

"대학교에서 문창과만큼 웃기는 것도 없어요. 나는 문창과 교수들이나 원로들은 믿지 않아요."

그의 당당한 태도가 마음에 든다.

"문학계만큼 폐쇄된 조직이 없어요. 영화만 하더라도 얼마나 오픈되고 다양화되는데 … ."

그는 소설의 '다양성'을 강조한다.

"다음 주에 KBS 문학관에 나가는데, 방송국에서 패널을 선정해 달라고 해서 온라인 서점 '예스24'나 '알라딘'에 독후감을 올린 독자 중에서 한 명을 선정했어요."

천 작가가 이야기를 이어간다. 묻지도 않은 말이다.

"저는 고등학교를 나왔어요. 대학교는 나오지 않았어요."

작가는 자신의 작품으로 말한다. 지금은 성공한 작가인데 군이 묻지도 않는 말을 할 필요가 없다. 작가세계에서 자신의 열악한 조건을 군이 드러낼 필요는 없을 테니까. 그는 한때 보험회사 영업사원으로 근무했다고 한다.

"기업체를 고객 대상으로 했죠. 부산, 광주, 구미, 창원 등 전국을 활동무대로 뛰었는데, 영업이라는 게 그렇더라고요. 영업하면서 돈을 많이 벌기도 했죠. 그런데 길에 다 깔아버려요. 움직여야 되는 직업인데. 그게 다 돈 드는 일이잖아요."

그는 이사를 26번 다녔다고 한다.

"어떨 때는 짐을 풀지도 않고 지내다가 이사했어요."

이사라면 나도 비슷한 경우다. 훗날 내가 자서전을 쓴다면 이사에 대한 추억을 더듬으면 될 것 같았다.

내가 희수 자취방에 들렀을 때 그녀는 무방비 상태로 누워 있었다. 평소 화장하지 않은 맨얼굴을 보이지 않던 그녀다. 평소 데이트 약속을 할 때도 준비시간이 길었다. 그냥 나오라고 해도 예쁜 모습만 보이고 싶어 했다. 그러던 그녀가 오늘은 머리도 헝클어진 채였다.

"어디 아파?"

"아니. 감기인가 봐."

대수롭지 않게 대답했다. 머리를 짚어보았다.

"아직 열이 있는데 약은 먹었어?"

약봉지를 찾는데 그녀가 황급히 약봉지를 찾아 감춘다. 얼핏 보니 산부인과 약이었다. 가슴이 쿵하고 내려앉았다. 아마도 낙태수술을 한 모양이었다.

얼마 전 시내에서 만나 저녁식사를 했는데 그녀는 먹지를 못했다.

"왜. 그래. 어디 아파?"

내가 당황해서 물었다.

"아~니."

그때 그녀가 임신한 사실을 어렴풋이 짐작했다. 하지만 나는 어떠한 말도 할 수 없었다. 희수는 난처해 하는 내 표정을 보고 결심했나 보다. 아이를 지우기로.

혼자서 결정하고 해결했던 것이다. 굳이 내게 알려봤자 괴로움만 끼칠 일이라 여겼을 것이다. 나에게 곤란한 상황을 만들지 않기로 한 모양이었다.

나는 눈물이 났다. 슬그머니 부엌으로 가서 미역을 물에 불리고 쌀을 씻었다. 냄비에 밥을 했다. 가까스로 맨 미역국을 끓여 들고 들어간 나에게 원망 대신 고맙다는 말을 한 그녀였다.

나는 내가 사랑했고 내 아이를 가졌던 여자를 버린 죄, 치기어린 사랑에 대해 늘 가슴 한구석이 아팠다. 그녀말로는 유산이 되어 어쩔 수 없이 수술했다고 말했다. 그러면서 자연 유산이니 걱정 말라고 했다. 그토록 건강한 젊은 여자가 유산이라니! 그녀는 내 마음의 짐을 덜어주려고 거짓말을 했던 것이다.

희수는 진정으로 나를 사랑했다. 사랑하는 사람에게 아이를 미끼로 발목을 잡는 행위는 하지 않겠다는 생각이었다. 자신의 사랑을 증명하는 거라고 믿었다. 그녀는 평소 자신으로 인해 어느 누구도 고통을 받게 하지 않으리라 결심했다고 말했다.

8

"그냥 방에 들어가시게요? 산책합시다."

1층 식당에서 저녁식사를 마치고 나오는데 박 선생이 산책하자고 했다. 일행은 백담사 입구까지 걸어가 보기로 했다. 나는 희색 폴라티 위에 조끼를 걸친 채였다. 다른 사람들은 두꺼운 옷을 껴입고 있었다.

"추울 텐데 이거라도 걸쳐요."

박 선생이 기어코 안에 입고 있던 점퍼를 벗어 준다. 나는 그에게 몇 번이나 괜찮다고 말했다.

걸어가면서 서울에 있는 윤지에게 전화를 해보았는데 신호만 울릴 뿐 받지 않는다. 지금쯤 동창모임을 마치고 집에 돌아왔을 시각인데 전화 받을 상황이 아닌 모양이라 생각하며 나는 핸드폰을 끈다.

길이 넓고 깨끗하다. 2차선 도로인데 콘크리트 포장이 되어 있다. 웬만큼 눈이 내려도 백담사까지 올라갈 수 있을 것 같다. 도로 옆으로 드문드문 이어지는 건물에서 흘러나오는 불빛이 있어서 걷기에 불편함은 없다.

266

도로 왼편에 보이는 '선녀랑 백담이랑' 식당 표지판을 보고 '선녀와 나무꾼'이야기를 떠올렸다.

산골에서 나무꾼이 홀어머니와 살고 있었다. 어느 날 포수에게 쫓기던 사슴이 나무꾼에게 와서 살려달라고 해서 그 사슴을 숨겨 주었다. 목숨을 구한 사슴은 그 은혜로 하늘의 비밀을 알려준다. 선녀들이 목욕하는 날을 알려 줘 선녀의 날개옷을 감추어 선녀가 하늘로 올라가지 못하게 함으로써 나무꾼이 하늘에서 내려온 선녀와 부부가 되었다.

선녀와 나무꾼 이야기는 지금 생각해 보면 강제로 여자를 이 세계에 가두어 둔 경우다. 조금 심하게 말하면 성폭력에 의해 여자를 강탈한 경우다. 설화(說話)의 전개가 은혜를 갚는 사슴 이야기에서 출발했더라도 그건 선녀에겐 억지로 결혼하게 된 것이다.

우리 선조들은 무엇을 말하려고 이런 설화를 만들었을까. 사슴이 인간에게 은혜를 갚는다는 설정만으로는 부족하다. 날개옷을 감추는 행위는 비겁함이다. 지금 현실과 맞지 않는 부분이다. 한 가지 사례만 부각시킨 경우다.

우리의 전설은 아이들에게 말해 줄 수 없는 이야기가 많다. 심청전에서는 아비가 딸을 팔아넘기고 효를 극대화시키는 설정, 놀부와 흥부전은 놀고먹는 흥부아이들. 지금 현실과 부합하지 않은 이야기가 많다. 요즘 젊은이들에 의한 설화 비틀기, 전래동화 다시쓰기가 유행하는 것은 자연스러운 현상이다.

서울에 있는 윤지는 지금 무엇을 하고 있을까. 안부가 궁금하다. 나는 핸드폰으로 손이 간다.

"어디 있어요?"

"지금 장충동 족발 집에서 회식 중임."

윤지가 보낸 문자다. 핸드폰에 찍힌 시각은 7:15P. 대개 오후 6시 이전에 집에 들어가는 그녀로서는 늦은 시각이다. 나는 천천히 걸어서 일행과 뒤처져서 윤지에게 전화했다.

"지금 전화 받을 수 있어?"

"약간 … ."

일행과 함께 있어서 곤란한지 목소리가 나지막하다. 나도 소리를 낮추어서 말했다. 지금 백담사 입구로 걸어가는 중인데 별빛이 너무 아름답다고. 그리고 술 많이 마시지 말라고 덧붙였다. 그녀 목소리를 들어서일까. 밤하늘에 떠 있는 별이 점점 많아지면서 푸르스름한 빛이 더 선명하게 보인다.

"오늘은 저기까지만 가고 다음에 백담사까지 올라갔다 옵시다."

일행 중 누군가 말하는 소리를 듣고 방향을 돌렸다. 일행은 숙소를 향해 걸었다.

내가 첫사랑 희수를 염두에 두고 작품을 쓰고 있다고 했지만 윤지에 대한 내 감정을 작품에 쓰려는지도 모른다. 과거의 연인 '희수'보다는 눈앞에 잡히는 '윤지' 쪽이 소설을 쓰기엔 더 빠를 것 같다. 지금 느끼는 사랑의 감정, 현실적으로 감정을 잡기가 더 선명할 것 같기 때문이다.

저녁 8시 20분. 백담사 입구까지 갔다가 숙소에 도착했다. 컴퓨터를 켜고 의자에 앉으려는데 핸드폰이 울린다.

"방금 전철에서 내려 집으로 걸어가는 중이야."

수화기에서 윤지의 목소리가 흘러나온다.

"나도 방금 숙소에 돌아왔어."

그녀는 동국대 앞에서 장충체육관 방향으로 남산을 한 바퀴 돌고나니 한 시간 반 걸리더라고 한다.

장충동 족발 집에 모여서 저녁을 먹으며 이야기하다가 집으로 가는 중이라 했다. 모처럼 걸었더니 피곤하다고 했고 그녀는 3일 동안 집에만 있다가 오늘 처음 시내에 나왔다고 했다.

"빨간 운동화를 신고 빨간 가방을 들고 동창모임에 나갔더니 한 친구가 아무래도 너 연애하는 것 같다며 웃더라"고 했다. 그러면서 다른 친구들은 맥주 마신다고 2차 가는데 먼저 빠져나왔다고 했다. 윤지는 그렇게만 말했지만 친구들의 대화가 상상이 되었다.

"원래도 예뻤지만 더 예뻐졌다."

"옷차림에도 사랑이 묻어 있는 건가? 연애하는 사람은 표정뿐 아니라 옷에도 사랑이 묻어 있나 봐?"

"그러엄."

"나만 느끼는 줄 알았더니 모두들 알고 있나 보네."

"그러게 말이야."

윤지의 먹는 모습이 떠오른다. 그녀는 자 이제부터 무얼 먹지? 하는 표정으로 둘러본다. 음식을 차려 놓은 식탁 앞에서 인증 사진을 찍고 호기심 어린 눈으로 관찰한다. 그리고 마음에 드는, 맛있어 보이는 것부터 입으로 가져간다. 오물오물 입이 움직이며 웃으며 나를 본다. 맛있다는 표정이다.

나는 저녁식사를 하고 백담사 입구까지 산보했는데 이곳에서 만난 작가들이 독특한 개성이 있어서 지낼 만하다고 했다. 그러면서 하늘을 보니 별이 너무 아름답더라고 말했다.

"서울엔 별이 안 보이는데?"

"여기는 굉장해!"

"그래서 사람들은 여행을 하나 봐."

"그런가 봐."

"이제 집 앞에 도착했어. 안녕."

핸드폰에서 윤지 소리가 들리자 이번엔 내가 말했다.

"잘 자. 사랑해!"

다시 저쪽에서 소리가 들려온다.

"Me, too."

9

오전 8시 40분, 노트북을 열고 이메일 '편지함'에서 내가 기다리던 메일을 발견했다. 식당에서 아침식사를 하고 방으로 올라와서 커피 한 잔 마시고 난 직후였다. 윤지가 보낸 것이었다. 즉시 메일을 열었다. 천천히 읽어봤는데 뭔가 이상하다.

새벽에 내가 그녀에게 보낸 메일과 글자 한 자 틀리지 않는다. 내가 보낸 메일이 어떻게 여기에 있지? 윤지가 내가 보낸 편지를 장난으로 보냈을 거라 여겼다.

나는 아침에 컴퓨터를 열면 인터넷을 훑어보고 이메일을 체크한다.

새벽 4시 반에 윤지에게 이메일을 보내고 잠들었다. 내가 보낸 메일을 그녀가 봤는지 궁금했다. '수신함'을 열어보았다. 메일을 열어봤다는 표시가 있다. 메일을 읽은 시각이 조금 전이다.

사람은 누구나 크고 작든 실수를 하게 마련이다. 나 역시 많은 실수를 한다. 그때는 모르지만 지나고 나면 실수했다는 걸 안다. 그런데 이번엔 이상하다. 불과 몇 시간 전의 일이고 두 번 이메일을 보낸 기억이 없다.

윤지에게 보낼 메일을 내게로 보냈다는 것은 실수라고 하자, 내가 보낸 메일을 그녀가 열어 봤는지 확인해 보는 그 시각에 윤지가 메일을 열어 봤다는 것도 그럴 수 있다고 하자. 하지만 실수와 우연이 겹쳐서 일어날 확률은 희박하다. 다시 이메일을 훑어보았다. '받는 사람'에 눈이 간다. 당황스럽지만 내가 이메일 한 통을 보냈다는 내 기억이 맞다. 내가 내게로 메일을 보냈던 것이다.

노트북 자판 위에 손을 얹는다.

언제부턴가 일상에 함께 했던 윤지가 멀어지고 있었다. 서로 사랑하지 않아서가 아니다. 눈앞에 안 보이니 잠시 잊는 순간이 길어지더니 멀어진 기분이다. 그러면서도 문득 가슴에서 치밀어 오르는 무엇인가가 있었다. 함께 만들었던 추억을 떠올리고선, 다시 스쳐지나가게 내버려둘 뿐이었다.

사소한 그녀의 행동도 그녀를 기억하게 한다. 그녀의 생각들, 습관, 그리고 사용하는 단어까지도. 그녀는 늘 "그러언데에요오" 하며 길게 말하곤 했다. 고개를 옆으로 조금 돌리면서 웃던 모습이 머리 뒤에 숨었다가 나타난다. 그럴 때마다 내 머릿속을 방문한 그녀를 반갑게 맞이하지만, 그것으로 그만이었다.

무엇이 잘못된 걸까? 인간의 맹점? 인간의 확신? 사람들은 옳다고 믿는 자신의 행동이 때로는 틀린 것은 아닐까. 옳다고 믿는 그 생각이. 이런 생각들이 꼬리를 물지만 시간이 조금 흐르자 그건 다행스러운 결과였다. 우리가 살아가는 일상의 사소함에서 소설의 모티브를 찾았다는 안도감. 공간과 시간이 일치하지 않으면 인간은 서로 만날 수 없다는 아주 통속적이면서 아름다운 한 편을 소설을 쓸 수 있겠다는 생각 때문이다. 소설가는 실수에서 작품에 대한 모티브를 얻을 수 있고 삶을 들여다볼 수 있다. 나는 소설 플롯을 구성해 본다.

한 남자가 실수로 사랑하는 여자에게 보내야 할 이메일을 다른 여자에게 보냈다. 남자는 그 사실(두 사람에겐 매우 중요한 메일을 다른 사람에게 보낸 상황, 이런 경우는 누구에게나 발생한다. 그것도 많이. 그러면서도 우리는 그 사실을 모른 채 하루하루를 살아간다)을 모른다면 어떤 상황이 일어날까.

한 여자를 기다리는 남자, 그런 남자를 기다리는 두 여자. 그들은 기다리지만 아무도 만날 수 없다. 남자는 여자가 왜 나타나지 않는지, 두 여자는 그 남자가 왜 나타나지 않는지 모른 채 그저 기다릴 뿐이다. 제각기 다른 공간에서 … .

10

아침부터 만해마을에 봄비가 내리고 있었다.

나는 컴퓨터 앞에선 착상이 쉽게 떠오르지 않다가 전철을 타고 있거나 역 대합실에 혼자 앉아 있거나 또는 담배를 태우며 창밖을 바라보거나 할 때면 여러 가지 상황들이 머리에서 구체적으로 잘 그려진다. 특히 화장실에 조용히 앉아 있으면 머리에서 특정 단어가 떠오르면서 이야기들이 계속 파생되고 확장되어서 지구 크기만큼이나 확장된다. 오늘도 그랬다.

이상하게도 화장실에 앉아 있으면 머리에서 많은 생각들이 떠오른다. 예를 들면, 소설 집필이나 원고정리 진도가 계획보다 못 나가면 그것과 연결되는 단어들이 자신도 모르게 뛰쳐나온다. 오늘 아침은 '선택과 집중'이란 단어였다. 방바닥에 늘어놓은 원고 때문일 것이다.

박스 안에 쌓인 원고더미 중 3분의 1을 가져왔는데 아직 그대로 펼쳐진 채다. 처음엔 모두 가져오려고 했으나 너무 무거워서 조금만 가져온 것이다. 왜 다른 덴 욕심이 없으면서 엉뚱한 것에 욕심을 부리는지. 그런 생각과 함께 관련되는 여러 상황들이 전개된다. 욕심? 버린다는 것은? 무소유(無所有)란 아무것도 갖지 않는 것이 아니라 불필요한 것을 갖지 않는 것이다.

불필요하다는 한계는 어디까지를 말하는 거지? 그러면서 나의 한계는 어딜까를 떠올릴 때쯤이면 담배를 새로 꺼낸다. 콜럼버스가 아메리카 인디언으로부터 담배를 가져오지 않았다면 나는 지금 무엇을 하고 있을까. 화장실에 앉아서 담배를 피우는 대신에 커피를 마시고 있을까. 생각이 연결되고 생각이 날아올라 급기야 지구를 한 바퀴 돌게 된다.

다시 선택과 집중으로 돌아가서 새로운 제품이나 신기술을 개발할 때 서로 다른 분야끼리 협동해서 시너지효과를 극대화시킨다는 이종집합(異種集合)이란 단어를 떠올린다. 서로 이질적인 남자 A와 여자 B가 만나서(우연히 만나든 엉뚱한 곳에서 만나든 관계없다. 중요한 것은 서로의 감정이다. 기업체가 합병해서 덩치를 키우거나 합병할 때도 공통요소가 있거나 신규사업 진출처럼 정책적이거나 전략적인 요소가 맞물리게 마련이다) 사랑의 여정을 시작한다.

이젠 무한경쟁 시대다. 살아남으려면 다른 업종과 제휴하거나 결합해서 신기술을 만들고 새로운 제품을 만들어서 세계로 나가야 한다. 이야기나 예술분야나 과학, 글로벌 기업체, 선진 국가에서 말하는 21세기 전략들에 대해 늘어놓는다.

프랑스에도 김기덕을 좋아하는 팬들 있더라, 천 작가 말이 생각난다. 나는 이런 생각을 글로 표현해야겠다고 생각한다. 천 작가를 소설에 등장시켜서 그가 왜 그런 말을 했는지를 보여준다. 실제 천 작가와는 전혀 다른 모습으로 등장시킨다. 천 작가를 보고 있으면 소설 모티브가 머리에 떠오른다.

어제부터 USB에 저장된 일부분을 복사해서 체크해 보기 위해 프린트를 시도했다. 나름의 이유가 있었다. 끝나가던 단편소설 한 편을 잃어버렸기 때문이다. 희수와 함께 제주도 여행을 갔던 이야기인데 이틀 동안 스토리를 떠올리며 당시의 느낌으로 돌아가려 노력했으나 허사였다. 나는 맥이 탁 풀렸다.

그저께 참신한 아이디어가 떠올라서 서너 시간 글을 썼는데 아주 마음에 들었다. '섬'에서 처음 만난 남녀 이야기를 화자의 시점을 바꾸어서 여자 얘기를 남자 주인공 '나'의 시점으로 들려주고, 남자 얘기는 여자의 시점에서 관객인 독자들에게 들려주는 분위기로 전개시켰다. 끝부분만 조금 남겨 두었는데 스토리가 참신하고 작가가 나타내고자한 숨은 의도가 선명했다.

점심식사를 한 후, 1층 로비에 있는 컴퓨터에 USB를 꽂고 인쇄를 시도했으나 프린터가 작동되지 않는다.

사랑은 이 세상 모든 것을 아름답게 만든다.

갑자기 희수와의 첫 데이트가 생각난다. 속초에서 강릉을 거쳐 7번 국도를 따라 여행을 했던 것이다.

숙소를 벗어나 잼버리 훈련장을 지나고 있었다. 푸른 숲으로 뒤덮인 능선이 아름다웠다. 창문을 잠시 열었다. 신선한 바닷바람을 머금은 숲은 향기로웠다. 코로 흠흠 하며 깊은 숨을 마셨다. 공기가 맛이 있다는 말을 실감한다. 옆에 향기를 머금은 여자가 있으니 더욱 달콤하다고 느꼈다.

통일휴게소에서 커피를 한잔 사들고 바닷가를 내려다본다. 저만치 보이던 바다가 눈에 들어온다. 늦가을의 바다는 투명했다.

"아! 저길 봐요."

다시 차를 타고 가던 중에 희수가 손으로 바다를 가리켰다. 갑자기 시야가 밝아지면서 차창 밖에 눈이 부신 바다가 펼쳐진다. 산은 산 그대로 아름답고, 바다는 바다 그대로 아름다웠다. 이 순간이 아름답다고 생각이 드는 것은 사랑하는 사람과 함께여서 더욱 부푼 가슴으로 자연을 껴안아서 그런 것 같았다. 바닷가로 내려가자 바다 속으로 빨려 들어갈 것 같았다. 우리가 함께 있는 순간순간이 축복이었다.

이곳 작가들은 일주일에 한 번 정도 서울에 다녀오는 것 같다. 아무도 어디에 갔다 온 것이냐고 묻지 않고 대답할 필요도 없었다. 그냥 그러려니 불문율로 되어 있다.

나도 이곳에 온 지 보름이 되니 윤지가 보고 싶었다. 첫사랑 희수에 대한 추억보다는 현재의 윤지가 편하고 좋았다. 윤지에게 전화했다. 전화로는 말하기가 편하다. 현실적인 상대인 윤지에게 '보고 싶다'고.

무모하게 윤지를 이곳으로 끌어들이기는 싫다. 그래서 결정한 곳이 속초이다. 잠시 나갔다 오겠다는 말을 했다. 박 선생은 웃으면서 고개를 끄덕인다.

윤지와 나는 둘 다 돌싱이다. 윤지는 어느 성형외과 실장을 맡고 있으면서 틈틈이 소설을 쓴다고 했다. 서로 지향점이 같고 마음이 통한다는 것이 얼마나 행복하고 마음 편한 것인지 알았다. 우리의 대화는 막히지 않고 잘 풀린다.

나의 결혼생활은 원만치 못했다. 일상적인 사소한 것에서 의견이 다르고 서로 말을 주고받지 못하게 되면서 이혼을 경험한 것이다. 반면에 윤지와는 말의 일치를 보면서 편안한 사이로 발전했다. 서로 속마음을 알고 있었지만 실행에 옮기기는 계기가 필요했다.

나는 모텔에 들러 회포를 풀었으면 했다. 하지만 윤지는 고개를 저었다. 소울메이트로 오래도록 남기 어렵다는 게 이유였다. 그녀의 말을 수긍하지 않을 수 없었다. 그렇다면 생각을 다시 해보자 마음을 먹었다.

언젠가 이루어질 날을 기대하는 것도 나쁘지 않다고 생각하기로 했다. 아직 상상할 수 있는 리비도가 있는 한 행복할 수 있다. 다른 여인들처럼 만남에서 환하게 웃으며 애인이 되는 과정을 즐기는 것도 나쁘지 않겠지. 만나서 같이 밥 먹고 차 마시며 그윽한 눈길로 그녀를 사랑하리라. 앞으로 뜨거운 사랑을 경험하도록 미루어두기로 한다.

11

희수와의 사랑은 아득히 멀어졌다. 내 욕심이 빚은 결과였다. 자신을 선택해 달라는 애절한 눈빛을 보고도 외면했다. 돌아서는 내내 뒤통수까지 부끄러움이 가득했지만 털어버렸다. 집안의 반대를 이유로 모른 체했다.

적어도 희수에 대해선 사랑 운운하면 안 된다. 사랑이라는 단어를 사용하면 비웃을 것이다. 그럼에도 그녀에 대한 영상이 나를 괴롭힌다. 내 가슴에는 아직도 그녀가 살아 움직이는 것 같다. 내 스스로 주홍글씨를 지우지 않았다. 피부의 감촉과 그녀를 안았을 때 감동이 사라지지 않는 것을 영원한 사랑이라는 말로 포장하고 있었다.

더러는 상대를 상상하고, 생각나고, 잊을 수 없다고 징징대고 있다. 비겁자가 사랑을 영원히 유지하는 방식일지도 모른다. 내 사랑은 영원히 끝나지 않았다고 믿으며 저장해 두기로 한다. 언제고 꺼내 볼 수 있는 그런 사랑을….

이곳에 온 지 한 달이 다 되어간다. 단편적인 생각만 끼적이다가 소설은 진도가 나아가지 않고 있다. 소설이 허구라지만 소설이 지향하는 목적은 사물의 감추어지지 않은 참모습이다. 우리가 이 땅에서 보는 모든 것은 그림자이며 진리란 그림자 뒤에 숨겨진 사물의 모습이다. 글쓰기는 그림 같아서 사고의 진실성이 부여되지 않으면 성공하기 힘들다.

지금 지는 태양을 바라보면서 해바라기도 태양을 향해 고개를 돌리고 있는 모습을 그려놓으면 지금 이 감정이 나타날까?

물속에 비치는 태양이 두 개다. 두 개의 하늘이 겹쳐지는 것 같다. 어디가 진짜 하늘이고, 물의 경계가 어딘가. 물 안에 있는 하늘은 투명 비닐로 코팅해 놓으면 물밑 하늘처럼 보이겠지. 지금은 투명지로 보는 세계보다 실재하는 모습을 묘사해야만 한다.

희수를 처음 만났을 때를 회상해 본다. 원고지에 남기고 싶다. 이 감정은 내 마음속에서 소용돌이친다. 그녀의 눈은 머루알처럼 맑고 빛났다. 희수는 주로 까만 원피스에 벨트를 매는 옷을 즐겼다. 앞가슴에 더블 단추가 두 줄로 가지런했다. 중세에는 단추 수가 옷의 품위와 고급스러운 가치를 추가했다. 너도나도 점점 단추 수가 많아졌다. 주르륵 단추가 많은 것이 유행이기도 했다.

어릴 때는 태양이 지구 주위를 돌고 있다고 생각했다. 보이는 대로 보니 맞는 생각이다. 그 후 증명된 것은 반대다. 지구가 태양 주위를 돈다는 것이 증명되었다. 무엇이 진리이고 무엇이 옳은가는 시대에 따라 다르다. 사물을 보는 개인의 생각도 시간에 따라 변하기 마련이다.

그러나 거꾸로 세상을 보던 보이는 대로 보던 진리는 하나이다. 태양 빛도 아침과 저녁이 다르다. 일출(日出)과 일몰(日沒)이 다르다. 하물며 개인이 표현하자마자 또는 원고지에 쓰는 순간 빛은 다르게 나타날 것이다.

붉은 노을을 사진에 담아 오브제처럼 붙이듯 소설도 그림처럼 끝낸다면 오죽 좋을까. 아무리 완벽한 그림도 원고지에 담을 수 없다. 그러면 무엇이라는 표현 대신에 직접 원하는 물건을 갖다 놓으면 된다. 표현이 어려울 때 오브제로 직접 물건으로 대치하면 된다.

지금 나만이 느끼는 '사랑'이라는 새로운 언어를 창조하면 될 것 같다. 하지만 그런 단어를 어디 가서 찾지? 그것도 대중이 인정하는 '나만의 사랑'이라는 표현을 만들어야 한다.

화장실 변기를 이용한 작품으로 유명한 마르셀 뒤샹의 작품이 생각난다. 그것은 그의 장난이거나 아이디어였다. 변기는 예술 작품이 아니다. 변기 자체는 단순한 공산품에 지나지 않는다. 그것이 예술 작품으로 탄생하는 데는 같은 예술가들이 공감하고 인정해 주어야 한다. 만약 뒤샹이 유명작가가 아니라 무명이라고 했으면 변기는 변기일 뿐이라고 세상의 조롱을 받았을 것이다.

사회가 인정해 주어야만 예술 작품으로 승화할 수 있는 것이다. 사람들은 그의 장난을 그의 기발한 아이디어라고 말한다. 사회가 그의 예술적인 재능을 인정했기 때문이다.

예술계는 그의 장난을 통해 그의 예술적 가치를 인정했고 새로운 코드를 창조했다. 그가 변기를 통해 사회에는 예술 작품의 자격을 부여했다. 예술 작품을 이해한다는 것은 곧 천재의 체험을 수용자가 그대로 따라 체험하는 거다.

언어가 얼마나 허약한가. 감정을 담기엔 역부족이다. 그림의 세계에서도 오브제 화법이 등장했을까. 핑계에 그치지만 희수와의 추억을 담은 가슴을 꺼내지 못해 소설을 쓸 수 없다. 내 마음 안에 가두어두고 가끔 꺼내 볼 뿐이다.

12

어디선가 희수의 목소리가 들리는 것 같다. 언젠가 그녀에게서 들은 적이 있는 말들이었다.

"노란 은행나무가 사열하듯 서 있었고, 하얀 승용차 문에 기대어 서 있던 오빠가 나를 보고 활짝 웃었어."

아름다운 금빛 궁전에 너를 초대했노라고 말하던 그의 손에는 은행잎이 들려 있었다.

"날 세상이 넘치도록 사랑한다고, 나를 위한 사랑의 말을 선사했잖아."

그가 내 발을 잡았을 때 나는 그의 어깨너머로 고개를 떨구고 있었다. 그의 마음이, 사랑이 가슴으로 스미는 순간이었다. 발가락 사이로 드나들던 그의 손의 감촉이 지금도 남아 있다.

"내 사랑을 기억해 줘 … ."

에로스 신은 우리들에게 가장 좋은 선물을 선사했다고 기뻐했다. 그런데 이 아픔도 좋은 선물인가? 기억에서 헤어나지 못하는 형벌을 미처 생각지 못한 것은 실수인가? 받은 대가인가? 잊을 수 없는 죄, 종신형을 선고받은 죄인이었다. 사랑이건 쇠창살이건 자유를 억제 당한 것이다. 그러나 육신을 버림으로써 나는 자유롭고자 한다.

나는 갑자기 그때 희수가 한 말이 생각났다. 그때는 과거에 대한 추억에서 그렇게 말하는 것인 줄 알았다. 크게 의미를 두지 않았다. 그녀가 자신에 대해 기억한 것은 절정의 시간도 아니었다. 들길을 오느라 더럽혀진 구두를 벗기고 발을 닦아주던 일, 수초 우거진 강기슭에서 그녀의 발을 잡은 내 손의 촉감이라고 했다. 희수가 가족을 따라 미국으로 떠나기 며칠 전, 우리는 만났다.

"떠나기 전에 한 번만이라도 가 보고 싶어. 우리가 처음 만나던 그 해 여름 함께 갔던 그 강가에 … ."

붉은 노을과 함께 물속에 비친 바위, 나무들이 하는 말을 나는 듣지 못했다. 자연이 만들어 낸 아름다움을 물속 그림자처럼 원고지에 담아낼 수 있으면 성공이다. 그런데 아무리 그때의 그 물밑에 있던 산천을 재현하려고 해도 그냥 페인트칠한 극장 간판처럼 보일 뿐이다. 나는 절망한다.

독일의 하이데거는 언어 자체가 시(詩)라고 했다. 진리는 마음이 순수한 사람의 눈에 보인다고 한다. 그러면서 언어는 단순한 매개물이 아니라 존재 자체를 드러내는 것이라고 했다. 존재 자체를 드러내는 언어 찾기가 문학인 것이다.

희수의 눈 속에 비쳤던 물 위의 그림자를 원고지에 넣기는 어림도 없었다. 더더욱 그녀의 마음은 물론이고 내 마음도 원고지에서는 살아 있지를 못한다. 결국 나는 가당치 않은 소설가의 꿈을 버려야 한다고 생각한다. 왜냐하면 내 소설은 참을 수 없는 언어의 경박함을 드러낼 뿐이다.

사랑의 신은 연인들에게 기쁨만 준 것이 아니었다. 결핍을 찾아 떠돌게 하는 고통도 함께 선물한 것이다. 사랑이 고통스럽다고 신에게만 책임을 돌린다면 철부지다. 신은 짓궂어서 사람으로 인해 또 다른 사람에게 고통을 주게 했다. 어쩔 수 없이 나는 떠나간 그녀를 생각하며 고통의 나날을 보냈다. 다만 바람이라면 그녀를 위해 가슴 한쪽을 도려내 주고 싶었다.

가설이지만 목동인 견우와 베를 짜는 직녀가 있었다. 서로 붙어서 사랑 놀음만 하느라 견우는 소를 몰지 않고 직녀 역시 베를 짜지 않았다. 그러는 사이에 흉년이 들었다. 하늘의 옥황상제가 두 사람을 갈라 놓았다. 1년에 한 번씩 칠월 칠석에만 만나도록 했다. 그제야 견우는 소를 몰고 직녀는 베를 짜기 시작했다.

《에로스와 문명》에 따르면 인류의 문명은 에로스를 억압한 결과이다. 에로스를 억압하는 에너지가 없었다면 인류 문명은 만들어질 수 없었다. 견우직녀의 사랑 에너지가 문명 에너지로 전이되었던 것이다. 그들의 사랑 에너지를 차단하여 삶의 에너지로 전환한 것이다.

물론 에로스의 에너지를 통제했다는 것은 에로스의 분출구를 모두 차단시켰다는 것은 아니다. 견우와 직녀를 1년에 한 번씩 만날 수 있도록 허용함으로써 무분별한 열정을 지연시키고 그 지연시킨 열정을 견우와 직녀의 노동력으로 썼던 것이다.

적절하게 억압된 에로스의 분출은 인류 질서를 유지하려는 옥황상제처럼 사회를 화합하고 하나로 통합시키는 것이다. 우리의 문명을 발전시킨 힘의 원천은 견우가 소를 모는 에너지와 직녀가 베틀을 돌리는 에너지의 원천과 마찬가지로 서로를 향한 그리움이고 사랑이다.

인간의 신체가 이면에 정신을 감추고 있듯이 사물 역시 표면과 내부의 실재성의 깊이를 갖고 있다. 사물도 이렇게 안과 밖이 겹쳐진 존재이다. 눈에 보이지 않는 감정과 보이는 실체가 하나가 되어 평면에서 부피로, 감정까지 겹치면 소설의 윤곽이 잡힐 것이다.

그 빈 곳을 채우는 소설이 성공하는 길이다. 이야기 사이에 빈 곳을 채워 넣는 일이 문제다. 캐릭터에 디테일까지. 신과 함께 인간이 또 다른 세계를 창조해야 한다. 신을 모방해서 천지창조를, 인간이 상상으로 한 세계를 만들어 내야 한다. 신체는 정신과 겹쳐 있듯이 사물 역시 표면과 실재성이 깊이를 갖고 있다.

진리란 사실과 인식의 일치가 아니다. 그럼 뭔가? 요즘은 알고리즘으로 내 행동과 관심사를 파악한다. 숨기고 싶은 행동도 드러나고 마는 것이다. 진리란 사물의 감추어지지 않은 참모습이다. 플라톤의 이데아에서는 우리가 이 땅에서 보이는 거 모두 그림자이며, 진리란 이 그림자 뒤에 있는 참모습이다.

진리를 실체화한다고? 진리란 진실성이 아니라 껍데기를 벗겨낸 사물의 본모습을 말한다. 진리의 작품 속으로의 정립이란 말은 결국 예술 작품 속에서 사물이 가려지지 않는 참모습이 드러난단 말이 된다.

작가의 살아 있는 정신과 물질이 합쳐져서 예술이 된다. 물질적 바탕에 정신적 내용이 나타난다. 정신은 물질이 가리키는 것을 해석해서 또 다른 정신적 가치를 찾아야 한다. 문학은 죽은 정신에서 살아 있는 정신으로 겹치면서 비로소 부활한다.

희수의 마지막 말이 떠오른다.

"자기는 태양처럼 살아야 해."

"응. 자기도."

"자기는 웃는 모습이 얼마나 화사한지 몰라."

나는 희수의 말을 생각해 본다. 별로 웃은 기억이 없음을 오죽하면 그녀가 격려하듯 말했을까.

"나의 태양이 되어 줄 수 있어?"

그녀가 물었다.

"그래. 난 너 때문에 태양처럼 살고 있잖아."

"난 너의 태양이듯이, 넌 나의 태양이거든."

"그래, 우리는 모두 빛나는 태양이야. 넌 나에게 난 너에게 …."

태양을 한가득 머리에 넣어두는 것으로 나만의 소설을 썼을 뿐이고, 결국 원고지에 남기지 못하고 말았다.

예술 작품은 물질적 정신적 두 계층으로 이루어졌다. 이 두 계층에 살아 있는 정신이 필요하다. 그리고 문학은 그 간극을 메우는 작업이다. 실체로 간극을 얼마나 좁히는가가 소설의 완성도에 기여한다.

적어도 네가 내 가슴에 살아 있는 동안 고립감은 느끼지 않을 것이다. 고립이란 단어를 사전에서 찾아본다. '고립이란 어떤 사물을 원래 있던 환경에서 떼어내어 엉뚱한 곳에 갖다놓는 것이다.'

그동안만이라도 너를 내 가슴에서 불멸의 여인으로 남아 있게 하리라. 절대로 너를 잊을 수 없어 …. 희수를, 생명이 있는 한 나는 너의 노래를, 불멸의 노래를 부르리라.

그녀와 지냈던 무수한 날들 한순간 한순간이 별처럼 빛나던 시간이었다. 그러나 지금 집으로 돌아가는 길목에서 생각해 본다. 아직도 그녀가 나를 사랑하는구나! 내 가슴 속에, 내 기억 속에 그녀가 남아 있는 동안은 그녀는 나의 연인이라고 생각한다.

지금 희수의 밝은 웃음이 윤지의 웃음과 겹쳐진다. 과거의 내가 사랑했던 모든 연인이 합쳐 내 소설이 될 수 있음을 느낀다. 내 인생의 사랑은 나를 중심으로 모이고 그 모든 사랑을 합쳐야 완전한 사랑을 그릴 수 있고 그래야만 소설이 될 수 있음을 내 가슴은 알고 있었다. 작가가 되는 것은 좀 더 인생 수업을 닦은 후가 될 것 같았다.

〈한국소설〉 2022 3월호

인간은 추억을 먹고 사는 존재다

이승하 (중앙대 교수)
1984년 〈중앙일보〉 신춘문예 시 당선
1989년 〈경향신문〉 신춘문예 소설 당선

이정은의 중편소설 〈사랑, 그 너머 소설〉(《한국소설》, 2022 4월호)은 소설을 쓰기 위해 만해마을 내의 작가 작업실에 들어간 한 남성의 추억 여행을 다룬 소설이다. 대학 입학 후 첫 미팅 때 만난 조희수라는 여성과의 사랑의 역사를 더듬어 그 추억을 소설로 쓰는 것이다. 소중했던 첫사랑의 감정, 좋아하는 사람을 바라봐야만 하는 안타까움, 괴로웠던 질투의 감정 등. 그 시절의 사랑은 이렇게 풋풋한 것이었나, 읽는 내내 미소를 머금게 된다. 그런데 두 사람은 혼전에 육체관계를 갖게 되었고 희수는 그의 앞날에 장애가 안 되게끔 말도 없이 낙태수술을 한다. 두 사람은 결국 한때의 불장난, 즉 이루어질 수 없는 사랑을 한 것이다. 인간은 추억을 곱씹으며 살아가는 존재인가, 젊은 날의 추억이 소설을 만들어 간다.

세월이 흘러 화자는 윤지라는 여성과 사랑을 하게 되지만 두 사람 다 결혼할 생각은 없는 '돌싱'이다. 입주 작가 여러 사람에 관한 이야기도 중간중간에 섞여 들어가는데 아무튼 이정은 작가는 인간의 운명에 대해 탐색을 해보고자 이 소설을 쓴 것은 아닐까. 이 세상의 부부 가운데 첫사랑과 맺어지는 경우가 몇 프로일까? 한 남자가 평생 몇 사람의 이성과 사랑에 빠질까? 한 여자가 평생 몇 사람의 이성과 사랑에 빠질까? 부부지간의 인연은 천륜이라서 결혼 후 다른 이성을 사랑하면 다 불륜이고, 불륜은 10계명을 어긴 것이니 죽을죄를 진 것일까? 혼전 관계는 벌을 받아야 할 죄인가? 생명을 빼앗는 낙태야말로 범죄가 아닌가? 이런저런 것을 생각해 보게 된다.

'나'는 아직 사랑에 대한 열망이 남아 있을 때 가슴 속에 묻어둔 사랑을 꺼내보리라 결심한다. 노트북을 켜고 첫사랑을 떠올리자 많은 장면과 많은 감정이 휘몰아친다. 그러나 사랑에 대한 기억이나 감정만으로 소설이 지어지지는 않는다. 글을 쓸 수가 없다. 아직 사랑에 대한 글을 쓴다는 건 무리임을 깨닫는다.

화자는 이렇게 말한다. "내 인생의 사랑은 나를 중심으로 모이고 그 모든 사랑을 합쳐야 완전한 사랑을 그릴 수 있고 그래야만 소설이 될 수 있음을 내 가슴은 알고 있었다. 작가가 되는 것은 좀 더 인생 수업을 닦은 후가 될 것 같았다."

모든 사랑은 역사다. 사랑에는 이유가 없다. 사랑은 내 의지로 하고 말고의 문제가 아니라, 사랑은 내 의지로는 어쩔 수 없이 빠져드는 것이라는 것. 마치 개미지옥에 빠진 개미처럼 일단 빠지면 탈출이 불가능하다는 것. 그러니 사랑은 블랙홀이라는 것을 보여준다. 나는 아니라고? 과연 그럴까? 그렇다면 당신은 아직 사랑에 빠져본 적이 없는 것이다. 물론 그게 다행인지 불행인지 답할 수는 없겠지만.

드라마보다 더 드라마 같은, 영화보다 더 영화 같은, 소설보다 더 소설 같은, 지독한 사랑 이야기를 통해 당신도 사랑에 빠져보는 것은 어떨까?

〈한국소설〉 2022 4월호

문
지
방
을

밟
다

새벽 3시, 119 구급차에 실려 응급실에 도착했다. 코로나로 인해 응급실은 만원이다. 뉴스 시간 텔레비전 화면에서 보던 장면이다. 내 몸에 무슨 일이 생긴 것일까. 앰뷸런스 차량 불빛이 난무하는 곳, 언제 보아도 똑같은 장면이 연출된다. 그동안 나는 타자로서 객관화된 시선으로 바쁘게 움직이는 응급실 장면을 수없이 봐 왔다.

이번에는 내가 그 화면 속으로 들어가야 한다. 지금껏 바라보던 시선으로서가 아닌 주인공이 되어서 동참하는 것이다. 지금껏 전염병이 창궐해도 나는 뉴스를 보는 것으로 타자로서 역할을 담당했을 뿐이다. 비극의 주인공이 되리라곤 상상도 못했던 일이다. 그런데 이젠 직접 경험하는 내부자들과 합류해야 한다.

응급실 앞에는 환자들 싣고 온 휠체어들이 길게 줄을 서 있다. 응급실 안에 있는 접이식 간이침대가 있는 곳으로 들어가지 못하고 휠체어에 앉아 기다릴 수밖에 없다. 기다리다 지친다. 시간이 흘렀다. 응급실 안으로 들어갔다. 먼저 온 환자들은 커튼으로 가린 임시침대에 누워서 진료받을 차례를 기다리고 있다.

"저기 눕고 싶어요."

나는 간호사를 쳐다보고 간이침대를 가리킨다. 가슴이 답답하고 숨 쉬기가 힘들다.

"아직 자리가 나지 않아서요."

간호사가 말끝을 흐린다. 언제까지 기다려야 할지 알 수 없다. 복통과 가슴통증이 심해진다. 너무나 괴로워서 침대에 누워 있고 싶지만 내 마음대로 되는 것이 아니다.

잠시 후 전화를 받은 딸이 달려왔다.

딸이 간호사에게 부탁한다. 내 말에 관심을 갖지 않던 간호사가 "잠깐 기다려 보세요" 하더니 곧바로 빈 침대에 누워 있게 배려한다. 휴! 다행이다. 응급실 안 휠체어에 앉아 있던 나는 새삼 딸의 존재를 확인한다. 보호자가 재촉하지 않으면 빨리빨리 대처해 주지 않는다. 응급환자는 누구나 급하기 때문이다.

"엄마가 얼마나 다급했는지 알 것 같네."

평소 엄마가 모양내기를 멈춘다면 죽을 병 걸린 줄 알라고 딸에게 말했었다. 그런데 흰 머리카락을 그대로 드러낸 채 잠옷 바람으로 간신히 휴대폰만 손에 들고 응급실 침대에 누웠다. 급히 나오느라 그 많은 옷들을 버려두고 허름하게 입었던 채다. 평소 흰머리가 조금이라도 보일까 봐 질색했다.

"당신은 입술을 그렇게 뜯어내니까 자꾸 거스러미가 생기지."

남편은 거스러미가 잔뜩 뒤덮인 내 입술을 볼 때마다 말했다. 이번에는 딸이 119구급차에 실려 온 나를 보고 또 그렇게 말한다.

"엄마 입술이 이게 뭐야?"

딸이 입술에 허연 거스러미가 뒤덮인 엄마를 보고 약을 발라주면서 하는 말이다. 입술을 쑥 내밀고 딸의 손길을 받고 있다. 지금 이 순간 입술이 뭐 어떻게 되던 대수인가? 하지만 나는 딸의 사랑을 확인한다.

힘없이 벌어진 입술에는 약이 잘 발라지지 않는다.

"입술에 힘을 줘 봐요."

나는 그때 친정엄마가 떠올랐다.

"엄마 입술에 힘을 주세요."

죽을 고비를 넘긴 엄마의 갈라지고 부르튼 입술에 지금 딸처럼 립밤 (lip balm)을 발라주면서 내가 엄마에게 했던 말이다. 그때도 립밤이 엄마 입술 위에서 이리저리 밀렸던 것이다. 사랑하는 사람의 고통을 보는 것은 괴롭다. 그 고통이 전이되어 같이 아프기 때문이다.

엄마는 항문 속 어딘가에 염증이 생겼다. 나중에야 알았지만 그땐 이유도 없이 엉덩이 속에 통증이 계속되어 괴로워했다. 겉은 멀쩡한데 속 어딘가에서 통증이 밀려오고 있어 지방 병원에서도 원인을 모르고 진통제 처방이 다였다. 한의원에서는 좌골신경통이라고 침을 놓았다. 그러나 통증은 점점 더 가속화되었다.

견디다 못해 서울에 사는 큰형님네로 올라오셨다. 다음날 큰 병원에 가기 위해 머물렀다. 그런 엄마를 보기 위해 나는 빈손인 채 친정 큰집에 갔다. 병원비도 마련하지 못하고 마음이 무거웠다.

"엄마! 어때?"

물으려다 입을 다물었다. 엄마는 얼굴을 찡그리다 못해 구겨진 상태였다. 진통제를 한 움큼 입 안으로 털어 넣는다. 몇 알로는 이미 효력이 없었기 때문이다. 생전 술을 입에도 못 대던 엄마는 소주와 함께 손 안 가득한 진통제를 털어 넣으며 견뎠다.

통행금지로 한적해진 창덕궁 돈화문 앞길을 가로지르며 엄마가 신음을 뱉어냈다. '어흐~ 아~ 하~ 아~ 어흐~ 으.'

고통과 싸운다. 극심한 고통을 견디고 있는 엄마를 볼 수가 없었다. 눈을 질끈 감았다. 왜 눈뜨고 볼 수 없다는 표현이 있는지 알 것 같았다. 숨을 헉헉거리며 고통으로 일그러진 엄마 얼굴, 이러지도 저러지도 못하는 모습은 어떤 말로도 표현이 안 되는 안타까움 그대로다. 나는 뜨거운 양철지붕 위의 고양이처럼 안절부절 못했다.

"차라리 돌아가시게 해주십시오. 어떻게 인간을 이렇게도 고통 속에 몰아넣으시나요?"

마음속으로 애절하게 기도하고 있었다.

가장 사랑하는 사람의 고통을 보다가 어떻게도 해결이 되지 않을 것 같아 죽어주기를 바라는 심정은 누구도 모른다. 저렇게 고통을 견뎌야 할 지경이라면 죽는 것이 낫다고 생각해서다.

오래전 〈스파르타쿠스〉라는 영화를 본 적이 있다.

기원전 1세기, 로마 폭정에 시달리던 노예 검투사 스파르타쿠스 이야기다. '크라수스'가 이끄는 로마제국 아래 '스파르타쿠스'와 그의 아내 '프리기아'는 노예로 전락하게 되고, 노예상들에 의해 생이별하게 된다. 그녀를 향한 사랑과 자유를 향한 열망으로 다른 노예들과 합류하여 스파르타쿠스는 로마군에 대항해 반란을 일으키지만 배신자에 의해 로마군에게 잡히고 프리기아는 가까스로 아이를 안고 탈출한다. 많은 난민들에 겨우 떠밀려 움직이는 군중 속, 길옆에는 로마군에 잡힌 노예들이 십자가 처형을 받고 매달린 채 죽기만을 기다리고 있다. 그중 스파르타쿠스도 매달려 있다.

그 앞을 지나면서 프리기아가 스파르타쿠스의 고통을 보며 애걸하던 모습이 생각난다. 사랑하는 사람이 십자가에서 고통받는 모습을 향해 "빨리 죽어 달라"고 기도하는 장면이다. 그러면서 마지막 희망인 자신들의 아이를 번쩍 들어 올리고 말한다.

"이 아이는 자유예요."

결국 그 말은 '마음 놓고 빨리 죽어 주세요'라는 의미다.

일각(一刻)이 수천 년 같았을 내 어머니, 그 순간 이유도 모르는, 끝을 알 수 없는 고통 속에서 시간이 거의 무한대로 느껴졌을 것이다. 같은 시간이라도 단잠을 잔 사람은 짧은 시간이 흘렀다고 말할 것이다. 사람들은 고통의 시간은 길고 반대로 행복한 순간은 찰나라고 한다.

전지적 시점에서 보면 공평이라는 말이 통할지도 모른다. 타자의 시선에서는 무책임하게도 시간은 모두에게 공평하다고 한다. 그 긴 시간 고통을 겪은 사람에게 시간은 공평하다는 말은 좀 곤란하다. 누구는 고통으로 긴 시간을 갖게 되고 누구는 행복해서 짧은 시간으로 느낀다면 그건 공평한 시간이 아니다. 시간을 일률적으로 재단하는 건 불합리하고 부당하다.

다음날 어머니는 서울의 유명한 외과병원에서 수술했다. 항문 깊숙한 어떤 곳이 곪느라 통증이 그렇게 극성을 부렸던 것이다. 수술 칼날이 환부에 닿는 순간 고름이 한 바가지는 쏟아졌다. 그 많은 양의 염증이 쏟아진 것, 그 양에 비례해서 고통이 얼마나 컸는지 짐작하고도 남는다.

대부분의 어른들은 몸이 불편하면 "젊은 사람들이 내 고통을 몰라준다"고 푸념한다. "내가 이렇게 아픈데 젊은 놈들은 모른다"고 하면서 야속하다고 한다. 그런데 자식이 알면 덜 아픈가? 아마도 고독 때문인지도 모른다. 자식을 옆에 두고 싶은 마음이 투정으로 변한 것 같다. 통증에 고독이 겹치면 오직 불평, 고통이 가중될 것이다. 그동안 가족이나 자식은 한 몸이라고 생각한 것이 문제라면 문제다. 가족끼리 나누고 싶은 감정들이 섭섭함으로 나타나는 것이다.

나는 엄마의 투병을 보면서 내 고통은 자식이 모르길 바라게 되었다. 사랑하는 엄마의 괴로움을 지켜보는 것이 얼마나 고통스런 일인지 경험으로 알고 있기 때문이다. 옆에 같이 있어서 고통이 줄어든다면 모를까? 그렇지 않은 마당에 애써 고통을 나누어서 자식과 함께 괴로워하는 일은 없었으면 한다.

병원엔 코로나로 인해 면회가 금지되고 간병부 한 사람만 허용되었다. 그 때문에 딸은 어미의 가장 고통스런 시간을 보는 고통을 줄이게 되었다. 다행이다. 마음 약한 내 딸에게 어미가 고통으로 괴로워하는 모습을 너무 많이 보여주기 싫었다. 평소 멀쩡하다가 갑자기 복통이 찾아오면서 움직이는 것 자체가 힘들어진다.

검사 결과 담낭제거수술을 먼저 하기로 결정했다. 최근 담낭(쓸개) 안에 돌이 생기는 담석환자가 꾸준히 증가하고 있다. 이는 서구적인 식습관으로 바뀌었기 때문이다. 기름진 음식, 튀김류 등의 음식을 많이 먹다 보니 담석이 발생한다.

간단한 수술이라고 해서 덜 아픈 것은 아니다. 지방으로 두꺼워진 복부를 세 곳을 뚫어서 기계를 집어넣고 그때부터 기계가 절제를 담당한다. 담낭 근처를 넓혀주고 가스를 집어넣어 혹시라도 다른 장기가 다칠까 봐 공간을 최대한 넓혀서 담낭만 잘라낸다. 현대의학의 획기적인 수술방법이라고 하지만 환자가 괴롭긴 마찬가지다.

어떻게 긴 밤을 견딜지 알지 못한 채 통증이 점점 커진다. 하루가 왜 이렇게 긴지 모른다. 수술 당시는 전신마취로 그런대로 견딜 수 있었다. 그 후 밀려오는 통증으로 진통제 없인 견딜 수 없었다. 4시간 간격을 버티지 못하고 계속 진통제를 찾아야 했다. 가슴이 답답하고 숨이 차올라서 숨쉬기가 고통스럽다. 인간은 통증에 정복당하는 순간부터 동물로 변하게 된다. 그동안 내가 세상에서 갈구했던 가치는 무의미해졌다.

담낭 한 곳만 문제가 아니었다. X-ray검사, CT촬영, 심전도 검사, 심장초음파 검사 결과 의사는 심장비대증이라고 했다. 심장이 원래 크기보다 커진 상태이다. 심장이 제 기능을 잘 못 해서, 다시 말해 펌프질을 잘 못 하기 때문이다. 심장비대증으로 인해 폐에 물이 고여서 제 기능을 못 하고 호흡 시 폐가 팽창하지 못해 숨을 잘 쉴 수 없다. 폐에 고이는 물을 뽑아내야 한다. 등에 호스를 박아 물을 빼낸다.

의사는 나에게 그냥 두면 심장에 무리가 가서 뇌졸중 상태로 돌연사 위험이 있다고 했다. 그러면서 미리 알아낸 것은 행운이라고 했다. 한

꺼번에 세 군데를 치료하는 과정은 생각도 못 해 본 일이다. 자신에게 닥친 일은 견디는 수밖에 없다.

현대의학이 고장 난 육체를 재생시키는 과정에서 통증은 제2의 삶이고 삶의 연장선이다. 그런 인위적인 생명 연장은 거저 얻어질 수는 없는 일인지 고통을 수반한다. 인간의 원초적인 고통은 동물과 같다. 인간이 가장 순수한 때는 동물적으로 변하는 순간, 바로 비명을 지르는 순간이라고 한다. 비명은 몸과 분리된 정신의 소리가 아닌 동물적인 몸이 내지르는 소리다.

앞으로 닥칠 통증이 얼마만큼인지 모르니 견디고 있다. 견디지 않을 수 없다. 의사와 환자가 서로 약조했으니 약속을 지키는 수밖에 없다. 만약 다시 한 번 이런 일이 또 생긴다면 그냥 죽음을 택할 것 같다. 병든 몸이 내지르는 고통에 해결책은 없다. 속수무책으로 견디는 것뿐이다.

소변줄을 끼우는 일이 가장 자존감이 무너진다. 젊은 간호사가 와서 환자 소변줄 삽입할 곳을 찾는다. 손가락으로 헤집어 찾는다. 난 몸을 움츠리고 얼굴을 찡그린다.

"제발, 제발 그냥 두세요. 소변줄은 싫어요."

내 이성은 더 이상 짐승처럼 누추해지지 않고 그냥 사라지는 것을 바란다. 하지만 어떤 고통을 동반하더라도 생명에 대한 끈질긴 유혹은 그보다 더 큰 아픔조차 감당하게 만들지도 모른다. 생명에 대한 집착으로 존엄성을 훼손시킨다.

딸이 기업을 운영하기 때문에 엄마의 간병을 담당할 수 없어 전문가에게 맡기기로 했다.

다음날 오후에 간병부가 왔다. 꽤 모양을 낸 폼으로 봐선 전문가 냄새가 났다. 이제부터 그녀의 보호를 받아야 한다. 코로나로 인해 한 사람밖에 환자 곁에 머물 수 없다.

나는 그녀의 돈벌이 도구로 전락된 느낌이다. 반말에서부터 시작해 환자를 물건 취급한다. 몸을 움직일 수 없어서 스스로 힘으로 신체적인 욕구를 처리할 수 없는 환자가 되자, 인격이 사라진 한 늙은 여자로 곧 저세상으로 갈 처지로 아무렇게나 대해도 되는 신세로 전락한 것 같다. 혼자 힘으로 움직일 수 없게 된다고 자존감이나 인격을 버려야 할 줄은 몰랐다. 병든 몸은 인격이 없는 존재가 되는 것 같다. 아무렇게나 대해도 누구도 환자의 인격을 말하는 사람도, 편을 들어줄 사람도 없는 듯하다.

'긴 병에 효자 없다'는 말이 있다. 이는 환자의 삶은 무시하고 간병하는 사람의 인격만을 배려한 것이 아닌가? 늘 생각하던 일이다. 왜? 간병하는 사람이 더 어렵다고 위로할까? 말하자면 환자가 몇십 배 고통스러울 것이다. 그럼에도 대부분의 사람들은 간병하는 사람 편을 든다.

일반적으로 링거주사라 불리는 수액주사가 혈관에 꽂혀 몸속으로 수액이 들어간다. 몸에 링거줄을 주렁주렁 매달고 있는 환자. 손에는 혈관이 잘 보이지 않아서 수액이 들어갈 거점이 다섯 개로 늘어났다. 진통제, 항생제, 영양제, 산소호흡기, 소변줄 등등, 온몸이 줄과의 싸움이다. 그 줄들은 각각 고통의 원인이기도 하다. 누울 수도 없어 휠체어에 앉아 견디는 과정은 차라리 죽는 게 나을 것 같다.

줄들이 매달린 상태에서 고통스러워 휠체어에 앉아 있다가 침대로 옮기는 도중 줄을 의식하지 못하고 만다. 그때 줄이 어딘가에 걸리기라도 하면 간병인은 소리를 지른다.

"이 정신 나간 아지매야!"

환자의 엉덩이를 때린다.

나는 평소 심장병으로 죽는 것이 가장 편안한 방법 같아 늘 "심장마비로 죽게 해주십시오"라고 기도했다. 그런데 겪어보니 그렇게 간단하지가 않았다. 성인 정상 맥박 수는 분당 60~90회 정도이다. 심장이 발작을 일으키면 심장 박동이 불규칙적이어서 숨이 차고 맥박이 200으로 치솟는다. 얼굴이 빨개지며 무언가 뜨거운 것이 머리 위로 치솟았다. 그 순간은 옆구리에 매달린 줄들의 고통도 느끼지 못했다.

숨 쉬는 것만이 생사를 결정짓고 어떤 통증도 느낄 수 없다. 오직 심장발작으로 인한 고통만 남는다. 투병은 인간이 경험하고 견뎌야 하는 마지막 단계 같았다.

나는 유언을 해야겠다는 생각이다. 그 와중에도 내가 소설을 쓰는 데 기여한 사람에게 책을 출판할 때를 대비해서 조금 남겨둔 비상금을 물려줘야겠다는 생각이 났다. 후에 생각해 보니 그것은 숨겨진 내 욕망이었다. 그동안 쓰다가 만 내 작품을 책으로 출간하도록 해야겠다는 생각이 숨어 있었다. 책을 위해서 모아둔 돈은 책을 출판할 누군가에게 주고 가도록 해야 한다는 생각이었다.

젊은 작가의 유작(遺作)을 선물로 받은 적이 있었다. 암으로 세상을 떠난 후 그녀가 쓰고 있던 작품을 주변에서 책으로 묶은 것이다. 읽어보니 크게 감동적이지도 않고 주변에서 일어나는 일상사에 불과했다. 그럼에도 그녀는 작품을 발표하지 못하고 떠나는 것이 아쉬워 눈을 감지 못했을 것 같다. 하지만 미완성의 작품은 내면을 채우지 못한 채였다. 시놉시스 정도였다. 작품성을 갖추기에는 부족해 보였다.

자신의 생각이 담긴 책, 그것이 그리도 중요했을까? 그랬다. 중요했다. 세상이 외면해도 자신에게는 소중했던 것이다. 한 인간의 숨소리와 생각의 흔적을 이 세상에 남겨야 한다는 절박함이었을 것이다. 죽으면서까지 세상 밖에 내보이지 못하는 것을 안타까워했을 작가의 심정을 알 것 같았다.

또 다른 자신의 분신을 세상에 남겨두고자 했던 작가의 애달픔이 느껴진다. 수많은 인간이 죽고 태어난다. 그중 누가 죽고 사는 일에는 관심이 없다. 책도 마찬가지다. 아무도 관심 없는 일, 본인의 분신을 본인만이 귀중해 했고, 그랬어도 마지막 소망은 작품으로 살아남고자 했던 것이다.

내가 습작으로 처음 소설을 쓰기 시작한 건 1980년대 외국여행이 시작될 무렵이었다. 그런데 누구나 소망하던 외국여행 기회가 주어진 것을 고마워해야 함에도 나는 여행이 싫었다. 이유는 비행기 사고가 날 것을 염려해서다. 내 작품을 책으로 묶지 못하기 때문이다.

만약에 비행기 사고로 죽는다면 내 소설은 세상에 태어나지 못하고 사라지게 될 것이다. 그 후 여러 번의 외국여행이 순조로웠던 것은 작품집을 발간한 후였다. 이젠 내 작품집이 있으니 죽어도 좋다는 생각이고, 마음이 한결 가벼워서 여행을 즐길 수 있었다.

그 후 30여 년이 훌쩍 지났다. 나는 그 많은 시간을 소설에 매진했다. 몇십 권의 책을 내고 내 영혼이 만족스러울 정도다. 이젠 더 이상 욕심을 부릴 이유도 없다. 그런데 뭐가 또 남았을까?

지금 나는 간병인에게 가족도 모르는 구박을 참으며 인생을 마감하는 사람을 생각하고 있다. 머지않아 나도 그 대열에 속해서 아무에게도 말 못 하고 인내하며 생을 마감할 것이다. 아직은 생각이 남아 있는 한 내 권리를 찾고 싶다.

"내가 누군 줄 알아. 엊그제까지도 내 책이 베스트셀러에 오른 유명 작가야!" 하고 싶은데, 생각과 달리 말이 입 밖으로 나오지 않는다.

아마도 간병인은 멀뚱히 나를 쳐다보고, "그러니 어쩌란 말이냐?" 할지도 모른다.

교도소에서 죄수들이 자신의 경력을 부풀려 "나 이런 사람이야" 하고 허세를 부린다고 들었다. 그렇게 말하는 사람을 이해할 것 같다.

나는 간병인을 보며 거듭 '당신이 막 대해도 되는 그런 사람은 아니란 말이야'라고 생각했으나 그의 표정은 담담하다. '내 손을 거쳐 간 수많은 유명인사도 많아요. 그것이 지금 나와 무슨 상관인데요? 세상에서 날고 기는 사람들도 내게 순종했어요' 하는 표정이다.

거동이 불편한 환자는 귀족과 천민이 따로 있는 것이 아니라 환자의 가족이 수고한다며 건네주는 촌지에 따른 차이가 있을 뿐이라는 태도다. 냉담한 타인, 그는 공감능력이 결여되어 있고 환자의 감정은 무시하고 '일'이라는 명분으로 환자에게 군림하는 자에 불과했다.

생로병사에 대해 생각하게 된다. 더욱이 죽음에 대해 구체적인 생각을 해본다. 지금 아프고 있지 않는가. 그냥 죽음을 받아들인다면 편할 것이다. 아무도 내 고통을 이해할 사람은 없다. 알아준다고 해서 통증이 줄어드는 것도 아니다. 나는 약삭빠르게 이제부터 죽음에 대해 신께 빌어야겠다는 생각을 했다. 미래에 어떻게 죽어야 편안할지 고민이라고 속으로 말했다. 그것이 내 마음대로 되는 것은 아닐지 모른다.

하지만 적어도 내 죽음에 대해 신께 빌어야겠다는 생각이 들었다. 지금껏 신의 존재를 인정하지 못했어도 마지막에 기도할 수는 있지 않은가.

"부활을 믿으세요?"

"아니, 믿지 못해요."

만약에 내세가 있다면 그때 가서 후회해도 소용없다. 신이 있을 때를 대비해서 내세가 있다고 믿었는데, 내세가 있다면 다행한 일이다. 그러나 안 믿고 있었는데 정작 내세가 있다면 그때 가서 속수무책으로 손해를 볼 것이다.

그동안 죽음에 대해 어떻게 죽어야 고통을 줄이는 것일까, 막연한 생각을 했다. 가장 편한 방법을 생각해 봤다. 심장마비다. '억' 하는 순간의 숨 멎음일 것이라고 생각했다. 무엇보다도 시어머니의 죽음을 본 후였다. 천식을 앓던 시어머니는 평소 지병이 있어 많은 고통을 겪었다. 그래서 입에 달고 사는 말이 있다.

"아이고, 예수 성모마리아 나를 도우소서! 난 평생 아팠으니 죽을 때는 사흘만 아프다가 가게 해주세요."

"왜 사흘 만이에요?" 내 물음에 시어머니는 이렇게 말했다.

"종부 성사를 받고 혹 멀리 갔던 자식들을 보려면 사흘은 필요할 거거든."

신은 시어머니의 기도를 들어 주셨다.

시어머니는 여름 천식을 앓았다. 기관지 천식이 얼마나 고통스러운지 알고 있다. 숨이 넘어가려는 순간 그때서야 겨우 '쌕' 하는 소리와 함께 숨을 못 쉬다가 가까스로 공기가 목으로 조금 새어 나온다.

시어머니는 성당에 가려고 병원에 들렀다. 천식은 숨이 차서 걷기가 힘이 든다. 병원에 들러서 진정제를 맞고 가야 했다. 그런데 혈관 주사를 맞는 순간 숨이 멎었다. 간호사가 너무 급히 주사를 놓은 결과였다. 이제 그 생각이 났다. 갑자기 죽으면 편할 것 같아 나는 늘 심장 마비로 죽었으면 좋겠다고 했다. 인간이 죽게 된다면 순간적으로 죽는 길, 그것이 제일 간단한 것 같았다. 난 시어머니를 보고 이 세상에서 착하게 살았든 다소 이기주의로 살았든 신은 상관하지 않는다는 생각을 했다.

시어머니는 아들에 대한 집착으로 며느리에게 무조건적인 복종을 강요했다, 자신의 생각대로 움직여야 하는 고집 등등. 불협화음은 서로 타협을 거부했고 분쟁의 하루하루를 견뎌야 했다. 내게 시어머니라는 존재의 이미지는 시기와 질투, 이기주의로 점철된 인물이었다. 내 불행의 원천이었다. 아마도 시어머니는 죄를 많이 지어서 죽을 때 고통을 받을지도 모른다고 생각했다. 그럼에도 죽음에 이르러 신이 자비를 베푼 것이 의아했다.

"네가 믿었기에, 그 소망이 네 것이 되었다."

신이라는 존재에 대한 믿음, 그것이 있기에 신이 시어머니의 편을 들어 주었던 게 아닐까? 신이 없다고 생각하는 사람들 틈에서 자신을 지켜줄 수호천사가 있다는 믿음이 시어머니에게 구원을 베푼 것은 아닐까?

자신을 보호해 주는 존재가 있다고 믿는 순간, 그 믿음의 존재가 드러났고, 그가 그것을 인정했기에 수호천사의 존재도 그와 함께 부활했나 보다. 그때 나는 생각했다. '기도를 하면 들어주시는구나!'하고. 나는 시어머니의 기도하는 모습에서 신은 선악을 가리지 않고 믿음 하나로 소원을 들어주신다는 것을 믿게 되었다.

신은 인간이 어떻게 살아왔든 선과 악을 심판하지 않고 자비를 베푼다는 생각이 들었다. 함부로 인간이 다른 한 인간에게 '선과 악'에 대해 판단을 내릴 수는 없지 않은가. 나는 병실에 누워서 고통스러울 때마다 기도했다.

"시어머니처럼 심장마비로 죽게 해주세요."

단순하게 짧은 순간에 죽는다는 것이 바람직하다는 생각이었다. 윽! 하는 찰나에 죽으면 고통을 최소화하는 거라고 생각했기 때문이다. 짧은 순간조차 이렇게 고통스럽다는 것을 짐작도 하지 못했다.

시아버지 죽음을 생각해 본다.

시아버지는 긴 투병으로 나에게 고통을 안겨주었다. 나는 괴로운 나머지 시아버지가 빨리 돌아가시기를 원했다. 남의 귀중한 생명을 가지고 내가 괴롭다고 타인에게 죽음을 원하다니! 스스로 죄를 짓는 행위는 삼가야 한다.

중풍으로 누워 계시던 시아버지의 죽음의 순간도 신이 지배했다. 오직 살아 있기를 원한 본능은 음식에 대한 처절한 욕구로 변했다. 고기를 먹으면 오래 살 것이라는 희망 신념은 가히 인간의 소망이 어떤 것인지 알게 했다.

"고기 먹고 싶어!"

그러던 어느 날이었다. 추석을 맞이했다. 그동안 그토록 원하던 고기를 커다란 접시에 잔뜩 담아서 드렸다. 다른 때 같으면 소화가 안 되어 고생을 해도 모두 드셨을 텐데 그날은 달랐다. 고봉으로 올라온 고기 접시에 3분의 1 정도 귀퉁이만 헐어 있었다. 그 후 시아버지에게 죽음의 준비가 시작된 것이었다. 식사량이 줄었을 뿐 아니라 고기를 먹어야 한다는 식탐이 없어졌다. 먹어야 오래 산다고 믿었던 욕심도 줄어들었다.

시아버지의 음식 타령이 없어졌다. 추석에서 시작한 죽음의 준비는 음력설을 향해 가고 있었다. 위에서 음식을 받아들이지 않았다. 죽에서 미음으로, 미음도 넘기지 못해 물로 입술을 적시고, 몸은 마침내 물도 거부했다. 이상하게도 몸은 반응하는데 생각은 죽음을 인지하지 못하는지 영원히 살 것처럼 돈에 대한 집념만은 그대로였다. 돈, 돈. 옆방에 세든 집에 이자를 받으려고 돈을 빌려주었다. 그런데 제때 이자가 나오지 않는다고 화를 내었다.

영양 공급이 없으니 실어증이 걸렸다. 그러면서 말을 못 해도 손짓으로 돈을 돌려 달라고 가슴을 쳤다.

물도 받아들이지 못하는 몸 상태가 되자 신부님을 불러 종부성사를 봐야 했다. 며칠 후 신부님이 와서 그동안 살아 있을 때 잘못에 대해 말씀해 보라고 했다.

"안 노렌조님! 잘못한 것 있으면 말씀해 보세요."

"나는 잘못한 것 없어요. 뼈가 부서지도록 열심히 노동한 것밖에 없어요."

"그래도 잘 생각해 보세요."

"열심히 산 것밖에 없는데요."

문밖으로 신부님과 시아버지의 이야기가 들려왔다. 나는 기가 막혔다. 어떻게 잘못한 것이 하나도 없다고 하는지 어이가 없었다.

그 후 시아버지 이야기만 나오면 아이들과 함께 웃었다.

"할아버지는 아무 죄도 없다잖아."

"느이 할아버지는 바보다. 식음을 전폐했을 땐 죽음으로 간다는 생각을 왜 못 했을까? 영원히 살 것처럼 정신을 차리지 못하다니. 쯧쯧."

바보가 아니라 '신의 선물'인 것을.

신은 죽음에 대한 공포를 주지 않으려고 자신의 죽음을 인지하지 못하도록 했을 것이라는 생각이 얼핏 들었다. 아픈 곳도 없이 조용히 숨이 멎은 것이다.

살아 있을 때 잘못을 인정하면서 죄인임을 자책하고 스스로 가슴에 못을 박을 필요는 없다. 좋은 생각이다. 신은 나를 버리지 않을 것이란 믿음은 위안이 된다. 스스로 믿는 자를 구원한다는 성서의 존재가 새삼 크게 다가온다.

나는 구원자의 자비를 받으려면 해야 할 희생을 생각해 본다. 그중 죽음에 대해 미리 대비 못 하게 되는 현상에 대해 신이 개인의 소망을 들어주는 대신에 대가를 지불할 일을 찾아본다. 남들에게 베풀며 살면 될까?

"내가 돈을 빌려주고도 돌려 달란 말을 안 하면 떼어먹어도 상관없단 뜻이야." 친구들에게 농담을 했다.

언젠가 동창 모임에서 어떤 죽음을 바랄 것인가 화제가 된 적이 있었다. 각기 의견이 달랐다. 고통 없이 죽을 수 있는 방법, 죽음에 대해 의견을 타진해 보았다.

"글쎄요. 어떤 죽음이 편안할지는 모르겠네요."

그중 한 친구가 담담하게 말했다.

"안 먹으면 되지요."

"그거야 뻔한 얘기지. 식욕을 어떻게 다스리느냐의 문제지."

"그게 아니야."

노후에 입맛이 없는데도 굳이 먹으려고 할 필요가 없다. 그는 평소에도 소식을 하며 담백해 보인다. 그 친구 말이 맞는 것 같다.

아주 오래전 일이지만 나는 친정 할아버지를 생각했다. 그 당시 팔십이 넘은 나이 84세에 생을 마감하셨다. 주변에서는 호상(好喪)이라며 슬퍼하지도 않았다. 평생 술과 담배를 안 하시던 조부님께서는 늘 소식(小食)을 했다.

옛날 밥사발은 컸다. 대부분 사람들의 밥그릇은 위에 올라오는 밥이 산처럼 불룩했다. 밥그릇 안에 담긴 밥의 양보다 위에 올라온 밥이 더 많았다. 그랬을 때도 그는 아기들의 돌 주발처럼 작은 밥그릇에 뚜

껑을 덮어도 눌리지 않게 담은 양의 식사를 했다.

어느 날 조부님께서 내게 말씀하셨다.

"큰일 났다! 큰일 났어!"

무슨 큰일이 생긴 건가 했더니 밥맛이 없어졌다고 탄식하는 것이다. 밥맛뿐 아니라 입 안에 감각이 없어서 음식이 뜨거운지 차가운지를 몰라 입천장이 데어도 모르겠고, 간이 싱거운지 짠지를 모르는 병이 생겼다는 것이다. 아무 곳도 아프지도 않은 병이라니 이상하다. 하지만 큰일이라니!

나는 속으로 대수롭지 않게 생각했다. 나이가 많으니 죽을 때가 되었고 죽는 것도 당연한 결과일 텐데 소동을 벌일 건 뭔가? 내가 아닌 타인이고 나이가 들면 죽음으로 가는 것은 당연하다고 생각했다. 그러나 나이가 아무리 많아도 자신의 존재가 사라지는 죽음은 받아들이기 어려운 일일 것이다.

누구든 자신에게 일어나는 일은 큰일이다. 조부님의 일은 본인에게는 큰일이다. 지금껏 경험해 보지 않은 증상이었다. 더욱이 본인이 한의사인 마당에 원인불명의 병이 있다니! 소화기관이 서서히 닫히는 병이고, 어떤 병이든 '먹으면 살고 못 먹으면 죽는 것이다'. 위기감이 컸다.

자연사란 살기 위한 행위를 거부하는 일이다. 조부님은 입으로 음식을 씹거나 목으로 삼켜야 하는 모든 행위를 멈췄다. 그렇게 견디기를 수일이 지나자 그대로 미라처럼 말라버리고 새벽에 조용히 숨을 거두었다.

절에 스님들이 앉아서 면벽(面壁) 중에 돌아갔다는 말을 들은 적 있는데 아마도 조부님께서도 그러한 증상 같았다. 생각해 보니 신이 한 생명을 탄생시킬 때 자연스럽게 욕심 부리지 않고 살면 마지막도 조용히 숨을 거두는 자연의 섭리를 경험하게 된다는 진리를 알게 한다.

'그러면 그렇지.'

신이 그렇게 마지막을 무모하게 고통을 겪으라고 하진 않았을 것 같다. 생명이 축복이었다면 죽음도 축복일 수는 없어도 고통으로 마감하게 놔두지는 않았을 것이다.

개인에게 죽음은 100살이든 청춘이든 일생일대의 자신의 소멸사건이다. '나'라는 정신, 또는 껍데기인 육체의 세포들도 알아볼 길 없이 허물어진다. 그럼에도 사람들은 죽음을 평온하거나 장엄한 사건으로 인식하고자 했다.

부활이라는 숨통을 만들어 놓고 소멸에 대한 부정을 거부하고 희망을 기대한다. 모든 종교가 인간의 소멸에 대한 두려움을 극복하고 재생의 기회를 역설한다. 살아 있는 순간순간 고통도 지나놓고 보면 아쉬울 때가 많다. 생명이 있음으로 느끼는 것이기 때문이다.

그러나 어떻게 생각하든 현재의 '나'는 소멸된다는 것은 인정해야 한다. 자연은 소리 없이 왔다가 소리 없이 가는 것이 순리다. 주어진 대로 살다가 욕심 없이 생활하면 보상이 따른다. 자연사하도록 아프지 않은 죽음을, 그 축복의 대가를 지불할 것이다. 그럼에도 유독 인간만이 몸에 좋은 것을 많이 먹으려고 욕심을 부리다가 마지막을 고통으로 마감한다. 그것도 결국엔 나 홀로 죽음이다.

고독은 우리 인간이 견뎌야 할 숙제다. 되도록 짧게 빨리 지나가기를 빌 수밖에. 더불어 살아야 할 인간에게 그 반대의 삶은 고통일 뿐이다. 본성을 저버린 행동은 인간을 불행하게 만들고 이겨내기 힘든 형벌 중 하나다. 남은 자들이나 내가 죽은 후의 세상의 평가는 중요하지 않다. 그럼에도 좋은 평가라면 다행이고 다소 억울한 평가를 내리더라도 상관할 수 없는 일이다. 내가 살아오면서 그려온 궤적을, 남긴 흔적을 지울 수는 없지 않은가.

내 미래를 그려본다. 양지바른 요양원 뜰에 앉아 신이 준 찬란한 대지를 바라보며 자연의 일부로 살다가 자연으로 돌아가는 한 인간을 그려보는 일이다. 그중 찬미와 행복을 노래할 수 있다면 금상첨화다. 무엇보다도 아프지 않아야 가능하다. 이제부터 욕심을 버리고 자연사로 가는 길을 찾아보자!

죽음이라는 단어가 낯설지 않은 것을 보니 나도 늙었다는 생각이다. 지난 세월을 떠올리면서 앞으로의 시간이 짧다고 느낀다. 잠시 자신이 어떤 사람이었는지 내가 품고 있던 꿈이 무엇이었는지 삶에서 무엇을 바랐는지 열심히 기억을 더듬는다.

나는 신이 준 유예기간을 잘 활용하려고 한다. 매 순간 시간을 쪼개고 그 일부를 남들보다 몇 배로 부풀려 활용하고자 한다. 욕심이지만 없는 것보다 나을 것이고, 삶을 지탱하는 데 도움이 된다면 좋을 것이다. 노력하면 남들보다 더 많은 시간을 만들어낼 수 있다. 아직도 해야 할 일이 남아 있고 시간도 충분하다.

오늘은 딸이 오는 날이다. 평소보다 일찍 일어났다. 거울을 보며 웃는 얼굴을 지어본다. 신경을 쓰는 자신이 우습다. 나는 알고 있다. 아직 늙지 않았다는 것을, 내 세계에서는 언제나 남은 시간이 존재한다는 것을.

잠과 죽음이 같은 알고리즘 안에 있다. 마지막 단계는 일체의 속박에서 벗어나 니르바나(열반) 세상 너머에 있는 또 다른 세상으로 가는 길을 찾을 것이다. 생명의 특성은 죽음이나 소멸이 아니다. 눈을 감으려는 생각은 절대 안 한다. 어젯밤은 잠들기 전 행복하지 않았다. 왜일까? 아기들이 잠투정 하는 이유를 알게 되었다. 세상의 한 장면을 놓칠까 봐 두려워하는 일이다. 주어진 생명을 축복인 줄도 모르고 마음대로 끊어내려고도 했다. 혼자서 생을 찬미하기도 하고 저주도 했지만 마지막까지 버틴 것은 삶이 좋았기 때문이다.

양지바른 요양원, 그곳에서 명징한 사고를 지닌 채 내가 앉아 있다. 하루하루가 변하는 자연을 즐겼다. 주어진 생명을 감사하면서 열심히 살았다. 후회는 없다. 마지막 소원이 있다면 조용히 잠이 드는 것이다. 자연스러움은 신이 인간에게 준 축복이다. 신에게 최고의 찬사를 보내며 조용히 사라지는 것.

잠은 생명과 죽음의 경계선인 '임계점'에서 이승과 저승이 갈라지는 순간이다. 죽음을 받아들인 나는 꿈의 세계에 대해 긍정적인 사고를 가지고 있다. 그 영향인지, 요즘은 같은 꿈을 이어서 꿀 때가 많다.

꿈속에서 나는 늘 집을 짓는다. 방이 여럿 있는 집, 넓은 방이 좋은데 꿈속에서는 방들이 모두 작았다. 나는 그것이 불만이다. 누구에게 인지 모르지만 화를 낸다. 이 방에서 저 방으로 가는데 문지방이 높다. 꿈속이지만 요즘은 문턱을 만들지 않는 것이 유행인데, 왜 문지방이 높을까 생각했다. 힘들여 발을 올려 문지방을 밟고 선다.

문지방을 넘으면 바로 작은 방과 연결된다. 그 작은 방이 내가 살 방이라는 것이 불만이다. 꿈속에서도 그 방으로 떨어질까 두렵다. 그곳이 어딘지도 모르는 다른 세계로 진입하는 것이 두려웠다. 가 보지 않은 곳에 대한 두려움이 밀려온다. 그랬어도 좁은 방으로 가야 한다. 가고 싶지 않아도 언젠가는 저절로 가게 될 것이라는 느낌이다.

숨소리가 사라지듯 조용히 다른 세계로 넘어가는 것 … . 나는 꿈속에서 다른 방으로 가는 문지방 턱에 서 있다.

〈문학저널〉 2022 여름호

우리 삶의 불완전함이 우리 삶을 이끌어 간다

조완석

공학박사, 서울대 총동창회 이사

1

이정은 작가를 처음 알게 된 것은 서울 명동성당에서였다. 그날은 부활절이었다. 아내와 함께 미사를 마치고 묵주를 사려고 만남의 방에 들렀을 때 소설 한 권이 눈에 띄었는데 《피에타》(나남, 2018)였다. 초록색 바탕 위에 하얀 꽃잎이 휘날리는 표지에는 '선과 악이 혼재한 인간의 내면에 살아 숨 쉬는 신의 존재를 그린 역작!'이라고 적혀 있었다.

'피에타'는 이탈리아어로 비탄(悲嘆)이란 뜻으로 십자가에 못 박혀 죽은 예수의 시신을 부둥켜안고 통곡하는 성모 마리아의 심경을 대변하는 단어이다. 그날 성당 앞 의자에 앉아서 읽었는데 몇 년이 지난 지금도 성당 마당에 서 있는 〈피에타〉를 보면 주인공이 자신의 어머니가 했던 말을 떠올리는 마지막 장면이 떠오른다. "난 천국은 있다고 믿는다. 감히 바랄 수가 없을 뿐이지. 바라는 것 자체가 욕심이어서 그렇지."

이정은 작가가 2000년대 대한민국에서 가장 활발하게 작품활동을 하는 작가 중의 한 명이란 걸 안 것은 그 후였다. 2010년 장편소설 《웰컴아벨》, 2012년 장편소설 《매혹》, 2014년 소설집 《세상에 말을 걸다》, 2015년 해방 70주년 기념작 장편소설 《그해 여름, 패러독스의 시간》, 2018년 소설집 《피에타》, 2019년 장편소설 《플러스섬 게임》, 2020년 소설집 《불멸》을 출간했다. 실로 놀라운 필력이다. 그리고 놀라운 재능이다.

저자는 2021년 장편소설 《삼월의 토끼》를 출간했다. '정은이 사건' 으로 온 나라가 시끄러울 때였다. 가정주부로서 아이들의 착취와 비인간적 대우를 통해 한계를 느끼고 아동학대의 자료들을 찾아내어 아이들을 위험한 환경으로부터 보호하기 위해 작품을 썼다. 지금은 우리나라도 아이들에 대한 인권보호와 사회적 제도들이 과거와 비교할 수없이 진보했지만 이러한 변화들을 이끌어내기까지 이런 인물들의 노력이 있었다는 걸 우리는 잊지 말아야겠다.

문학의 출발이 열정과 소설에 대한 자의식이라는 사실을 전제로 한다면, 이정은은 치열한 작가 정신의 소유자이다. 작가는 "아이들을 다 키우고 나서 나는 늦공부를 다시 시작했다. 새벽마다 책상 앞에 앉은 나는 고독하지만 그 새벽의 모든 순간이 참으로 행복했다"고 글을 쓰게 된 동기를 밝힌 바 있다. 그는 열정적으로 살고, 도전하고, 치열하게 살면서 자신의 길을 가고 있다. 그는 대한민국 젊은이들의 영원한 롤 모델이다.

2

소설 《슈뢰딩거의 고양이》는 이정은이 독자 곁의 묵묵하고 다정한 이웃으로서 세상에 내보내는 소설이다. 세상 끝에서 희망을 기다리는 사람들 이야기이다.

이정은은 정상과 비정상, 억압과 자유, 주류와 비주류의 경계를 끊임없이 질문한다. 경계에 선 소설가 이정은은 고민과 질문을 빛나는 이야기로 재미있게 들려준다. 그의 묘사는 신선하여 생동감이 흐른다. 때로는 유머러스하게, 때로는 비수처럼 날카롭게, 인간 세계의 그늘진 구석을 낱낱이 들추어낸다.

책 제목은 1935년 물리학자 슈뢰딩거가 고안한 사고실험에 나오는 고양이에서 따왔다. 상자 안에 고양이 한 마리와 독극물을 넣어 놓으면, 상자를 열어 확인하기까지는 생존 여부를 알 수 없다. 즉, 그사이 고양이의 생명은 언제나 위험에 처해 있다. 고양이는 살아 있으면서 동시에 죽어있는 존재가 된다. 소설 속 주인공들은 슈뢰딩거의 고양이처럼 삶과 죽음이 상존하는 것과 같은 모순된 상황이나, 최종 결과를 확인하기 전까지는 알 수 없는 상황에 직면한다.

이 책에는 표제작 〈슈뢰딩거의 고양이〉를 비롯하여 여덟 편의 단편과 한 편의 중편이 들어 있다. 이 소설집에 나오는 작품들은 크게 '불안한 현실'을 소설화시키고 있는 작품들과, '노년의 사랑'을 소설적으로 형상화시키고 있는 두 범주로 나뉜다.

우선 불안한 현실을 소설화시키고 있는 작품들로는 〈슈뢰딩거의 고양이〉, 〈예쁜 여자 죽이기〉, 〈굿바이 슬픔〉, 〈다마고치〉 등이며, 나머지 작품들은 거의 모두 '노년의 사랑'을 내러티브 속에 용해시켜 놓고 있는 그런 구조를 노정하고 있다. 먼저 불안한 현실을 소설들을 하나하나 간략하게 일별해 보기로 하자.

이 카테고리에 속하는 작품들 중 가장 충격적인 메시지를 담고 있는 작품은 아마 〈예쁜 여자 죽이기〉일 것이다.

이 작품은 남성중심주의 이데올로기에 의해 희생되는 여성을 성형수술과 관련해 다루고 있다. 남편은 아내 현숙에게 흔히 볼 수 있는 동네 아주머니가 되는 것이 몹시 실망스럽다고 한다. 그러면서 심기가 편치 않을 때면 "겉만 요란한 표장지에 속았다"면서 현숙의 아픈 곳을 찔러 댄다. 현숙도 작가가 되려는 자신의 꿈을 접은 것에 대해 아파하고 있다. 현숙은 전업주부로 이 남자가 아니면 살아갈 수 없는 환경이다.

사람은 두 가지를 다 가질 수 없음에도 남편은 "집에서 시간이 남아 돌아가는데도 걸작을 쓰지 못 한다"면서 마누라를 탐탁지 않아 한다. 게으르다고도 한다. 그녀는 남편이 원하는 대로 살아남기 어렵다는 생각을 한다. 남편은 기대에 미치지 못하는 아내 대신 다른 여자를 만들고, 그녀는 성형조차 실패하자 최후의 방법으로 분노를 안으로 폭발시킨다.

여성 현숙의 삶과 그 비극적 결말을 다루는 부분은 우리 시대의 문제를 파악하고 치열한 탐색의 결과물이다. 특히 이 작품은 '성형수술'과 '시체부검'의 동일시를 통해, 외모지상주의로 표상되는 우리 시대 지배담론에 길들여져 스스로를 파멸의 구렁텅이로 몰아넣는 여성을 독특한 시선으로 제시하고 있다.

이를 통해, 오늘날 여성을 억압하는 기제가 남성중심주의 외에도 외모지상주의 등으로 다양화되고 있으며, 그러한 기제가 유폐적 그물 망을 이룬 채 '성형수술'처럼 일상도처에 작동하면서 여성을 비롯한 인간 존재를 해부용 시체로 전락시키고 있을 비판한다.

〈슈뢰딩거의 고양이〉는 스톡홀름 증후군에 빠진 여자 이야기이다. 결혼으로 별안간 삶이 송두리째 뒤흔들린 한 여성의 여정을 쫓는다. 그녀는 살아 있으면서도 죽어 있는 존재이다. 처음부터 시집 식구들은 며느리를 손톱만큼도 배려하지 않는다. 시어머니는 며느리가 복이 없어서 서방 출세를 못 시킨다면서 며느리 탓을 한다. 남편도 시어머니와 같은 마음이다. 취직도 안 되고 되는 일이 없는 것이 마치 아내 때문이라고 믿는다. 수없이 반복되는 '복이 없는 여자'라는 말을 들으면서 여자는 그 말이 맞을지도 모른다고 생각한다. 그녀는 남편으로부터 가스라이팅 당한다.

생존이 위협받는 상황에서 시어머니가 친절한 모습을 보이면 그녀는 이를 유일한 생존방법으로 여기며 반긴다. 스스로 복이 없는 여자이며 불행을 몰고 오는 여자라고 생각하며 스톡홀름 증후군에 빠진 것이다.

그러나 사흘이 머다 하고 트집을 잡으니 사는 데 지친다. 분노를 밖으로 표출하거나, 분노를 안으로 삼키며 스스로 자멸하는 방법밖에 없다. 권력을 가진 벽에 머리를 부딪쳐봐야 소용없음을 안다. 그녀는 그 경계에 서 있다. 살아 있는 동시에 죽어 있는 '슈뢰딩거의 고양이' 같은 불확실성이 대두한다. 그녀는 그동안 모아둔 수면제를 꺼낸다.

과연 그녀는 어떤 운명을 맞이하게 될까? 이 작품의 제목이 시사하듯 삶과 죽음이 상존하는 것과 같은 모순된 상황이 반복되고 그 끝은 알 수 없는 상황에 이르게 된다.

〈굿바이 슬픔〉에서도 이와 비슷한 이야기가 등장한다. 주인공 '나'는 학창시절에 겪은 학교 폭력에 이어 가정 공동체에서 '갑'인 남편에게 자신을 맞춰야 하는 혼돈을 겪으면서 정신적, 신체적 위기에 봉착한다. 그의 눈에 비친 세계는 불확실하고, 혼돈스럽고, 힘이 모든 것을 결정하는 그런 곳이다.

〈다마고치〉는 별을 주제로 한 소설이며 소위 현시대 문학에서 가장 실험적으로 일컬어지고 있는 메타버스(Metaverse)를 예언하고 있다. 메타버스는 인간이 가상현실 안으로 직접 들어가 경험하는 플랫폼이다. 메타버스는 더 이상 '가상현실'이 아닌 '또 하나의 현실'이다. 현실적 삶에 대해 더 이상 인간이 기대할 수 없을 때 나타나는 것은 현실과의 분리, 환상이다. 삶의 현장이 보여주는 현실은 오히려 낯설게 느껴지고 환상 속에서 나온 세계가 오히려 진짜 현실처럼 보인다. 작가는 '다마고치'에서 현실과 환상의 경계를 다루며 보르헤스 세계를 현실로 가져왔다.

"어느 날 별이 사라졌다"로 시작되는 〈다마고치〉는 현실과 환상의 경계를 넘나든다. 메타버스라는 프리즘에 작가의 상상력을 반사시켜 다채로운 색채로 펼쳐진 이야기는 책을 펼쳐 든 독자들에게 즐거움을 선사한다. 세 개의 별이 나오는데, 현실공간에 있는 아들인 별, 가상

공간인 컴퓨터에 존재하는 별, 하늘에 있는 별이 그것이다. 여기서 다마고치 게임은 가상세계를 상징하며 주인공과 아들을 이어주는 매개체로 작동한다.

별은 세 살 때 고열로 인한 뇌성마비 장애인인 주인공이 어느 날 숲 속에서 성폭행을 당해 얻은 아들이다. 모든 열정을 아들에게 바치며 살아왔는데 그런 아들이 열다섯 된 어느 날 행방불명된다.

그는 컴퓨터로 디지털 가상공간에 별을 만든다. 그는 디지털 현실의 아바타인 컴 별을 아들 별과 동일시한다. 그에게는 디지털 공간이 '현실'이다. 그의 꿈은 별을 인간 중에 최고의 걸작으로 만들어 내는 일이다. 그러나 어느 날 컴퓨터 속의 아들마저 영원히 사라져 버린다. 그에게 아들은 자신의 생명이고 삶의 에너지이다. 그녀는 아들이 갖고 놀던 고장 난 다마고치를 움켜쥐고 들판으로 별을 향해 걸어간다. 산으로 올라가서 별을 향해 손을 뻗는다. 등산길 산 위에서 발견된 그녀의 시신은 조금이라도 별에 가까이 가고자 하는 의지의 산물이다.

3

〈아모르파티〉와 〈소울메이트〉, 〈월 플라워〉에서는 해답이 아닌 해답을 찾아가는 과정으로서의 문학이 가진 진행적 특질을 문학적으로 묘파하고 있다. 저자가 노년의 사랑을 도출해 내는 상징이 바로 소통과 춤이다.

청춘들이 사랑 때문에 힘들어하는 것처럼, 노년의 사랑도 쉽지 않다. 노년의 사랑도 복잡하고 모호하며, 역설적 에너지로 가득 차 있다. 이들도 사랑 때문에 길을 잃기도 하고, 구원을 얻기도 한다.

〈아모르파티〉는 자신에게 다가오는 운명을 저주하거나 미워하지 않고 사랑할 때 비로소 창조적 인간으로 거듭날 수 있음을 보여주고, 〈소울메이트〉는 주인공이 작가로서 김 교수의 문학적 소양을 보고 호감을 느끼고, 〈월 플라워〉에서는 노년의 사랑과 춤을 다루고 있다. '월 플라워'는 파티에서 남자의 선택을 받지 못하고 벽에 기대어 있는 여자를 가리키는 말이다. 여기에서 그녀는 벽에 핀 꽃이 아니라 의자에 앉은 꽃, '체어 플라워'인 셈이다. 남자들은 잡아주기를 기다리는 여자들의 눈길과 마주쳐도 쭉 둘러보며 점검해 나간다. 노예시장에서 노예의 몸값을 흥정하는 것 같다. 이곳에서 여자는 빨리 팔리기를 기다리고, 남자는 그런 즐거움을 만끽하면서 여자를 골라잡는다. 남자들이 우월감을 갖는 곳, 춤깨나 춘다는 녀석들의 즐거움 중 하나일지도 모른다. 만약 자신의 여동생이 그곳에 앉아 있다면 죽여 버리고 싶을 것이다. 거기서 남자를 구걸하고 있다니!

저자는 누구나 사랑의 주체가 될 수 있다는 점에서 사랑은 평등하다고 강조한다. 사랑은 특정 세계의 전유물이 아니다. 어린 아이부터 노년에 이르기까지 누구나 사랑의 주인공이 될 수 있다고. 지금은 100세 시대가 아닌가. 어린 아이부터 노년에 이르기까지 누구나 사랑의 주인공이 될 수 있다고.

니체가 자신의 운명을 사랑하라고 한 '아모르파티'(amor fati) 도 로마의 시인 호라티우스가 지금 이 순간을 즐기라고 한 '카르페디

엠'(carpe diem)도 결국 같은 길 위에 있다. 늙었다는 이유로 아무 일도 일어날 수 없다고 여긴다면, 그건 삶에 대한 모독이다.

파리의 생이노상수도원 벽화에 적힌 대화시(對話詩)에는 이런 대목이 나온다.

"여기에 유한한 인생을 올바르게 마치기 위해/명심할 교훈이 있네/그것은 바로 죽음의 춤/누구나 이 춤을 배워야 하네."

배워야 한다는 말은 거저 얻어지지 않는다는 뜻이다. 나이 들수록 경직이란 과제와 싸워야 한다. 몸이든 마음이든. 죽은 뒤에야 비로소 사후 경직이 찾아온다. 인생행로에서 봉착하는 모든 것들을 댄스 파트너로 간주할 수 있다면 얼마나 좋을까. '죽음의 춤', 인생 마지막 댄스 파트너는 다름 아닌 죽음. 심신 유연하다면 심지어 죽음마저도 유희 대상으로 삼을 수 있겠지.

인류의 오래된 이야기인 길가메시(Gilgamesh)의 서사시에 다음과 같은 장면이 있다.

"네 배를 채워라, /즐겨라 낮에도 밤에도!/하루하루를 즐겁게 보내라/춤추고 놀아라 낮에도 밤에도!/물에 들어가 목욕하고, /네 머리를 씻고 깨끗한 옷을 입어라/네 손을 잡은 아이를 바라보고, /네 아내를 안고 또 안아 즐겁게 해줘라."

길가메시는 기원전 2800년경 우르크를 통치했던 실존인물이다. 영원한 생명을 찾아 헤매는 길가메시에게 선술집 주인 시두리가 말한다. "신이 인간을 창조했을 때, 인간에게 죽음을 주었다. … 그러니 배불리 먹고 즐겨라." 〈먹고 기도하고 사랑하라〉의 원조, '먹고 씻고 사랑하라'이다. 죽지 않고 늙지 않는 영생을 얻는 데 실패한 길가메시는 낙담

하여 자신의 왕국으로 돌아오지만 5000년 전 이야기가 지금도 전해지니 결국 불멸을 얻은 셈이다.

〈사랑, 그 너머 소설〉은 남자가 만해마을 내의 작가 집필실로 떠나면서 이야기가 시작된다. 대학 시절 첫 미팅 때 만난 조희수라는 여성과의 사랑의 역사를 더듬어 그 추억을 소설로 쓰는 것이다. 소중했던 첫사랑의 감정, 좋아하는 사람을 바라봐야만 하는 안타까움, 괴로웠던 질투의 감정 등. 그 시절의 사랑은 이렇게 풋풋한 것이었나, 읽는 내내 미소를 머금게 된다. 인간은 추억을 곱씹으며 살아가는 존재인가, 젊은 날의 추억이 소설을 만들어 간다.

노트북을 켜고 첫사랑을 떠올리면서 많은 장면과 많은 감정이 휘몰아친다. 그러나 사랑에 대한 기억이나 감정만으로 글을 쓴다는 건 무리임을 깨닫는다. 남자는 이렇게 말한다. "내 인생의 사랑은 나를 중심으로 모이고 그 모든 사랑을 합쳐야 완전한 사랑을 그릴 수 있고 그래야만 소설이 될 수 있음을 내 가슴은 알고 있었다. 작가가 되는 것은 좀 더 인생 수업을 닦은 후가 될 것 같았다."

기억, 정체성, 사랑이라는 작가의 주제가 〈문지방을 밟다〉에서는 병원을 배경으로 새롭게 직조된다. 달라진 것은 필멸의 존재인 인간이 반드시 마주할 수밖에 없는 죽음의 문제로 더 깊이 기울어졌다는 것이다.

죽음은 100살이든 청춘이든 일생일대의 자신의 소멸사건이다. '나'라는 정신도 껍데기인 육체도 알아볼 길 없이 허물어진다. 그럼에도 사람들은 죽음을 평온하거나 장엄한 사건으로 인식하고자 한다.

잠은 생명과 죽음의 경계선인 '임계점'에서 이승과 저승이 갈라지는 순간이다. 나는 꿈의 세계에 대해 긍정적인 사고를 가지고 있다. 꿈을 꾸는 것은 좋아한다. 그동안 주어진 생명을 축복인 줄도 모르고 마음대로 끊어내려고도 했다. 생을 찬미하기도 하고 저주도 했지만 마지막까지 버틴 것은 삶이 좋았기 때문이다.

숨소리가 사라지듯 조용히 다른 세계로 넘어가는 것 ⋯.

나는 꿈속에서 다른 방으로 가는 문지방 턱에 서 있다.

저자는 생로병사의 흐름 아래 유한한 육체에 불과하다는 인간 존재를 가감 없이 그려내 냉정하게 돌출시킨다. 인간은 누구나 죽는다는 점에서 죽음의 춤은 죽기 전에 꼭 배워야 하는 필수과목이라고,

언제나 운명과 대면하는 인간의 자리에서 글을 써온 이정은 작가. 《슈뢰딩거의 고양이》에서는 그가 지금까지 소설쓰기를 통하여 이루고자 하는 것이 무엇이었는지 확인할 수 있다. 인간 개개인의 역사에서 일상은 결코 사소한 일이 아님을 이정은의 작품은 먹먹할 정도로 그려내 보이고 있다. 작가는 세속과 일상을 유심히 관찰한 끝에 특유의 강직한 문장으로 연약한 존재들의 인생사를 펼쳐낸다.

그 무엇보다 이정은 자신의 견문과 취재로부터 출발했을 이 작품들은 작가의 일상이 소설의 바탕이 되고, 소설쓰기가 곧 작가의 일상이 되는 모습을 보여주며 문학 하는 행위 자체에 대한 감동을 불러일으킨다. 과거의 상처를 똑바로 들여다보며, 특유의 다정한 시선으로 우리가 살아온 모든 시간에 담긴 의미를 찾아낸다. 그의 소설은 보편적 삶

과 내밀한 인간성의 폐부를 꿰뚫는 깊은 통찰력으로 독자들을 흡입하는 힘을 지니고 있다.

　이정은의 애정 어린 문장을 통과하면 우리의 사랑스럽지 않은 모습마저도 살아가려는 의지의 표현이 된다. 우리가 듣고 싶었던 진정한 위로를 소설로 전해 공감하게 하는 일을 작가는 꿋꿋이 수행해 나간다. 이정은이 동시대 독자들에게 소중한 작가가 된 것은 그래서일 것이다.

이정은 소설집

피에타

인간 내면에 살아 숨 쉬는 신의 존재를 그린 역작!
제42회 한국소설문학상 수상작 수록

소재나 분량에 구애되지 않고 꾸준히 소설을 집필해
온 이정은 소설가의 여섯 번째 소설집. 경지에 달한 특
유의 입담과 해학, 절정에 이른 날렵한 필치가 돋보인
다. 이타주의를 온몸으로 구현하는 어머니를 전혀 새
로운 차원에 펼쳐 놓은 표제작 〈피에타〉를 비롯하여
조폭 두목의 쇠락한 말년을 사실감 있게 묘사한 〈왕이
귀환하다〉를 포함해 7편의 소설을 담았다.

신국판 | 368면 | 14,800원

이정은 장편소설

그해 여름,
패러독스의 시간

전쟁의 소용돌이 속, 우리 자신의 모습을 묻다!

전쟁의 소용돌이 속에 인간의 실존적 의미를 물으며 인
물들의 굴곡진 모습을 생동감 있게 담아냈다. 인간은
과연 현실의 모든 일을 어떻게 아는가, 인간의 지식과
신념은 얼마나 믿을 만한가, 인간은 과연 어디까지 알
수 있는 것인가 하는 근본적인 질문을 던진다. 한국 현
대사의 질곡을 해부한 이 작품은 전쟁의 풍경과 정서를
독창적인 시각언어로 형상화했다.

신국판 | 320면 | 13,800원

나남
nanam Tel. 031-955-4601
        www.nanam.net